무상검

無常劍

무상검 5

일묘 新무협 판타지 소설

초판 1쇄 찍은 날 § 2002년 11월 6일
초판 1쇄 펴낸 날 § 2002년 11월 15일

지은이 § 일묘
펴낸이 § 서경석

편집장 § 문혜영
편집책임 § 장상수
편집 § 박영주 · 김희정 · 권민정 · 이종민
마케팅 § 정필 · 강양원 · 김규진

펴낸곳 § 도서출판 청어람
등록번호 § 제1081-1-89호
등록일자 § 1999. 5. 31
어람번호 § 제2-0145호

주소 § 경기도 부천시 원미구 심곡1동 350-1 남성B/D 3F (우) 420-011
전화 § 032-656-4452 팩스 § 032-656-4453
E-mail § eoram99@chollian.net

ⓒ 일묘, 2002

값 7,500원

ISBN 89-5505-395-9 (SET)
ISBN 89-5505-521-8 04810

일묘 新무협 판타지

FANTASTIC ORIENTAL HEROES

무사귀림

無常劍

5 ◆다우의 비밀

청어람

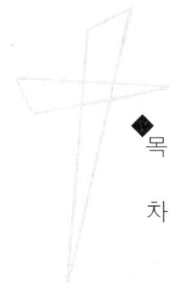

◆목

차

◆第一章
가르침을 베풀다

가르침을 베풀다

철검은 묵직했다. 길이는 대략 사 척(四尺) 정도였는데 일반 검보다 상당히 무거운 편이었다. 검날과 끝은 뭉툭했고, 손잡이는 손에 땀이 차면 미끄러지지 않고 스며들도록 면으로 된 끈이 견고하고 튼튼하게 묶여져 있었다. 실전보다는 연무(鍊武)에 적합하도록 만들어진 철검(鐵劍)이었다.

어쨌거나 검을 쥐는 감촉이 나쁘지 않았다.

여유자적한 유검의 태도에 초영영은 질세라 팔짱을 끼고 슬며시 턱을 치켜세우며 눈을 내리깐 모습으로 입을 열었다.

"자, 어떤 가르침을 주실 건가요?"

그녀의 내리깐 두 눈에는 절대 승복할 수 없다는 오만이 함께 어려 있었다.

유검은 한가로운 태도로 좌중을 돌아보았다. 자신과 교두로서의 자격을 묻는 오룡삼봉 간의 치열한 격전을 예상한 듯 하나같이 긴장된 표정으로 자신을 주시하고 있었다.

유검은 서서히 철검을 비스듬히 중단으로 모았다.

"자……!"

유검은 그녀의 말투를 흉내 내어 말했다.

"어떤 가르침을 원하나?"

철검의 손잡이를 쥔 손아귀의 힘줄들이 불끈 일어섰다.

유검은 싱긋 웃으며 스윽 철검으로 빈 허공을 횡(橫)으로 베었다.

위잉―!

기재들은 자신도 모르게 흠칫하며 몸을 부르르 떨었다. 일검에 막대한 내공이 깃들어져 있어 기혈(氣血)을 들끓게 만들거나, 혹은 너무 빠르게 휘둘렀기에 고막을 찢는 듯한 예리한 파공성이 일어서가 아니었다. 심령(心靈)이 두 조각 나버리는 듯한 끔찍한 공포가 몰려왔기 때문이었다.

특히 직접 대상이 된 초영영은 얼굴이 삽시간에 새하얗게 변해 버리더니 두 다리가 풀려 비틀거렸다.

이는 수만 번의 베는 동작을 통해 저절로 형성된, 반드시 베어버리겠다는 검의 의지가 유형화된 탓이었다. 유검이 의도한 바는 아니었지만 의념만으로 사람을 상(傷)하게 만드는 심검(心劍)의 경지가 은연중에 드러난 것이다.

하지만 이를 제대로 알아챈 이는 불행히도 진삼원 단 하나뿐이었다.

얼어붙은 기재들의 모습에 유검은 자신이 한 가닥 위엄을 드러낸 듯 싶어 만족해하다 입을 채 열기도 전에 웃는 얼굴 그대로 굳어져야만 했다.

뚝!

갑자기 철검의 중앙이 꺾이더니 바닥으로 떨어졌다. 정적의 무게에 짓눌려 있던 고요한 전각의 공간 속으로 땡깡! 하는 경박한 소리가 안하무인으로 퍼져 나갔다.

주르륵 한 방울의 식은땀이 이마에서 굴러 떨어졌다. 유검은 힐끔 곁눈질로 자신의 철검이 두 조각 나 있음을 확인했다.

"……"

철검은 쇠망치로 두들기고 담금질해서 만든 정련된 검이 아니라 주물에 부어서 만든 검이었다. 유검이 평소의 느낌대로 검을 휘둘렀기에 연무용으로 만들어진 이 철검은 그 힘을 감당치 못하고 부러지고 만 것이다.

공짜란 게 다 그렇지 뭐! 라는 불만을 가질 여유는 없었다. 초영영의 반격이 바로 날아왔다.

"그게 말로만 듣던 절검(切劍)인가요? 코앞에 바로 떨어지고 마는 절검은 그야말로 여태껏 보지도 못했고 듣지도 못했습니다. 그야말로 공전절후(空前絶後)! 오늘 참으로 새로이 안목을 높이게 되었군요. 흥!"

조금 전 느꼈던 공포가 단지 착각이었음을 스스로에게 확인이라도 하듯 그녀의 말투는 싸늘했다. 냉소를 머금은 그녀의 비웃음에 기재들은 모두 하하핫! 호호홋! 하고 웃었다. 모두들 조금 전 느꼈던 한줄기 싸늘한 공포는 자신들이 너무 긴장한 탓이라 돌리며.

유검은 이럴 때 당황해서는 안 된다고 내심 중얼거렸다.

'좋아, 그렇다면…….'

우우웅—!

토막난 철검이 하얗게 빛을 발하기 시작했다. 분위기를 단번에 쇄신

하기 위해서 유검은 이기어검술을 펼쳐 보이기로 결심한 것이다.

하지만 유검은 하얀 빛을 발하던 토막난 철검이 막대한 공력을 감당 못해 허공에서 산화되어 가는 모습을 보고 아차! 싶었다. 또다시 한 방울의 식은땀이 등골 사이로 흘러내렸다.

연무용으로 만들어진 검이라는 것을 방금 확인했으면서도 당황한 탓에 평소 한천검에 하듯 습관적으로 동일한 공력을 불어넣은 것이다. 갑작스레 높아진 무공의 경지에 아직 익숙하지 않은 탓이기도 했다.

사람들은 무슨 일이 일어났는지 깨닫지 못하고 모두들 어리둥절한 표정이었다.

'침착하자, 침착해! 사람들은 아직 나의 실수가 어떤 것인지 모른다.'

애써 별것 아니라는 듯 미소와 함께 어깨를 으쓱여 보이고는 속으로 급히 풍환을 불렀다.

'풍환?

—예, 주인님.

'검의 모습으로 가능하지? 부탁한다.'

가벼운 한줄기 바람과 함께 유검의 빈손에 새로운 검이 쥐어졌다.

투명한 은빛의 검신?!

조금 전 아무 일도 없었던 것처럼 태연하게 연극을 펼치기도 전에 유검은 당혹해 크게 소리쳐야만 했다.

"바꿔!"

한천검은 조금 전까지 쥐고 있던 철검의 모습으로 바뀌었다.

유검은 어정쩡한 미소로 주위를 돌아보았다. 기재들은 무슨 일이 일어났는지 깨닫지 못하고 두 눈만 동그랗게 뜨고 있었다.

"에……."

어색한 침묵을 깨기 위해 입을 열었지만 할 말을 찾지 못했다. 자신을 주시하고 있는 기재들의 시선이 점점 무거워져 감을 느꼈다.

유검은 재차 어정쩡한 미소와 함께 초영영에게 말을 걸었다.

"그러니까… 가르침을 원한다고 했던가? 여기로 올라오게. 한 수 가르쳐 줄 테니……."

초영영은 단발머리를 찰랑거리며 고개를 저었다. 그녀의 입가에는 매혹적인 미소가 떠올라 있었다. 두 눈도 웃고 있었다.

"알고 보니 기환술사(奇幻術士)이셨군요. 눈요기 잘했습니다. 아차! 말이 헛 나왔어요. 그러니까… 새로운 안목을 넓혀주신 점, 참으로 감사드립니다."

비아냥이라고는 전혀 생각하기 힘들 정도로 부드럽고 호감 어린 어조였다.

"기환술에 대해서는 아직 배운 적이 없지만… 재미있을 것 같네요. 앞으로 잘 부탁해요~!"

이런 상태에서는 무엇을 보여줘도 기환술로 치부되어 버릴 것이다.

아무리 연무용 검이라 할지라도, 한 번 휘두름에 검이 꺾어지고 이기어검술을 펼치려다 검이 산화되어 버리는 일 따위는 일반 사람들의 상식으로 쉽게 상상할 수 있는 일들이 아니었다. 그러니 한낱 눈속임수에 불과한 기환술로 치부해 버리는 그녀의 태도를 탓할 것은 못 되었다.

난감해하는데, 오룡삼봉 중 동글동글한 얼굴의 청년이 일어서더니 웃는 얼굴로 포권을 취하며 말했다.

"평소 기환술에 관심이 많았으나 미처 배울 기회가 없었더랬습니다.

저도 앞으로 잘 부탁합니다, 교두님!'

그는 마지막 교두라는 말에 힘을 주었다.

다른 오룡삼봉들도 저마다 유검을 자신들의 교두로 인정하는 말을 한마디씩 내놓았다. 모두 호의(好意)를 가진 모습들이었다.

유검은 곤혹스런 표정으로 그들에게 말했다.

"혹시 알고 있는지 모르겠다만… 난 너희들에게 검을 가르칠 것이다."

초영영이 맑게 웃으며 답했다.

"물론이죠! 무척 기대된답니다."

"……."

유검은 머리를 긁적거리다 힐끔 진삼원을 돌아보며 조그맣게 물었다.

"잘된 것 맞죠? 어쨌든… 날 사부로 인정하는 것 같은데……."

진삼원의 대꾸는 짧았다.

"…바보."

*   *   *

"기환술이라……."

사람들이 모두 빠져나간 전각 안, 중주일검은 단상 위에 쪼그려 앉아 유검이 있던 자리를 손바닥으로 쓸어보고 있었다.

그는 손바닥에 묻혀 나오는 하얀 가루들을 보며 피식 웃었다.

"기환술이란 게 꽤나 대단한 거였군. 이렇게 만들 수 있다니……."

그는 손바닥을 털고 일어나 바깥으로 나갔다.

서쪽 하늘 위로 붉은 노을이 지고 있었다.

공터의 중앙에 자리한 커다란 모닥불 위로 멧돼지 한 마리가 통째로 지글지글 익어가고 있었고, 그 주위에 둘러앉은 기재들은 모처럼 먹고 마시며 흥겨운 분위기에 흠뻑 젖어 있었다.

"꽤 즐거운 얼굴들이군."

내일부터는 또다시 혹독한 수련에 임해야 할 테니 오늘 정도는 여유를 갖는 것도 괜찮으리라 생각했다.

중주일검은 주위를 둘러보다 유검의 모습이 보이지 않자 교두들이 모여 한바탕 잔치를 벌이고 있을 편복루로 향했다.

기재들은 모닥불을 아무렇게나 둘러싸고 있는 것처럼 보였지만 실제로는 몇 부류로 나뉘어 서로를 엄격히 구분하고 있었다.

그중 가장 상석에는 호피(虎皮)가 깔려 있었고, 오룡 중의 사우량이 물소 뿔로 만든 커다란 술잔을 들고 근엄한 얼굴로 앉아 있었다. 몇 명의 기재들이 주위로 몰려와 갖은 아부의 말로 그의 환심을 사기 위해 부지런히 입을 놀리고 있었다.

누군가 한 명이 서둘러 달려오더니 깜짝 놀란 얼굴을 감추지 않고 그에게 말했다.

"이봐, 들었어? 아명(阿銘)이 유검을 봤다는 이야기 말야!"

사우량은 눈살을 찌푸리며 퉁명스레 대꾸했다

"네가 꼭 열두 번째다. 그 이야긴 지겨워."

동글동글한 얼굴의 청년은 머쓱해졌는지 머리를 긁적거렸다.

"그, 그래?"

기재들은 저마다 오늘 유검을 봤다는 이야기로 화제를 삼고 있었다.

사우량은 그것이 마음에 들지 않았다.

옆 자리에 아부를 늘어놓던 놈이 동글동글한 청년에게 코웃음 치며 말했다.

"홍, 유검이 무슨 염라대왕이라도 되남? 괜히 호들갑을 떨다 니......."

다른 놈이 한마디 더했다.

"쳇, 설령 그놈이 나타난다 하더라도 아량이라면 충분히 싸워볼 만해! 아량의 매화검법이라면......."

"시끄러워!"

사우량은 버럭 소리를 질렀다.

"앞으로 한 번만 더 내 앞에서 유검 이야기를 꺼내면, 나에게 비무 신청을 한 것으로 알겠다!"

모두들 찔끔해서 입을 다물었다.

사우량은 속으로 투덜거렸다.

'젠장! 충분히 싸워볼 만하다고? 왜 아무도 나에게 '사우량이라면 충분히 이길 수 있어!' 라는 말은 해주지 않지?'

아부와 찬사를 늘어놓던 놈들마저 이 모양이니 다른 놈들의 생각이야 뻔했다.

'제기랄, 유검이 뭐 그리 대단하다고 저 난리들인가? 홍, 진삼원하고 검을 겨뤄봤다고? 틀림없이 뭔가 수작을 부렸겠지. 아니, 설령 사실이라 하더라도 어차피 사문에서 파문당한 놈 아닌가. 게다가 무슨 이유인지는 몰라도 무림맹에서 그놈을 무림공적으로 공포(公布)했다니 홀로 강호를 떠돌다 어디선가 칼 맞고 뒈져 버리겠지. 신경 쓸 것 없어.'

항상 찬사와 질시의 대상이었던 그에게 타인을 향한 질투심은 익숙지 않았다.

술로써 상처 입은 자존심을 달래는데 옆 자리에서 신음성이 새어 나왔다. 힐끔 고개를 돌려보니 초영영이 아미를 찌푸린 채 추운 듯 몸을 가늘게 떨고 있었다. 그녀의 관자놀이를 타고 식은땀이 흘러내리고 있었다.

사우량은 걱정스럽게 물었다.

"왜 그래? 몸이 안 좋아?"

조금 전까지 딱딱하게 굳어져 있던 그의 안색이 부드럽게 변했다.

초영영은 아미를 찌푸리며 대꾸했다.

"이상하게도… 계속 오한(惡寒)이 가시질 않아. 자꾸만 춥고… 몸이 떨려오네."

"그래? 혹, 감모(感冒)… 일 리야 없겠고……."

사우량은 말끝을 흐렸다. 비록 무덥고 습기 찬 데다 수시로 비가 쏟아지는 이곳 기후로 인해 쉽게 온역(溫疫:열병,전염병) 등에 걸릴 가능성이 높다고는 하지만 그녀같이 심후한 내공을 지닌 무림인이 그럴 리야 없었다.

"혹시 누구에게 암습당한 거 아니야? 음유(陰柔)한 내가공력 같은 것에 말야. 누구 짐작 가는 거 없어?"

사우량의 말에 초영영은 피식 웃으며 고개를 저었다.

"이곳에 그럴 만한 사람은 없어. 또 있다 한들 내가 누구에게 암습이나 당할 거 같아 보여?"

"하긴……."

긍정의 뜻으로 고개를 끄덕이다 사우량은 문득 떠오르는 것이 있어

다시 물었다.

"혹시 그 교두에게 당한 거 아냐? 그 녀석이 검을 휘둘렀을 때 너, 이상해 보이던데……."

초영영은 고개를 저었다.

"잠시 놀랐을 뿐이야. 별건 아니었어."

"하긴… 그렇게 멀리 떨어져 있었고, 또 지켜보는 눈도 많았으니 감히 수작을 부릴 수야 없지."

"당연하지."

"근데… 정말로 누구에게 암습당한 거 아니야? 아니면 뱀이나 독충에 물렸다던가……."

표면적으로야 어디에 물렸을까? 라는 의미였겠지만 그녀의 전신을 훑어보는 눈길은 끈적끈적하고 음탕했다. 옷을 꿰뚫어 보는 신공이라도 익힌 듯했다.

그녀는 갑자기 기분이 나빠져 단숨에 술을 한 잔 마시고 자리에서 일어났다.

"아무래도 오늘은 일찍 가서 자야겠어."

싸늘하게 내뱉고는 자리를 빠져나가 버렸다.

사우량은 그녀의 뒷모습이 사라질 때까지 계속 바라보다 입맛을 다셨다.

"쳇, 아무리 내 사매지만 너무 도도해. 웬만하면……."

이때 두 명의 소녀가 다가와 눈웃음을 치며 그에게 물었다.

"여기… 앉아도 되나요?"

허락을 구하기도 전에 그의 곁에 찰싹 달라붙어 앉았다. 팔을 압박해 오는 부드러운 감촉에 사우량은 해죽 웃었다.

"물론이죠!"

당장 눈앞에 꽃이 있는데 굳이 힘들게 절벽 위로 올라가 꺾을 필요가 있는가. 남자에게는 냉혹하고 여자에게는 한없이 부드러운 남자, 사우량은 그렇게 생각했다.

초영영은 자리를 빠져나와 마을 중앙에 나 있는 대로를 따라 빠르게 걷고 있었다. 마을 밖 그녀의 거처로 향하는 길이었다. 오룡삼봉은 일반 기재들과는 달리 마을에서 북쪽으로 멀리 떨어진 곳에 따로 거처하고 있었다. 뜨거운 유황 온천이 곁에 있어 수련 직후 바로 목욕할 수 있을 뿐만 아니라 가까이 시뻘건 용암이 분출되는 곳이 있어 특별한 무공을 익히는 데 도움을 주기 때문이었다.

몸이 약해지면 정신도 따르는 것인지, 오한과 함께 찾아온 몸살에 그녀는 딱딱한 침상일망정 편안하게 몸을 눕히고 싶었다. 당장이라도 경신술을 발휘해 자신의 거처로 가고 싶었지만 기이하게도 진기를 끌어올릴 수가 없었다.

'정말 나도 모르는 사이에 암습당한 것일까?'

하지만 아무리 생각해도 짐작 가는 바가 없었다.

평소의 경신술이라면 지척일 거리가 지금은 한없이 멀게만 느껴졌다. 당장 길거리에서라도 몸을 눕히고 싶을 정도였지만 오만하기 그지없는 그녀의 자존심은 경쟁자인 다른 오룡삼봉은 물론 어느 누구에게도 도움을 청하지 못했다.

본래 강호에서는 얕보이면 끝이다. 그리고 자신의 두 어깨 위에는 본인은 물론 자신을 믿고 키워준 사문의 자존심까지 달려 있으니 절대 다른 이에게 약한 모습은 보일 수 없었다.

그런 그녀의 의지와는 상관없이 점차 의식이 혼미해지고 눈앞이 아른거렸다.

불쑥—!

갑자기 얼굴 하나가 코앞에 와 있었다.

"누, 누구……?"

그녀는 깜짝 놀라 뒷걸음질치다 미처 균형을 잡지 못한 채 넘어지고 말았다.

"괜찮아?"

붉은 노을을 배경으로 검은 인영 하나가 자신에게 손을 내밀며 그렇게 물었다.

초영영은 그의 손을 탁! 쳐내며 억지로 몸을 일으켰다. 눈을 가늘게 좁히며 안력을 집중시켜 보니 낯익은 얼굴 하나가 철검을 들고 서 있었다.

상대의 정체를 파악한 순간 갑자기 전각 안에서 경험했던 공포가 밀려왔다.

당시 과밀한 긴장에 휩싸여 있어 단순한 착각이었다고 억지로 납득하고 넘어가 버렸던, 그러나 두 번 다시 떠올리기 싫었던 기이한 공포가 홀연히 의식 표면 위로 떠올라 버렸던 것이다.

"무, 무슨 짓이죠? 갑자기 나타나 사람을 놀래키다니……!"

무의식적인 공포를 숨기지 못해 그녀의 목소리는 떨려 나왔다.

"무슨 소리야? 난 가만히 서 있는데 네가 다가온 거야."

유검은 멀뚱한 표정으로 그렇게 대꾸하다 비틀거리며 다시 걸어가는 그녀의 모습에 혀를 찼다.

"쯔쯧… 경신 공부가 부족하군. 검을 제대로 펼치려면 경신 공부는 반드시 필요한 법인데…….”

그리고는 한참 실랑이 중이던 병기점 주인에게 재차 확인하듯 물었다.

“이봐요, 정말 불량품이 하나도 없다고 자신할 수 있소?

병기점 주인은 무슨 소리냐는 듯 손을 휘휘 저으며 단호히 말했다.

“없어요, 없어! 내 목을 걸래도 걸겠소!”

의심받은 것에 상당히 기분이 상한 듯 칵! 가래침을 뱉고는 상점 안으로 들어가 버렸다.

유검은 머리를 긁적거리다 주인에게 새로 받은 철검을 이리저리 휙휙 휘둘러 보았다.

“아무래도 이상해…….”

위이잉—!

철검이 재차 횡(橫)으로 빈 허공을 갈랐다. 전각 안에서 펼쳐졌던 그 일검이 재현된 것이다.

철검이 멀쩡한 것을 보고 유검은 입맛을 다셨다.

“역시 이런 정도로는 부러지지 않아. 그런데 왜……?”

이때 남쪽의 지붕 위에서 킥킥거리는 웃음소리가 들려왔다. 맑고 천진한 어린아이의 웃음소리였다.

문득 유검은 깨달은 바가 있어 웃음소리가 들려오는 방향을 향해 소리쳤다.

“알았다! 다우, 너의 장난이었어. 맞지? 주점에서 뭔가 생각하는 척할 때부터 수상쩍더라니…….”

“흥! 장난이 아니라 복수라구요! 복수!”

그 말과 함께 조그만 인영이 지붕 위에서 유검 앞으로 훌쩍 뛰어내렸다.

혹시나 다칠까 봐 기우(杞憂)라는 것을 알면서도 깜짝 놀라 그녀를 받아 안으려는데 돌연 다우가 허깨비처럼 사라져 버렸다.

유검은 씨익 웃으며 손을 쭉 내밀었다. 손끝에 다우의 목덜미가 잡혀 있었다.

"무슨 짓이에요?! 숙녀를 이렇게 취급하다니!"

허공에 대롱대롱 매달려 다우가 화를 내자 유검은 그녀를 땅에 내려다 주며 말했다.

"복수에 대한 응분의 대가란다."

"흥, 복수는 또 복수를 낳는다는 걸 몰라요?"

다우가 입을 삐죽 내밀며 토라진 표정을 짓자 유검은 슬며시 눈길을 돌렸다. 그리고는 지나가는 말투로 말했다.

"흐음… 그리고 보니 너의 복수는 아주 훌륭히 성공을 거두었군."

다우는 자신의 장난이 정말 복수로 이어졌다는 말에 호기심 어린 눈으로 다음 말을 기다렸다. 하지만 유검은 그런 그녀의 태도에 아랑곳 않고 지는 노을에만 눈길을 둘 뿐 방금 스스로 내뱉은 말조차 까먹은 듯한 태도를 취했다.

다우는 그런 유검을 노려보다 피식 웃었다.

"쳇, 귀엽게 구네. 그런다고 내가 가르쳐 달라고 애교를 부릴 줄 아는 모양이야."

그리고는 성큼성큼 마을 중앙의 광장 쪽으로 걸어갔다.

몇 걸음 걷지 않아 유검이 불렀다.

"다우야."

다우는 내심 웃음이 나왔지만 겉으로는 토라진 표정으로 휙 되돌아서서 퉁명스럽게 대꾸했다.

"당신 누구세요? 절 아시나요? 왜 불렀죠?"

"흠… 오늘 그 오룡삼봉이라는 기재들이 내일부터 나의 가르침을 받게 되었단다. 그런데 나보고 사부 자격이 있는가 물어보는 거야. 그래서 난 그들에게 본때를 보여줘야겠다고 생각하고 떡하니 철검을 빼 들었지. 그런데……."

유검의 말끝이 점차 약해져 가자 귀를 쫑긋 세우고 듣고 있던 다우는 점점 가까이 다가왔다.

"그런데요? 그래서 어떻게 되었죠?"

결국 참지 못하고 다우가 먼저 입을 열어 묻자 유검은 씨익 웃으며 대답했다.

"검을 휘두르는 도중에 그만 부러지고 말았던 거야. 그래서 난 바보 취급당했단다."

"…오라버니를요? 누가 감히!"

"음… 모두였어."

유검이 시무룩한 얼굴로 어깨를 축 늘어뜨리자 다우는 그렇게 만든 원인이 자신에게 있다는 것도 잊어버린 채 길 잃은 강아지를 다독거리듯 다정한 태도로 위로했다.

"불쌍한 오라버니… 걱정 말아요. 다우가 있으니까."

실제 유검은 누가 자신을 바보 취급 하든 말든 크게 염두에 두지 않았다. 그들이 자신을 어떻게 바라보든 자신은 오직 자신일 뿐 변할 리 없으니까. 사실 광대하기 그지없는 대자연에 항상 눈길을 돌려 스스로를 티끌보다 작은 존재로 여기고 있었기에 누가 뭐래도 신경 쓸 까닭이 없었다. 게다가 모든 관심사를 검으로 귀결시키니 어찌 일반 사람들의 시각과 행동이 안중에 들어오겠는가. 이는 무위이화(無爲而化)하는 도가의 성정(性情)이 배어 있는 탓이었는데, 일반 세속적인 관점에서 보자면 오히려 광오해 보이기도 했다.

그러니 귀여운 다우를 위해 스스로를 깎아내리는 정도야 유검에게 있어 별일 아니었으며, 일부러 풀이 죽은 모습으로 그녀의 관심을 다시 얻어낸 것에 충분히 만족해했다.

물론 이런 식으로 생각하는 이들을 가리켜 세상에서는 '바보'라고 규정 짓기도 한다. '대지는 약우(大智若愚:커다란 지혜는 오히려 어리석어 보인다)'라는 말이 괜히 생겨난 것은 아닐 테니까.

유검이 오늘 전각 안에서 있었던 일들에 대해 과장해서 말하자 다우는 깔깔거리며 배꼽을 잡고 웃었다.

그 모습을 보고 유검은 덩달아 웃다가 내심 고개를 갸웃거렸다.

'근데 무엇에 대한 복수였을까? 내가 뭘 잘못했지?'

다우가 은밀한 복수를 획책한 것은 이기어검술로 날아가면서 자신을 놀라게 만들어 오줌을 찔끔 싸게 만든 일에 대해서였지만, 그것을 미루어 짐작할 수 있을 정도로 유검의 감성이 예민하지는 못했다. 그것만을 두고 볼 때는 확실히 '바보'라 불리워도 변명할 거리는 없을 것이다.

어쨌든 웃고 즐기며 아무 목적도 없이 길을 걷고 있는데 한 인영이 의식을 잃고 길바닥에 쓰러져 있는 것을 발견했다. 다가가 살펴보니 초영영이었다.

"……?"

유검은 그녀가 혹 누군가의 공격에 당했나 싶어 주위를 두리번거렸지만 아무도 없었다.

"본래 큰 병이 있었나?"

고개를 갸웃거리며 그녀를 부축해 안으려는데 다우가 터덜터덜 무거운 발걸음으로 홀로 떠나려 하고 있었다.

"어라? 다우야, 어디를 가느냐?"

유검이 얼떨떨해 묻자 다우는 시무룩한 얼굴로 힘없이 말했다.

"괜한 혹 때문에 미녀와 오붓한 한때… 를 방해받으면 안 되잖아요. 난 착한 동생이니까 오라버니를 방해하고 싶지 않다구요."

유검은 웃으며 말했다.

"난 방해하는 못된 동생이 더 좋은걸?"

다우는 볼멘소리로 말했다.

"그럼 나 때문에 장가 못 가도 좋아요? 난 마음이 넓지 못해서 오라버니가 애인이랑 다정한 한때를 보내면 무조건 방해할 거라구요. 그래도 나를 좋아할 수 있겠어요?"

"물론이지!"

유검은 망설이지 않고 고개를 끄덕였다.

다우는 만족해하다 힐끔 유검의 눈치를 살피며 다시 되물었다.

"정말… 아깝지 않아요? 쓰러진 미녀를 부축해 주고 치료해 주다가 서로 사랑을 느끼는 이야기는 흔한데……."

유검은 피식 웃으며 자신의 얼굴을 가리켰다. 사십 대 중반의 고철 남 얼굴.

"이 얼굴로?"

다우도 깔깔대며 웃다가 끈질기게 다시 물었다.

"정말로 아쉽지 않아요?"

"괜찮아, 괜찮아. 정 아쉬우면 다음에 말할게. 그럼 넌 쓰러져 있고 난 다가가서 부축해 주면 되잖니. 그렇지?"

말하는 중에 초영영의 몸이 둥실 허공으로 떠올랐다.

다우는 유검의 말에 쳇 하고 뭔가 한마디 쏘아붙이려다 그 모습을 보고 두 눈이 동그래졌다.

"격공섭물(隔空攝物)?"

이기어검술도 보았는데 이 정도의 공력에 놀란다는 게 이상한 노릇이지만, 사실 이기어검술이란 현실과는 너무 동떨어진 이야기라 실감이 나지 않아서 놀랄 겨를도 없었다. 하지만 사람의 몸을 둥실 떠올리는 격공섭물의 수법을 보자 새삼 유검의 무공에 대해 놀라움을 느낀 것이다.

유검은 초영영의 안색이 창백한 것을 보고 중얼거렸다.

"일단 의원에게 보여야겠는걸? 근데 왜 이런 지경에 이르렀을까?"

자신이 펼친 일검의 영향에 의해 심령상의 충격을 받아 그렇게 된 줄은 모르고 고개만 갸우뚱거렸다. 유검은 자신이 심검을 펼쳤던 것을 아직 깨닫지 못했던 것이다.

유검은 무공의 중간 단계를 모두 건너뛰어 그 어느 누구도 경험해 보지 못한 경지에 도달해 버린 탓에 아직 자신의 능력에 대해서는 모르는 것들이 많았다.

"의원이요?"

다우는 뭔가 내심 찔리는 게 있는 듯 깜짝 놀라 되물었다.

"혹 뭔가 아는 게 있느냐?"

유검의 물음에 다우는 슬그머니 눈길을 돌렸다.

"다우는… 아무것도 몰라요. 정말로 아무것도 몰라요."

시침 떼던 다우는 갑자기 유검의 품에 안겨 허공으로 치솟았다. 심장이 덜컹 내려앉는 느낌에 두 눈을 꼭 감았다가 다시 떴다. 유검의 발 밑에 아무것도 없고 섬 아래가 까마득하게 보이자 다시 질끈 눈을 감고 말았다. 검을 타고 허공을 나를 때와는 느낌이 달랐다. 빈 허공에 그냥 떠 있다고 생각되자 오금이 저려오고 괜스레 불안했다. 그리고 이번에도…

다우는 입술을 질끈 깨물며 내심 결심했다.

'복수! 이번에도 반드시 복수하고 말 거야!'

유검은 아래를 내려다보며 태연하게 혼잣말로 중얼거렸다.

"폭포수 근처 어딘가에 의원이 있다는 말을 들은 것 같은데……."

이때 초영영은 약간 의식이 돌아왔다.

흐릿한 시야에 잡힌 것은 까마득한 상공에서 하계를 내려다보는 광경. 의식은 아직 혼미한 상태라 비몽사몽간으로 현실인지 꿈인지 분간이 가지 않았다.

옆으로 보이는 희미한 인영의 모습을 발견하고 속으로 생각했다.

'누구지? 아… 검술 교두라는 작자군. 근데 왜 여기에 있을까? 설마 죽어서 천계로 온 걸까?'

초영영은 비몽사몽간에도 슬픔을 느꼈다.

'그럼 나도 죽은 것일까? 무림인 주제에 싸우다 죽은 것도 아니고 겨우 병으로 죽다니… 나도 참 한심하구나.'

생각해 보니 한평생 좋은 일은 하나도 없었던 것 같아 슬픔이 북받쳐 올랐다. 그녀는 자신도 모르게 눈물을 흘렸다.

눈시울이 뜨거워지자 그녀는 문득 깨달았다.

'죽은 사람이 어떻게 이런 걸 느끼지? 아… 그렇구나, 나는 지금 꿈을 꾸고 있는 거야. 틀림없어!'

그렇게 생각하자 위안이 되었다.

이때 아래를 굽어보던 유검은 마침 무언가를 발견한 듯 소리쳤다.

"아! 저기 폭포수가 있군. 그 옆에 조그만 집 하나가……."

다우는 다급해졌다. 지금 상황에서 유검이 여문을 만나는 것은 무조건 좋지 않아 보였다. 그를 위해서도, 그녀를 위해서도, 또 자신을 위해서도…….

궁하면 통한다고, 다우는 반짝 묘안을 떠올렸다.

"아참! 할아버지들……!"

다우의 외침에 유검은 흠칫했다.

"음? 할아비지들……?

다우의 말에 유검은 그제야 자신이 아직 일월쌍괴를 불러들이지 않았다는 것을 떠올렸다.

"아… 깜빡 잊고 있었다."

다우는 반색하며 황급히 말을 이었다.

"할아버지들이라면 분명 고명한 의술을 가지고 있을 거야. 어지간한 의원보다는 훨 낫지 않을까? 그렇지 않아? 그리고 분명히 좋은 내상약(內傷藥)도 가지고 있을 거야. 틀림없어!"

말하다 보니 다우는 문득 깨달았다.

'가만… 내상약? 그건 나도 가지고 있는데…….'

유검은 다우의 말에 수긍을 하는지 미간을 찌푸리며 고개를 끄덕였다.

"흠… 그럴까?"

일단 이유야 어떻든 폭포수 근처의 의원 집으로 가지만 않으면 된다 싶어 다우는 급히 말을 이었다.

"그래, 분명하다구! 그러니까 빨리 할아버지들을 찾으러……."

유검은 다우의 말에 고개를 끄덕이며 철검을 뽑아 들고 있었다.

우우웅―!

심혼을 울리는 검명과 함께 철검에서 하얀 빛을 발하기 시작했다.

"굳이 찾으러 갈 필요야 없지."

유검의 검결(劍訣)을 쥔 오른손이 쭉 뻗자 철검은 하얀 광채를 머금고 섬의 남쪽을 향해 빠르게 날았다.

단숨에 섬 끝에 이르자 검결(劍訣)을 쥔 손가락이 미묘하게 움직였다. 이에 철검은 실 끝으로 조종되는 꼭두각시가 되어 어두워져 가는 창공을 화선지 삼아 커다랗게 두 개의 글자를 그려놓았다.

귀래(歸來 : 돌아오라).

혹 일월쌍괴가 못 보았을까 봐 다시 한 번 더 귀래를 쓰고는 그 옆에 자신을 의미하는 버드나무 가지를 세심하게 그려놓았다.

"어떠냐? 이 정도면 내 문체도 괜찮지?"

유검이 스스로 만족해하며 묻자, 다우는 잠시 얼이 빠져 말문을 열지 못했다. 이기어검술을 저렇게 응용할 줄이야 미처 생각을 못했다.

"쳇, 별론걸……."

다우는 자신의 계획이 은연중에 틀어진 것 같아 자연 말투도 삐딱하게 나올 수밖에 없었다.

"이런이런… 저 정도면 꽤 괜찮은 거란다. 다우 너, 보기보다 안목이 낮구나."

유검과 다우가 문체가 괜찮니, 별로니, 아웅다웅 말씨름을 벌이자

몽중(夢中)이라고 생각하며 멍하니 구경하고 있던 초영영은 문득 화가 치밀어 올랐다.

'아무리 꿈이라지만 너무하잖아! 이기어검술을 펼쳐 놓고서는 문체가 괜찮니, 별로니… 너무한 거 아냐?'

유검이 이번에는 대나무를 그려보겠다고 하자 초영영은 도저히 참지 못하고 참견하고 말았다.

"제대로 하려면 대나무가 아니라 난을 쳐야지, 그게 뭐람? 그리고 그 정도 문체야 흔하다구. 괜히 뽐내지 말란 말야!"

의도했던 말이 아니라 전혀 엉뚱한 말이 튀어나와 버렸다.

유검은 그녀가 깨어난 듯하자 기뻐하며 한마디 위로의 말을 건네려 했는데, 괜히 자신의 문체에 대한 혹평을 늘어놓자 기분이 푹 가라앉아 버렸다.

"쳇, 그러는 너는 꽤 솜씨가 있는 것 같군."

초영영은 허공에서 허우적거렸다. 몸을 일으키려는 것 같아 보여 유검은 격공섭물로 그녀의 신형을 바로 세워주었다.

그녀는 고개를 획 저어 단발머리를 뒤로 찰랑거리고 나서 어깨를 으쓱거렸다.

"물론이지! 난 어릴 적부터 사서오경(四書五經)에 통달한 천재였다구. 사군자(四君子) 정도야 내겐 아무것도 아니란 말야."

그녀가 으쓱이며 자랑하자 다우는 힐끔 유검을 쳐다보며 물었다.

"저 정도면 의원에게 데리고 가지 않아도 괜찮지 않을까?"

"…글쎄."

초영영은 심령(心靈)에 타격을 입은 상태에서 억지로 걷다가 기력이 잠시 탈진되어 쓰러졌을 뿐, 직접적으로 크게 내상을 입은 것은 아니었다. 격공섭물에 의해 두둥실 허공에 떠 있는 상태에서 스스로 기력을 소모할 일은 없었고, 또 꿈이라 편하게 생각하고 있으니 유검의 일검에 의해 야기되었던 공포도 어느 정도 가신 상태라 지금 모습만 보자면 멀쩡했다.

물론 낮에 보았던 오만하기 그지없는 차가운 여인이 아니라 자존심 강한 철부지 소녀 같은 모습이 되어 있었지만, 이는 초영영 스스로 꿈이라 여기고 있었기에 타인에게 보여주었던 가면을 벗어버린 채 본모습을 드러낸 것이라 할 수도 있었다.

초영영은 손바닥을 내밀었다.

"자, 내놔봐. 내 실력을 보여줄 테니까!"

"…뭘?"

"그거, 말야! 그거! 난을 치려면 붓이 있어야지!"

유검은 그녀가 자신이 들고 있는 철검을 가리키자 못마땅한 표정을 지었지만 결국 건네주고 말았다.

초영영은 슬쩍 뒷머리를 매만지고 나서 유검이 하듯 검결을 쥔 채 손을 쭉 내밀었다. 철검은 휙 날아가더니 중간에서 포물선을 그리며 떨어졌다.

유검이 손을 내밀자 철검은 돌아와 다시 그녀의 손에 쥐어졌다.

초영영은 투덜거렸다.

"아이참, 왜 안 되지?"

몇 번을 반복해도 되지 않자 그녀는 울상을 지었다.

유검은 그녀가 안돼 보여 슬쩍 도와주었다.

그녀가 다시 철검을 내던지며 허공에 손붓으로 그림을 그리자, 그에 맞춰 허공에 난을 그렸다.

초영영은 이제야 되는 듯하여 기쁨을 금치 못하다 곧 불만을 털어놓았다.

"아냐! 저건 내 그림이 아니라구! 저딴 게 내 그림일 리가 없어!"

'…저딴 거?'

유검은 그녀의 말에 기분이 상했다.

"쳇, 이기어검술이나 익히고 나서 그런 소리를 하는 게 어때?"

유검의 말에 초영영은 발끈해 말했다.

"흥, 지금은 몸이 좀 안 좋아서 그럴 뿐이야. 보통 때는 발가락으로도 이기어검을 펼친다구! 밥 먹을 때도 수저를 이기어검해서 먹는걸. 얼마나 편하다구."

"……."

발가락으로 이기어검을 펼치는 것이나 밥 먹을 때 이기어검을 응용하는 것 등은 아직 못해봤기에 유검은 그 말에 반박할 수 없었다.

'이기어검술을 펼칠 수 있는 사람이 많지 않을 텐데… 내가 잘못 알고 있었나?'

하긴 진삼원도 이기어검을 펼쳤는데 중원 최고의 기재들이라는 오룡삼봉이라고 꼭 못하란 법은 없다고 생각했다.

유검은 그녀가 현재 꿈속이라 여기고 아무렇게나 말하고 있다는 것을 알지 못했다. 단지 스스로도 이기어검술에 대해서 대단하게 여기지 않다 보니 보통 사람들도 그럴 수 있다고 너무 쉽게 생각해 버렸다.

유검은 내일부터 오룡삼봉에게 가르치는 내용에 있어 약간 수정을 가하기로 했다.

'그럼 내일 이기어검술을 이용해서 사군자 치는 거나 겨뤄보게 만들어볼까?'

이때 저 멀리서 일월쌍괴의 긴 휘파람 소리가 들려왔다. 내공이 담긴 그 휘파람 소리는 급속도로 빠르게 다가오고 있었다.

다우는 몰래 안도의 한숨을 내쉬었다.

일월쌍괴가 오면 굳이 의원을 찾아갈 필요가 없어지게 된다. 게다가 초영영의 모습을 보니 큰 병에 걸린 것 같지는 않아 보이니 유검도 굳이 의원을 찾아가려고 고집하지는 않을 것 같았다.

'언젠가는 만나겠지만 지금은 아니야. …그렇게 보이는걸.'

다우는 자신이 나쁜 짓을 하는 것 같아 기분이 울적해졌다.

*   *   *

명주(名酒)와 진미(珍味)가 호화스럽게 차려진 탁자 위, 두 개의 촛불만이 힘겹게 어둠을 물리치고 있었다. 그 주위에 느긋하게 앉아 있는 몇 명의 인영들이 있었다. 촛불의 힘이 미치지 못해 그들의 얼굴은 어둠에 가려져 있었다.

한 명이 입을 열었다.

"흐음… 그러니까 요약해서 말하자면, 일단 우리의 능력을 보여주자는 거로군. 감히 우리들의 사부 노릇을 하기에는 너무 힘겹다는 사실을 스스로 깨우치게 만들기 위해서 말이지?"

다른 사람이 맞장구쳤다.

"후후… 그렇지. 그 자식, 기환술에 제법 능한 것 같았지만 그 딴 눈속임수야 별거 없잖아."

또 다른 한 사람이 한 가지 제안을 내놓았다.

"이거 어때? 이기어검술을 펼쳐 보이는 거야! 그럼 그 녀석, 기가 죽어서 꼴이 아주 보기 좋지 않겠어?"

"이, 이기어검술?"

"후후훗… 초매의 회검술(廻劍術)에 조그만 수작을 부린다면 충분히 그렇게 보일 수 있잖아. 그 자식 생전 이기어검술을 본 적이 없을 테니까 감쪽같이 속아 넘어갈 거야."

"호오~! 그거 괜찮은 생각이군. 내일이 무척 기대되는걸? 흐흐흐……."

좌중의 시선이 한곳으로 모아졌다. 굵은 목소리가 고개를 끄덕였다.

"좋은 생각이군. 초매, 가능하겠지?"

촛불 아래 술 잔을 집어가는 손 하나가 있었다. 새하얀 백옥을 깎아 만든 듯한 섬섬옥수(纖纖玉手)였다.

술잔의 주인은 영롱한 목소리로 좌중을 향해 입을 열었다.

"좋아요, 제가 내일 힘을 써보죠. 초우의 부탁을 누가 거절하겠어요?"

◆第二章
수련

동그란 창문 틈 사이로 새어 들어오는 아침 햇살에 유검은 눈을 떴다.

　유검은 어젯밤 초영영을 다우와 일월쌍괴에게 맡기고 나서 편복루로 갔다. 다른 교두들과 이런 저런 이야기를 나누며 꽤 많은 술을 마셨는데, 그 취기(醉氣)가 아직도 가시지 않은 듯했다.

　밤새도록 피를 빨아 먹기 위해 애를 쓰다 실패만을 맛봤던 모기들은 아직도 미련이 남았는지 굶주린 배를 움켜쥐고 자신의 얼굴 위를 왱왱거리며 맴돌고 있었다.

　몇 번 손을 휘둘러 명백히 축객령을 내렸는데도 불구하고 모기들이 끈질기게 달라붙자 유검은 할 수 없이 풍환에게 부탁했다.

　즉시 한줄기 바람이 일더니 모기들을 모조리 창문 밖으로 몰아내었다.

유검은 누운 자세 그대로 길게 사지를 뻗어 기지개를 켜며 하품을 하고 나서 슬쩍 허리를 튕겼다.

그의 신형이 허공에서 세 번 회전하더니 사뿐히 바닥으로 내려앉았다. 갑작스런 적의 급습에 재빨리 대응할 수 있도록 습관화된 아침 버릇이었다.

"오늘은 날씨가 맑군. 좋은 하루가 될 것 같아."

창문을 활짝 열어 벌거벗은 상체 위로 흠뻑 햇살을 쬐고 나니 덜 가신 취기로 인한 갈증이 일어 탁자 위에 놓여진 찻물을 몇 모금 마셨다.

목욕을 먼저 할지, 아니면 식사부터 먼저 할지 괜히 하릴없는 고민을 하며 방문을 열었다.

"……."

식은땀 한 방울과 함께 유검은 조용히 문을 닫았다.

조금 전까지 느긋하던 태도는 어디로 갔는지 허둥대기 시작했다. 황급히 주위를 살피다 탁자 위에 흑의 경장이 놓여져 있는 것을 겨우 발견하고 서둘러 챙겨 입었다.

손과 발이 어디로 들어가는지 모를 정도로 정신없이 입고 나서 다시 천천히 문을 여니 한 사람이 여전히 정좌한 채 무릎을 꿇고 방문 밖에 앉아 있었다. 머리를 뒤로 대충 묶고 남녀 구별이 가지 않는 경장 차림에 검을 멘 모습이었지만 단번에 화임을 알아보지 못할 리가 없었다.

힐끔 그녀 뒤로 대청 쪽을 바라보니 진수성찬이 차려진 탁자 위에 다우가 턱을 괴고 앉아 멀뚱한 표정으로 이곳을 바라보고 있었다. 다우는 설명을 바라는 유검의 눈빛에 자신도 모른다는 듯 고개를 절레절레 저었다.

'나라는 걸 알고 있는 걸까, 아니면 교두로 알고 찾아온 걸까?'

자신의 역할이 무엇인지 알 수 없어 아무런 말도 꺼내지 못하고 머뭇거리는데, 돌연 화가 딱딱한 어조로 먼저 입을 열었다.

"사부로 모시겠습니다. 앞으로 많은 가르침을 부탁드립니다."

그리고는 몸을 일으켜 천천히 구배지례(九拜之禮)를 올리기 시작했다.

돌연한 그녀의 행동에 유검은 놀라 두 눈이 동그래졌다.

사부에 대한 예를 마치고 뚜렷한 눈망울로 자신을 쏘아보는 그녀에게 유검은 머리를 긁적거리며, '그, 그래' 라고 어정쩡하게 답할 수밖에 없었다.

"쳇!"

다우는 못마땅한 듯 시큰둥한 표정을 지었다.

힐끔, 힐끔.

유검의 두 눈이 좌우로 왔다 갔다 거렸다.

껄끄러운 아침 식사를 마치고 나서 장원을 나선 후 오룡삼봉이 기다리고 있을 마을 광장으로 가는 중이었다. 왼쪽에는 다우, 오른쪽에는 화가 뒤따라오고 있었는데 서로 견원지간이라도 되는 양 서로 반대 편으로 고개를 돌린 채 차가운 표정을 짓고 있었다.

파랗고 차가운 기류 속에 갇힌 유검은 무거운 침묵의 무게에 아무런 말도 못하고 둘의 눈치만 살폈다.

'서로 싸우기라도 했나? 대체 왜들 이래?'

침묵으로 꽁꽁 얼어붙은 빙판길을 조심스레 걸어가고 있는데, 한 켠에서 기합 소리가 들려왔다. 고개를 돌려보니 장원과 장원 사이 골목길 넘어 조그만 공터에서 세 명의 무사들이 검을 들고 열심히 검초(劍

招)를 수련하고 있었다.

'기재들은 아니고… 이 섬을 지키는 무사들인가 보군. 그런데 왜 저런 곳에서 수련하는 거지?'

그다지 고명한 검초들은 아니었지만 땀을 뻘뻘 흘리며 즐거운 표정으로 검을 휘두르는 그들의 모습이 보기 좋아 잠시 걸음을 멈추고 구경했다.

그때 털보장한이 나타나더니 냅다 그들을 향해 욕을 해대었다.

"이 새끼들! 또 말을 안 듣고 이런 곳에 숨어서 검을 수련해?"

말과 함께 등 뒤에서 커다란 대감도를 빼내더니 무식하게 휘둘렀다.

채, 챙챙!

세 명의 무사들은 본능적으로 검을 휘둘러 막았지만 무지막지한 도의 기세에 오히려 검을 떨구고 말았다.

털보장한은 그들 세 명을 무릎 꿇게 만들더니 한바탕 설교를 늘어놓았다.

"귓구멍에 쇠말뚝을 박아놓았나? 앙? 모처럼 시간을 줬더니 하라는 도법 연마는 내팽개치고 이따위 쇠꼬챙이로 놀고 있어?"

그리고는 떨어진 세 개의 검을 끌어 모으더니 하나하나 발로 분질러 꺾어버렸다.

"아!"

세 명의 무사들은 모두들 안타까운 얼굴들이었다. 비록 보잘것없는 연무용 철검이라고는 하나 그들에게 있어서는 한 달 녹봉을 털어서 산 더없이 소중한 검이었는데 한순간에 생명을 다해 버린 것이다.

털보장한이 험악하게 인상을 쓰자 세 명의 무사들은 고개를 움츠린 채 찍소리도 내지 못했다.

'쇠꼬챙이… 라고?'

유검은 털보장한의 말에 내심 울컥 치밀어 오르는 게 있었다. 하지만 무림맹 내의 일에 참견하기에는 껄끄러운 입장이었기에 차마 간섭하지는 못하고 그냥 발길을 돌려야만 했다.

편치 않은 심기로 마을 중앙의 광장에 도착하니 오룡삼봉의 모습은 보이지 않고 텅 비어 있었다.

혹 자신이 시간을 잘못 알았나 싶어 태양의 각도를 보니 대충 진시(辰時)는 된 것 같았다.

설마 하니 너무 늦게 나와 모두 가버린 것일까 어리둥절해 있는데 피어오르는 아지랑이 사이로 커다란 대감도를 등에 둘러맨 한 청년이 천천히 걸어오고 있었다. 낯이 익어 곰곰이 살펴보니 어제 자신을 괴물 쳐다보듯 한 턱이 뾰족한 그 청년이었다.

그는 변장해 있는 유검을 알아차리지 못하고 두 손을 마주 잡고 포권지례를 취하며 말했다.

"오룡삼봉이 기다리고 있습니다. 저를 따라오시죠."

일의 곡절조차 밝히지 않는 무뚝뚝한 태도. 그는 대답도 기다리지 않고 등을 보이며 먼저 걸어갔다.

유검은 그의 무례한 행동에 어이가 없어 멍하니 있는데 다우가 발끈했다.

"무슨 짓이냐? 가르침을 내린다면 이미 사부인 것! 하늘과 땅과 부모 아래 감히 두지 못하는 것이 사부이거늘, 너는 감히 어떤 짓을 했던가?"

돌연 추상같은 호통이 내려지자 청년은 움찔하여 뒤돌아보았다.

헐렁한 흑포 장삼을 뒤집어쓴 조그만 꼬마 계집아이가 자신을 쏘아

보자 혹시나 하며 물어보려다 곧 낯익은 얼굴임을 깨닫고 깜짝 놀라 소리쳤다.

"어어… 너는!"

그는 황급히 주위를 둘러보았다. 유검의 모습이 보이지 않자 안도의 한숨을 내쉬다 자신이 못난 모습을 보였음을 깨닫고 와락 얼굴이 일그러졌다.

"이 꼬마 계집애가……!"

한바탕 위협의 말을 내뱉기도 전에 그는 대롱대롱 허공에 매달려야만 했다.

어쩐지 익숙한 느낌이라는 것을 채 떠올리기도 전에 검술교두의 얼굴이 커다랗게 코앞에 와 있음을 보아야만 했다.

유검의 허허(虛虛)롭기 그지없는 두 눈동자와 마주치자 청년은 머리 속에 텅 비어버리는 것 같았다.

유검은 힐끔 그의 등 뒤에 메고 있는 대감도를 일견한 후 은은한 노기(怒氣)를 담아 물었다.

"자네도 검을 쇠꼬챙이라 부르는 족속인가?"

"저, 저는…….."

청년은 갑자기 눈동자가 풀리더니 축 고개를 떨구었다.

유검이 잡고 있던 그의 목덜미를 놓아주자, 청년은 두 다리에 힘이 빠져 맥없이 비틀거렸다. 억지로 몸을 바로 세우려 했지만 술에 취한 듯 두 다리가 꼬여 계속 비틀거렸다.

"저 녀석, 왜 저래?"

유검이 어이없어하며 묻자, 다우는 난들 어떻게 알겠느냐는 듯 어깨를 으쓱거렸다.

청년은 세 번을 넘어지고 네 번째 일어나더니 유검을 향해 삿대질하며 외쳤다.

"기환술뿐 아니라 사술(邪術)까지 익혔군! 흐흥, 내가 누군지 아느냐? 오호단혼도(五虎斷魂刀)의 소장주다. 너희는 비록 우리들에게 무공을 가르치며 으시댄다고는 하지만, 강호에 나가서는 우리들 발 밑에 엎드려 아부나 늘어놓을 주제에 감히 나를 꼬나봐? 덤벼! 왜 안 덤벼? 앙? 겁이 나면 왜 나를 꼬나보냔 말이다! 덤벼! 덤비라구, 이 겁쟁아!"

청년은 마치 미친 사람처럼 게거품을 물며 발악하듯 소리쳐 댔다. 말은 점점 두서가 없어지고 시비조로 나왔다. 그러면서도 감히 덤벼들지는 못했다.

찍―!

유검은 지풍을 쏘아 그의 혼혈(昏穴)을 짚었다. 무당파의 무공을 쓰지 않는다 할지라도 지풍을 쏘아 혈도를 짚는 정도야 별로 어려울 것이 없었다.

유검은 머리를 긁적거렸다.

"이상한 동네군."

유검은 쓰러진 청년을 허리춤에 끼어 들고 병기점에 들러 맡겼다.

그리고 나서 풍환을 불렀다.

'풍환, 잠시 나의 감각을 넓혀다오.'

두 눈을 감고 집중하자 풍환의 미세한 입자와 함께 전신의 감각이 사방으로 퍼져 나갔다.

곧 눈을 뜨고 서쪽을 바라보았다. 연이은 절벽들이 해안을 따라 이어져 있는 백사장 쪽이었다. 아침 안개가 가시지 않았는지 해안가는 뿌옇게 보였다.

유검은 입맛을 다셨다.

"일단 가볼까?"

먼저 걸음을 옮겼으나 뒤따라오는 이는 다우뿐임을 깨닫고 뒤돌아보았다.

화가 멍하니 하늘을 올려다보고 있었다.

"왜 그래?"

유검이 묻자 화는 혼잣말처럼 중얼거렸다.

"이상하게도 누군가 자꾸 말을 걸어오는데……."

그러다 말을 건 대상이 유검임을 깨닫고 화는 안색을 굳히며 퉁명스럽게 말했다.

"무공만 가르쳐 주시길… 괜히 친한 척 쓸데없는 말은 걸지 말아주십시오."

다우는 그녀의 태도에 피식 웃으며 혼잣말로 중얼거렸다.

"쳇, 별꼴이야, 정말……."

작은 소리였지만 화가 듣지 못할 리 없었다.

또다시 싸늘한 냉기가 주위를 에워싸기 시작했다.

유검은 난감해하다 실낱같은 희망의 온기(溫氣)를 찾아 크고 작은 두 여인을 향해 조심스레 입을 열었다.

"저……."

말을 꺼내자마자 당장 쏟아져 오는 두 쌍의 차가운 눈빛에 유검은 황급히 입을 다물었다.

아침 식사 시간 때도 그랬지만, 어떤 말을 꺼내든 서로 상대편을 편들어준다 여기고 크고 작은 두 여인은 자신에게 수다의 검초를 마음껏 휘둘렀다.

두 번 다시는 갈기갈기 찢겨지는 경험을 하고 싶지 않은 유검으로서는 재차 살얼음 같은 침묵의 길을 걸을 수밖에 없었다.

이 상태로 계속 있노라면 조금 전 발작을 일으켰던 그 청년 꼴이 될지 모른다는 불안감이 들었기에 조금이라도 더 빨리 오룡삼봉을 만나고 싶을 정도였다.

'아직 아침도 소화 못 시켰는데… 너무하군.'

묵묵히 해안가로 걸음을 옮기다 갑자기 멈춰 섰다.

하늘을 올려다보니 뭉게구름은 사부의 모습이 되어 못난 녀석이라고 킬킬거리며 웃고 있었다. 여태껏 누구를 향해 검을 휘둘렀냐며 묻고 있었다.

순간 스스로의 마음에 서린 미혹의 그림자를 보았다. 결코 여인에 대해 능숙한 것만이 좋은 것은 아니겠지만, 정에 휘둘려 스스로를 옭매이는 것은 미망에 불과할 뿐이지 않은가.

어찌 검을 휘두르는 것만이 검을 얻었다 하랴.

유검은 빙글 돌아섰다.

의아스런 눈으로 바라보고 있는 다우와 화에게 싱긋 미소를 보여주었다. 그리고 나서 유검은 뚜벅뚜벅 화에게로 걸어갔다.

화는 돌연한 유검의 행동에 놀라 주춤 뒤로 물러섰다. 하지만 유검이 천천히 손을 내밀자 화는 홀린 듯 뒷걸음질을 멈추고 말았다.

유검은 변장을 풀고 부드럽게 말했다.

"갑자기 깨달았다. 너는 나를 마음에 두고 있구나."

"누, 누가……!"

"나는 네가 살아 있는 것만으로도 기쁘다. 단지 그것뿐이야."

갑작스레 황당한 이야기를 꺼내는 유검의 말에 화는 두 눈만 동그랗게 뜬 채 아무런 대꾸를 하지 못했다.

유검의 손이 허리를 안아오고 서서히 그의 입술이 다가오는데도 전신에 힘이 빠져 아무런 반항을 할 수 없었다. 금방이라도 터져 버릴 듯 두근거리는 자신의 심장 소리에 화는 그만 눈을 감고 말았다.

다우는 그 모습에 충격을 받아 입을 쩍! 벌린 채 멍하니 구경만 하고 있었다.

오늘따라 하늘은 더없이 맑았고 햇살은 살을 태워 버릴 듯 따가웠다.

유검은 부드러운 그녀의 입술을 음미하며 생각했다.

'가만히 있는 걸 보면 역시 날 좋아하고 있었던 게 분명해. 화를 내고 싸늘하게 대했던 것도 역시……'

여인과의 감정 싸움을 하나의 비무(比武)로 생각하자 유검은 홀연히 깨달은 바가 있어 과감하게 변화를 구했다. 상대의 반응이 실초(實招)인지, 아니면 허초(虛招)인지 맨몸으로 뛰어들어 시험해 본 것이었다.

유검은 이런 일에 아주 능숙한 것처럼 태연히 그녀에게 다가가 갑자기 허리를 안고 입을 맞추었지만 내심으로는 실제 검을 들고 혈투(血鬪)를 벌일 때보다 더한 긴장감을 느끼고 있었다. 혹여나 그녀에게서 전혀 예상치 못한 변화가 나올 것을 대비해 갖가지 상상도를 그리며 대응책을 생각했다. 단 한 가지 경우만 빼고…….

화는 유검의 행동에 호응하여 두 팔로 목을 껴안거나 하지는 않았다. 그렇다고 가슴을 밀쳐 내는 등 반항의 몸짓도 보이지 않았다. 그냥 두 눈을 꼭 감은 채 세워놓은 나무토막처럼 가만히 있을 뿐이었다. 전신을 가늘게 떨면서…….

이는 마치 비무를 하다 상대가 갑자기 검을 놓아버리는 것처럼 당혹스럽기 그지없는 일이었다.

쏟아지는 햇살에 유난히 하얗게 비쳐 보이는 그녀의 얼굴을 망연히 내려보다 내리깐 속눈썹이 무척 길다는 것을 발견했다. 귓가에 난 보송보송한 솜털과 어깨로 이어지는 사슴같이 가느다란 목을 보니 과연 진짜로 여자였구나 하는 엉뚱한 생각이 들었다.

돌연 가슴이 진탕되었다. 새로운 긴장이 전신을 감싸며 그녀의 허리와 어깨를 안고 있는 두 팔이 떨려왔다.

'내가… 무슨 짓을 하고 있는 걸까?'

그녀의 허리는 한 팔로 감싸 안을 수 있을 만큼 가늘었다. 안고 있는 두 팔에 조금이라도 힘을 주면 햇빛에 스러지는 이슬처럼 사라져 버릴 것 같았다. 그제야 유검은 새로운 자각이 들었다. 자신은 현재 검이나 비무와는 일체 상관없이 단지 부드러운 그녀의 육체를 안고 입술을 훔치는 중이라는 사실을 깨달은 것이다.

'과연… 그런 거였군.'

유검은 이어 한 가지 생각을 떠올렸다.

'그녀는 지금 자신의 행동에 대해 어떤 생각을 하고 있을까?'

상대의 생각을 의식하자 마치 죄를 지은 어린아이처럼 심장이 세차게 두근거리기 시작했다. 순응도 반항도, 일체 아무런 반응도 내비치지 않는 그녀의 태도에 앞날을 예측할 수 없는 불안감이 심중에 자욱한 광기(狂氣)의 그림자를 드리웠다.

극단적인 행동으로 치달을 위험도가 급속도로 높아져 가는데, 순간 그의 이성을 일깨우는 행동이 있었다.

누군가 뒤에서 옷을 잡아당겼다.

'아차, 다우……!'

유검은 화를 안고 있던 팔을 조심스럽게 풀곤 아무 저항 없이 뒤로 천천히 뒷걸음질치며 끌려갔다.

이 장여 뒤로 물러선 다음 슬그머니 뒤로 고개를 돌려보니 역시 다우가 무표정한 얼굴로 자신을 바라보고 있었다.

그 나이 또래의 계집아이들처럼 귀여운 애교를 부리거나, 혹은 세상 다 산 것처럼 시큰둥하거나 둘 중 하나였던 다우의 얼굴이 저렇게 아무런 색깔 없이 무표정하게 있는 모습은 처음이었다.

햇살의 강도와 함께 불안감이 증폭되어 갔다.

풀잎 스치는 소리와 함께 인기척이 가까이 다가왔다. 흠칫하여 뒤돌아보니 화가 한 걸음씩 다가오고 있었다. 손을 뻗으면 닿을 듯한 거리를 두고 걸음을 멈추더니 아무런 감정을 내비치지 않는 투명한 눈빛으로 자신을 바라보았다.

햇살은 너무 따가웠다.

가면 쓴 두 여인에 의해 온 세상은 침묵의 이름으로 지배당하고 있었다.

세상에서 가장 무서운 검진(劍陣) 속에 들어온 것 같았다. 불행히도 이를 파훼할 검초는 도저히 떠올릴 수 없었다.

유검은 길게 한숨을 내쉬며 막연한 시선으로 푸른 하늘을 올려다보았다.

'검의 길은 참으로 멀기만 하구나. 가도 가도 끝이 없으니…….'

참으로 가슴 아픈 일이었지만 패배를 인정할 수밖에 없었다.

그리고 난생처음 도망이란 한 단어를 떠올렸다.

한줄기 미풍이 이는 순간 유검의 모습은 사라지고 없었다.

냉랭한 기류만이 남아 있는 빈 공간에 크고 작은 두 여인의 시선이 마주쳤다. 차가운 불꽃이 튀었다.

화는 돌연 소맷자락으로 자신의 입술을 세차게 문질렀다.

"흥, 감히 나에게 이런 짓을 하다니! 다음에 만나면 가만두지 않겠어!"

돌부리를 차며 화를 내었다.

다우는 바위에 걸터앉으며 턱을 괴고는 시큰둥한 어조로 말했다.

"쳇, 좋았던 모양이지? 그냥 가만히 있던 걸 보면⋯⋯."

화는 그 말에 흠칫하더니 곧 느긋하게 팔짱을 끼고는 피식 웃었다.

"꼬마는 몰라도 돼. 어른들의 세계란 건 꽤나 어려우니까 말야."

다우는 아무런 대꾸도 하지 않고 다만 턱을 괸 채 푸른 하늘 위로 흘러가는 흰 구름으로 시선을 돌렸다. 어쩐지 허망해 보였다.

화는 다우에게 아무 말도 건네지 않고 빙글 몸을 돌리더니 해안가를 향해 발걸음을 옮기기 시작했다. 그녀의 발걸음은 무척이나 경쾌해 보였다.

그때 해안가 절벽 아래에서 꽈광! 하는 폭발성이 일었다. 하얀 연기가 뭉게뭉게 피어올랐다.

발걸음을 옮기던 화는 깜짝 놀라 어깨를 움찔거렸고, 바위에 턱을 괴고 앉아 있던 다우는 아무 소리도 못 들었다는 듯 그냥 흘러가는 구름만 바라보고 있었다.

"무슨 일이지?"

화는 경신술을 펼쳐 폭음이 일어난 곳으로 달려갔다.

다우는 멍하니 있다가 혼잣말처럼 조그만 소리로 중얼거렸다.

"그만 나오는 게 어때?"

말이 끝나자 좌측의 수림 속에서 한 사람이 천천히 걸어나왔다. 진삼원이었다.

다우는 여전히 눈길을 흘러가는 구름에 둔 채 그에게 지나가는 말투로 물었다.

"어디까지 이야기한 거지?"

진삼원은 어깨를 으쓱거리며 되물었다.

"무엇을?"

"그녀가 날 대하는 태도가 이상해. 아무래도 네가 홀린 것 같은데……."

"글쎄……."

어정쩡한 대답에 다우의 눈길이 진삼원에게로 옮겨졌다. 그의 두 눈을 똑바로 응시하며 진지하게 물었다.

"방해하려는 거야, 아니면… 도우려는 거야?"

진삼원은 슬쩍 그녀의 눈길을 피해 먼 하늘로 돌리며 모르는 척했다.

"글쎄… 나도 모르겠는걸."

햇살은 여전히 따가웠다.

*　　　　*　　　　*

해안가 절벽 아래 백사장, 이 장(二丈:6미터)여 깊이로 파인 모래 구덩이를 바라보며 일단의 남녀 기재들은 모두 놀란 얼굴로 입을 쩍 벌리고 있었다.

"지, 진천뢰(震天雷)?"

초영영은 아직 몸이 회복되지 않았는지 나오지 않았고, 초우라는 녀석은 그녀를 간병하러 가느라 자리에 없었다. 그렇게 모두 여섯 명의 기재들이 모여 있었다.

조금 전 다시 고남철의 얼굴로 변장해 있는 유검이 홀로 도착하자 이들 기재들은 준비해 뒀던 수작을 부리려 했다.

그런데 미처 말을 건네기도 전에 유검이 갑자기 등 뒤로 손을 돌려 하나의 쇠구슬을 떼어내더니 떨떠름한 표정을 지었다. 곧 입맛을 다시며 획! 하고 그들의 머리 위로 던져 버렸다.

기재들이 멍청히 바라보고 있는데 갑자기 귀를 찢을 듯한 굉음과 함께 그것은 이 장여 깊이의 모래 구덩이를 만들어내며 폭발해 버렸다.

솟구쳤던 모래비가 머리 위로 떨어져 내리는데도 기재들은 아무도 움직여 피하지 않았다. 말로만 듣던 진천뢰의 진저리쳐지는 파괴력에 너무도 놀라 그 감정을 추스르기 바빴기 때문이다.

"다우의 선물인가? 으음… 언제 저런 걸 내 등 뒤에 매달았을까."

유검은 입맛을 다시다 그들에게 말했다.

"자자, 별거 아니니까 계속하도록 하지."

그의 눈길이 향한 곳은 기재들 앞에 홀로 나서 있는 한 여인이었다. 무더운 날씨에도 불구하고 커다란 소맷자락을 가진 하얀 도복을 입고 있었는데 순결이란 단어가 어울릴 듯 청초한 미모를 지니고 있었다. 하지만 이 순간만은 너무 놀라 평소와는 달리 입을 쩍 벌린 채 멍청한 표정을 짓고 있었다.

유검은 그녀에게 물었다.

"자네 이름이……?"

그제야 정신을 차린 그녀는 딱딱한 얼굴로 포권하며 말했다.

"오대세가 중 백씨세가 출신으로 백몽추(白夢秋)라 합니다."

그녀는 내심 발악하듯 소리쳤다.

'이 인간 미쳤어! 우리들의 기를 죽이려고 진천뢰를 가져오다니… 도대체 뭘 생각하는 거야!'

유검은 고개를 끄덕였다.

"아… 이름을 들었는데도 잘 외워지질 않는군. 미안하네. 내 이름은 어제 밝혔다시피 고… 검추라고 하지. 근데…….'

유검은 해안가 절벽 위를 두리번거렸다.

아직 걷히지 않은 안개 사이로 투명하고 가늘기 그지없는 천잠사가 절벽 위 나무 사이로 여기저기 걸쳐 있었다.

보통 사람의 안력(眼力)으로는 도저히 발견할 수 없겠지만 유검에게 있어서는 단지 이상야릇한 일일 뿐이었다.

'왜 저런 걸 달아놓았을까?

백몽추는 유검의 태도에 흠칫했다.

'설마… 발견했단 말인가? 아니, 그럴 리야 없지. 바로 눈앞에 있어도 발견하기 힘든데 어떻게… 게다가 안개까지 끼어 있으니 절대 눈치챌 리 없어.'

단지 자신들이 수작을 부릴 것을 어느 정도 미리 예측하고 수상쩍은 눈으로 사방을 살펴보는 중이라 단정했다.

그녀는 태연한 얼굴로 재차 포권지례를 취하며 유검에게 말했다.

"고 교두님의 가르침을 받게 되어 저희들은 기쁘기 한량없습니다. 이에 저희들의 조그만 재간을 먼저 보여 드릴까 하니 어설픈 솜씨에 비웃지 말아주시옵길……!"

정중한 말투와는 달리 내심으로는 이기어검술을 보고 놀라 턱이나 빠지지 말라며 키득거렸다.

유검은 자신을 오라 가라 한 그들의 무례한 태도에 일단 먼저 훈계부터 내릴 예정이었지만, 자신들의 재간을 보여주겠다는 그녀의 말에 강한 호기심이 일었다.

사실 유검은 사부 현풍 아래서 홀로 무공을 익혀왔을 뿐 다른 사형제들과 함께 수련해 본 적은 극히 드물었다.

간혹 무당산에 커다란 행사가 있어 모처럼 비무(比武)를 통해 사형제들과 무공을 겨뤄보기는 했지만, 어느 정도 상대의 체면을 세워주는 선에서 싱겁게 끝내곤 했을 뿐 전력으로 실력을 발휘해 본 적은 없었다.

그럴 때마다 사부 현풍은 입버릇처럼 말했다.

"강호에는 헤아릴 수 없이 많은 기인이사(奇人異士)들이 있고, 또한 수없이 많은 어린 기재들이 밤낮을 가리지 않고 무공연마에 피와 땀을 아끼지 않으니 절대 자만해서는 안 된다. 험, 험… 너보다 훨씬 어리면서도 더 높은 경지에 달해 있는 놈들이 얼마나 되는지 알겠느냐? 대충 열에 한 놈씩만 골라도 무당산을 뒤덮고 말 것이다."

그리고는 '여인에 관해서'라는 말을 생략한 채 몰래 유검을 으슥한 곳으로 데려가서 높은 경지의 검술 공부를 드러내 보이곤 했다.

이러한 현풍의 무공은 당시 유검에게 있어 까마득히 높은 경지의 것이라, 스스로 같은 또래의 녀석들보다 조금 낫거니 하는 생각은 있어도 감히 자만할 생각은 하지 못했다.

이제 그야말로 얼떨결에 깨우침을 얻어 그 누구도 도달하지 못했던 전인미답의 상승 지경에 올랐다고는 하나 이러한 현풍의 '자만심 죽이기' 라는 사기 수법은 유검의 무의식에 뿌리 깊게 박혀 있어 아직도 여전히 강호에는 신기막측한 무공을 지닌 기인이사들이 많고 또한 자신보다 월등히 뛰어난 기재들도 많다고 여기고 있었다.

그래서 유검은 항상 다음과 같은 생각을 가지고 있었다.

'나보다 더한 기재를 지녔다면, 내가 깨달은 것처럼 갑자기 무공의 경지가 높아지지 말란 법은 없지 않은가?'

그런 가능성을 항상 염두에 두고 있었기에 어젯밤 발 끝으로 이기어검술을 펼친다는 초영영의 헛소리에도 쉽게 고개를 끄덕였던 것이다.

실제 낙양으로 향하는 관도에서 만난 이름 모를 흑의 청년만 하더라도 그랬다.

그가 보여준 한 수의 무공은 어떠했던가?

간단하기 이를 데 없어 보였지만 장난치듯 이기어검술을 펼칠 수 있게 된 지금도 그와 같이는 할 수 없었다.

또한 진삼원의 무공은 또 어떤가?

비록 기이하기 이를 데 없는 거대한 힘이 자신에게 있다고는 하나 스스로 제어할 수 없는 지금, 생사를 건 혈투를 벌인다면 어찌 이길 수 있다는 보장을 할 수 있겠는가.

그러니 중원에서 인정받은 기재들이라는 오룡삼봉이라면 혹여나 자신의 예측을 훨씬 뛰어넘은 무공의 경지를 보여줄지 모른다고 생각했다.

하지만 사실 이러한 유검의 기대는 까마득히 저 아래 있는 오룡삼봉에게는 너무도 비참한 높이였다. 비록 아무도 그런 사실을 인식하지는 못한다 할지라도……

어쨌든 서로의 마음을 읽지 못한다는 것은 참으로 다행한 일이었다.

덕분에 백몽추는 싱긋 자신의 청순한 미모를 충분히 활용한 상큼한 미소를 보여줄 수 있었으니까. 유검은 말똥말똥 호기심에 찬 눈으로 보답했다.

그녀는 유검에게 재차 정중히 예를 취한 후 천천히 십여 장여 떨어진 모래사장으로 걸어가더니 커다란 도포 자락에서 하나의 검을 꺼내 들었다.

검의 길이는 대략 삼 척(三尺:90센티미터) 정도였으며 검신(劍身)은 거무튀튀했다. 검끝은 일반적인 검보다 넓적하고 두꺼운 편이라 무게 중심이 앞에 있었고, 검의 손잡이에는 두 뼘 길이의 오색 수실이 달려 있었다.

그리고 가느다랗고 투명한 천잠사가 수실과 함께 검의 손잡이에 달려 있었는데, 또 다른 한쪽 끝은 그녀의 오른쪽 손목에 차고 있는 옥으로 된 팔찌에 이어져 있었다.

"삼가 깨달은 검의(劍意)가 있어 서툰 재간이나마 보여 드리고자 합니다."

노골적으로 이기어검술이라고 말하지는 않고 짐짓 겸손한 태도를 보였다.

그녀는 검을 쥔 채 날아갈 듯 두 팔을 좌우로 펼치며 우아하게 허리를 숙여 예(禮)를 표하더니 곧바로 백씨세가의 검법 중 하나인 윤회구검(輪廻九劍)의 기수식을 펼쳤다.

그녀는 나비처럼 허공에 몸을 띄운 채 커다란 도포 자락을 펄럭이며 몸을 회전시켰다. 동시에 부르르 검신이 진동하더니 겉 표면에 입혀져 있던 미세한 가루들이 떨어져 나갔다. 그 가루들은 신형이 회전하며 이는 바람에 휩싸이더니 교묘히 도포 자락 안으로 빨려 들어갔다.

거무튀튀하던 검신이 돌연 빛을 발했다.

겉 표면을 뒤덮고 있던 미세한 가루들이 떨어져 나감으로써 본래의 은빛 검신의 모습이 드러났다. 햇빛에 반사되어 그렇게 보인 것인데, 검(劍)은 신형과 함께 회전되고 있었기에 그러한 점들은 감추어지고 거리를 두고 보자면 일시지간 스스로 빛을 발하는 것 같아 보였다.

제법 교묘하기는 했지만 일반 무림인들이라면 몰라도 유검의 안력을 속일 수는 없었다.

'뭐지?'

유검은 그 비밀을 한눈에 파악하기는 했지만, 도대체 그녀가 무엇을 보여줄 것인지 아직도 감을 잡지 못하고 있었다.

휘리릭—!

허공에서 회전하던 그녀의 신형이 두 팔을 활짝 펼친 채 기러기처럼 가볍게 모래사장 위로 내려앉았다. 그렇게 평사낙안(平沙落雁)의 초식을 취하며 동시에 오른팔을 쭉 뻗었다.

쉬이익—!

날카로운 파공성과 함께 그녀의 손에서 검이 떠났다. 옅은 안개를 뚫고 절벽 위를 향해 날아갔다.

백몽추의 검결을 취한 손가락이 미묘하게 움직이자 천잠사로 연결된 검신은 날아가는 그 상태에서 커다란 포물선을 그렸다. 그 궤적에 절벽 위 나뭇가지 사이로 걸쳐 있던 천잠사가 걸렸다.

검날이 줄에 부딪쳐 완만하게 속도가 줄어드는가 싶더니, 백몽추가 천잠사를 통해 불어넣은 진기의 힘에 의해 반탄되어 휙! 옆으로 튕겨나갔다. 검신은 절벽 위 몇 개의 나뭇가지를 베며 신나게 날아가다 또 다른 천잠사로 만든 줄을 만나 방향이 급선회하였다.

그렇게 백몽추의 손에 의해 유도된 검은 옅은 안개를 갈기갈기 내찢으며 썩은 동아줄에 묶인 호랑이처럼 사납게 춤추듯 허공을 날아다녔다.

지켜보던 기재들은 모두 내심 감탄했다.

'후아! 생각보다 더 대단한걸—!'

상공을 날아다니던 검이 점차 추진력을 잃어 기세가 약해진다 싶을 즈음, 동글동글한 얼굴의 곤륜파 제자 공손비(公孫飛)가 우렁찬 기합 소리와 함께 신형을 날렸다.

"하아앗—!"

허공에서 운신이 자유로운 곤륜파 비장의 경신법인 운룡대팔식(雲龍大八式)을 펼치며 어느새 뽑아 든 검으로 백몽추가 조종하는 검과 함께 마치 비무라도 벌이듯 허공에서 검무를 추었다.

채챙챙! 하는 소리가 울려 퍼지며 허공에서는 또다시 화려한 볼거리가 만들어졌다.

지켜보던 유검은 내심 곤혹스러웠다.

비검술(飛劍術)에 약간의 회검술의 수법을 응용하여 저런 곡예 같은 볼거리를 만들고 있다는 사실은 바로 알 수 있었지만 왜 자신에게 저런 것을 보여주는지 그 까닭을 알 수가 없었던 것이다.

'혹 곡예단이라도 차려서 은자라도 벌 생각인가?'

하지만 혹시 자신이 미처 발견하지 못한 어떤 오묘한 점이 없나 싶어서 미간을 찌푸리며 안력(眼力)을 집중시켰다.

그 모습은 마치 고민에 빠져 갈등하는 것처럼 보이기도 했다.

힐끔 유검의 표정을 살피던 한 기재는 내심 비웃었다.

'홍, 꽤나 놀랐을 게다. 눈속임수나 펼치는 네 녀석이 언제 이와 같

이 장엄한 광경을 보았으랴? 흐흐흐……'

백몽추와 공손비의 연극은 절정에 달했다.

"이야압─!"

"합!"

마지막 기합 소리와 함께 챙! 하며 두 개의 검이 맞부딪쳤다.

공손비는 일부러 자신의 검에 진력을 주입시켜 두 토막 내더니, 짐 짓 충격을 받은 것처럼 뒤로 튕겨났다. 사람들의 시선이 그쪽으로 돌려지는 순간을 틈타 백몽추는 재빨리 자신의 검을 회수하더니 소맷자락 안으로 집어넣었다. 그리고 몰래 검의 손잡이에 연결되어 있는 천삼사의 끈을 풀면서 유검을 향해 우아하게 허리 숙여 예를 표했다.

"어설픈 솜씨로 괜히 눈만 더럽혀 드린 것은 아닌지 모르겠군요."

과다한 진기(眞氣)의 소모로 숨이 차 올랐지만, 그녀는 애써 태연한 기색을 유지하며 그렇게 말했다.

기재들의 시선은 일제히 유검에게로 향했다.

그들이 원하는 것은 유검이 깜짝 놀라 어설픈 핑계를 대고 슬그머니 도망치는 것이었다. 그리고 총교두인 진삼원에게 가서 도저히 가르칠 수 없다며 볼멘소리를 하고는 이 섬에서 떠나는 것이었다.

그렇게 긴장된 눈으로, 틀림없이 그렇게 될 것이라는 확신을 안고 유검의 반응을 기다렸다.

하지만 유검이 이런 그들의 마음을 알 턱이 없었다.

다만 백몽추가 펼쳐 보인 한바탕 '곡예'에 대해 뭐라 할 말이 없어 머리만 긁적거렸다.

훌륭한 사냥꾼이 되어 호랑이 잡는 법을 가르치기 위해 왔는데, 돌연 자신의 재간을 보여주겠다고 개구리를 잡으며 노닥거리고 있으니 무슨 할 말이 있겠는가.

사남이녀(四男二女) 모두 열두 개의 눈동자가 내뿜는 무언의 압력에 유검은 도살장으로 끌려가는 소처럼 어쩔 수 없이 억지로 입을 열었다.

"그러니까……."

기재들의 눈빛이 반짝거렸다.

유검은 어쩔 수 없다고 생각했다. 뭘 말해야 될지 모를 때에는 자신이 알고 있는 것을 내놓는 수밖에. 그렇다고 전혀 엉뚱한 이야기는 아니었다. 본래 자신이 여기 온 까닭도 그들에게 검을 가르치기 위해서니까.

스르릉―

유검은 철검을 뽑아 들고 그들에게 말했다.

"검을 간단히 말하자면 길어진 자신의 손과 같은 것이다. 이는 다른 병장기도 마찬가지겠지만……."

돌연한 유검의 말에 기재들은 어리둥절해했다.

순간 유검의 손이 뻗치며 철검이 허공을 날았다.

피이잉―

공기를 찢는 파공성과 함께 소용돌이치는 바다를 넘어 까마득한 수평선을 향해 끝없이 날아가더니 겨우 점으로 보일 정도가 되어서야 멈췄다.

"이 정도면 꽤 긴 손이지?"

유검은 그렇게 중얼거리며 천천히 오른손을 들어 올렸다. 그와 함께 아득한 수평선 너머에 있던 철검이 반원을 그리며 위로 같이 솟아올랐다.

철검이 까마득한 상공에 이르자 유검은 눈이 부셔서인지, 아니면 못마땅해서인지 눈살을 찌푸렸다.

"이처럼 진기(眞氣)로도 검을 움직일 수는 있지만… 역시 검의 놀림이 자연스럽지 못하지. 내 손의 일부라고는 할 수가 없어. 게다가……."

돌연 철검이 뚝! 떨어져 내렸다.

자연히 낙하하는 것이 아니라 진기의 힘에 의해 가속되어 무시무시한 기세를 담아 아래로 맹렬히 떨어져 내렸다. 뭉쳐져 있던 안개들이 화들짝 놀라 흩어졌다. 그 모습은 마치 용이 구름을 뚫고 땅으로 하강하는 것처럼 보였다.

퍼—억!

철검은 손잡이가 보이지 않을 정도로 파고들었다.

반 장(半丈:1.5미터) 깊이의 모래 구덩이가 파여지며 물결이 출렁이듯 모래들은 허공으로 치솟았다가 비[雨]가 되어 사방으로 떨어져 내렸다.

"이처럼 위력도 별 볼일 없다. 같은 진기의 힘이라면 그냥 손으로 잡고 휘두르는 것이 훨씬 낫지."

유검은 내심 조금 전의 백몽추가 보여준 비검술과 회검술의 응용에 대해 폄하할 생각으로 이 말을 꺼내는 것은 아니라고 부연 설명을 할까 하다 그만두기로 했다. 가르치는 입장에서는 한 가닥 위엄을 세워야 하고, 또 배우는 입장에서는 자존심이 다소 손상된다 하더라도 어쩔 수 없으니까.

하지만 기재들은 애당초 자신들이 펼쳤던 것과 유검이 보인 한 수의 공통점을 도저히 서로 연상조차 시키지 못하고 있었다. 다만 자신의 눈을 믿지 못해 두 눈을 비비거나, 혹은 깜빡깜빡거리다 서로 얼굴을 마주 보기에 바빴을 뿐이다.

그들은 내심 똑같이 한 생각을 떠올렸다.

'설마 이게 기환술?'

백몽추은 입술을 깨물었다.

'이건 눈속임수야! 정신 차려야 해! 똑바로 정신만 일깨우면 아무것도 아니야!'

유검이 손목을 위로 젖히니 모래 구덩이 속에서 또다시 모래비를 뿌리며 철검이 솟구쳐 올랐다.

철검을 손에 쥐고 유검은 중얼거렸다.

"그나마 이런 경우는 괜찮다고 할 수 있지. 일단 검의 길이가 늘어난 것이니까."

아무 일도 아니라는 듯 푸르스름한 광채와 함께 철검의 검신(劍身)이 늘어났다. 일 장 길이의 검강(劍罡)이었다.

순간적으로 발휘된 검강은 공기를 태우며 팍! 하는 소리와 함께 종이 타는 냄새를 사방에 뿌렸다. 대개 검강을 보았다고 주장하는 사람들이 흔히 그 증거로 내세우는 그 이상한 냄새였다.

기재들은 이번에는 놀라지 않았다.

아직까지 검강을 시전하는 모습을 본 적이 없었기에 다만 검기(劍氣)라 생각했다. 일 장 길이의 검기란 놀랍기는 하나, 그들도 그 정도는 어렵게나마 가능했기에 크게 놀라지 않은 것이다.

본래 흐릿하게만 보여야 할 검기치고는 너무 선명하기는 했지만, 이상한 종이 타는 냄새가 나는 것으로 보아 자신들 몰래 이상한 부적(符籍)을 태우면서 뭔가 주술(呪術)을 부린 게 틀림없다고만 생각했다.

그런데 그들이 납득할 수 없는 일이 벌어졌다.

유검은 해안가의 절벽을 보며 고개를 갸웃거리다 철검을 쭉 내밀었는데, 순간 검강이 고무줄처럼 늘어나더니 십여 장 밖의 절벽까지 닿았다.

파파팍—!

검강이 스치고 지나가며 돌덩이가 튀었다. 그리고 절벽에 네 개의 글자가 새겨졌다.

검재어심(劍在於心).

유검은 기재들을 돌아보며 말했다.

"문득 생각나서 적은 것이다만… 나의 손을 움직이는 것은 마음, 검도 마찬가지란 이야기야."

흔히 검식의 구결에 나오는 이야기니 새삼스러운 말은 아니었다.

백몽추는 내심 한 가지 의혹이 일면서 등골이 서늘해졌다.

'미리 절벽에 화약을 파묻어두다니! 그렇다면… 우리가 이 장소로 불러낼 줄 미리 알고 있었다는 걸까?'

이 순간 연이어지는 생각들.

어쩌면 자신들의 일거수일투족이 모조리 감시당하고 있었을지도 모른다. 그리하여 자신들의 행동을 미리 파악하고 저와 같은 수단을 부린 것이다. 결국 자신들은 부처님 앞의 손오공 신세가 된 것이다.

그런 결론에 달하자 백몽추는 오싹한 두려움이 일었다.

'무, 무서운 인간!'

처음부터 자신들의 기를 꺾기 위해 진천뢰를 터뜨릴 때 미리 알아보았어야 했다고 후회했다.

자신의 그러한 생각들을 다른 이들에게 전음으로 몰래 전했다. 다른 기재들 역시 놀람과 당혹, 두려움에 휩싸이기는 마찬가지였다.

　'총교두가 데리고 온 사람이다. 우리는 왜 그를 쉽게만 보았단 말인가?'

　모두들 자신들이 유검에 대해 너무 성급하게 결론을 내렸다고 후회했다. 이런 생각들 자체가 모두 오해라는 사실은 꿈에도 모른 채.

　그런 기재들의 급격한 심정 변화를 전혀 눈치 채지 못한 채 유검은 절벽 위의 네 글자를 음미하며 나름대로 만족하고 있었다.

　"어떤가? 문체는 괜찮지? 나름대로 신경을 썼는데… 그대들이 보기에는 어떤가?"

　유검으로서는 단순히 검에 대해 논하던 중 지나가는 말로 한마디 한 것이지만, 백몽추나 기재들이 받아들인 느낌은 전혀 다른 것이었다. 유검이 자신의 수단을 아예 노골적으로 밝히며 선전 포고를 했다고 여겼다.

　백몽추는 안색을 딱딱하게 굳힌 채 대답했다.

　"아주 고명하군요. 정말로 승복해 마지않습니다."

　음성은 차갑기 이를 데 없었고, 노골적인 적의를 드러내고 있었다.

　"…그래?"

　유검 역시 기재들의 태도가 이해가 가지 않아 떫은 땡감을 씹은 듯 떨떠름해했다.

　현풍이 자신에게 그러했듯이 나름대로 무공을 드러내어 그들로 하여금 경외심을 가지게 만들려 했는데 엉뚱하게도 당혹과 적의라니?

　유검도 바보가 아닌 이상 기재들이 은연중에 자신을 꺼린다는 것은 알고 있었지만 크게 신경 쓰지는 않았다. 본래 사람 살다 보면 낯선 이

방인과의 만남은 항시 있는 법이다. 처음에는 경계심으로 대하지만 조금씩 알게 되면서 서로 마음을 열게 마련이니 성심껏 가르치다 보면 자연히 친해질 거라 생각했다. 그런데 난데없이 당혹과 함께 노골적인 적의(敵意)를 드러내다니?

'뭐… 살다 보면 자연히 해결되겠지.'

그렇게 낙관적으로 생각하고는 다시 철검을 들어 보이며 검에 대해 태연히 논하기 시작했다.

"말했다시피 검에 마음이 있다면 나의 일부나 마찬가지다. 그것이 극명하게 드러난 형태는……."

우우웅―!

철검에서 하얀 빛을 발하기 시작했다.

"이와 같은 것이지."

하얀 광채에 휩싸인 채 철검은 서서히 이 장 위 허공으로 떠오르더니 갑자기 춤을 추며 멋진 매화를 여러 송이 그려내었다. 화산파의 매화검법이었다.

유검은 기재들을 살펴보며 내심 생각했다.

'역시 초영영이란 여자 아이가 말한 대로 최소한 이기어검술 정도는 자주 본 모양이군. 별로 놀라지 않는 것을 보니까.'

유검의 이러한 생각은 물론 헛다리를 짚은 것이었다.

검강을 본 적도 없는데 이기어검술 펼치는 것을 어디서 보았겠는가.

다만 눈앞에 벌어지는 이 기이한 광경에는 어떤 고명한 수단이 숨어 있는가에만 생각을 굴리고 있었다.

"이렇게 자신의 손을 놀리듯 검을 마음대로 움직일 수 있는 것은, 단순히 진기로 조종하는 것이 아니라 검과 나는 이미 심령으로 연결되어 있기 때문이다. 본래 정기신(精氣神)이 하나가 되고 오행의 기운이 조화를 이루는 삼화취정(三花聚精), 오기조원(五氣朝元)의 경지에 이르게 되면 일단 초입에 들어섰다 할 것이나, 무심(無心)과 도(道)가 합하여 오히려 유(有)에 이르는 허심합도(虛心合道)의 경지에 이르러서야 사실상 이기어검술이라 불러야 할 것이다. 그러므로……."

유검이 공자 왈 맹자 왈 내가의 공부에 대해 논하는 동안 기재들은 제각기 저마다의 생각에 빠져 있었다.

백몽추는 아직도 유검의 머리 위에서 매화검법을 펼치며 홀로 춤추고 있는 하얀 광채로 뒤덮인 철검을 힐끔 바라보며 내심 생각했다.

'저건 또 어떤 수작일까? 이자의 기환술은 확실히 고명하다. 도대체 어떤 눈속임수를 썼는지 도무지 짐작조차 못하다니……'

그러다 문득 한 가지 깨닫는 바가 있었다.

'아… 내가 어느새 저 인간을 보통 사람으로 생각해 버리고 말았구나. 보기에는 멍청하지만 사실 머리가 엄청 좋은 사람인 게 분명해. 아니, 교활한 걸까? 어쨌든… 우리가 도저히 짐작하지 못하는 수법으로 이런 사기극을 벌이는 거겠지. 도대체 어떤 수법일까? 기환술이란 게 내가 생각하던 것보다 훨씬 고명하구나. 정말로… 감탄할 만해.'

적의는 여전했지만 마음 깊은 곳에서 유검에 대한 감탄이 우러러 나오는 것은 어쩔 수 없었다. 어떤 방향으로든 극치에 이른 것은 사람의 진정을 움직이게 마련이니까. 물론 백몽추의 경우 전혀 엉뚱한 오해로 말미암은 것이 문제이긴 하지만.

그러다 심해 속에서 발견한 빛과 같은 한 가지 생각이 떠올랐다.

'혹, 진법이 아닐까?'

백몽추는 모인 기재들 중 자신 이외 유일한 여인, 제갈소혜(諸葛素

慧)에게 전음을 펼쳤다. 붉은색 바탕에 금색 문양의 꽃이 새겨진 기포(旗袍:치파오)를 입고 있는 그녀는 항상 무표정한 표정을 짓고 있었는데 평소에 거의 입을 열지 않아 있는 듯 없는 듯 존재감이 없어 보였지만, 기실은 제갈세가의 여식으로 기관진식 및 진법 등에 통달해 있는 기재로 은연중 오룡삼봉의 행동 방향에 결정적인 영향을 미치는 지낭이었다.

백몽추의 물음에 '침묵의 검후(劍侯)' 라 불리우며 극도로 말을 아끼던 그녀가 뜻밖에도 꽤 많은 말을 내놓았다.

'나도 그걸 생각해 보는 중이었는데… 사실 어떤 진(陣)인지 나로서도 전혀 짐작이 가질 않아. 그리고 주위를 살펴보았지만 나로서는 도저히 진법을 펼친 흔적을 찾아볼 수가 없었어. 저자는 기환술에 진법까지 통달한 게 분명해! 그것도 꽤 높은 경지의 것이야. 나로서는… 역부족인 것 같아.'

태양이 중천에 달해 있는데도 해안가 절벽 주위로 안개는 아직도 흩어지지 않고 있었다. 그리고 백사장 위에는 한 폭의 수묵화(水墨畵)처럼 한 사람은 검에 대해 논하였고, 기재들은 그것을 흘려들으며 자신들끼리 몰래 전음으로 논쟁을 벌이고 있었다.

나름대로 평화스러운 광경이었다.

"…하지만 무엇보다 중요한 것은 기본이다. 기본이 되지 않고서는 그 어떤 검법도 제대로 그 묘용을 발휘하기 어렵지. 흠… 이름난 기재들인 너희들이 이러한 사실을 모를 리야 없겠지. 질문있나?"

한 사람이 차가운 냉소를 터뜨리며 유검의 질문에 반응을 보였다. 마치 날이 선 하나의 검처럼 보이는 청년이었다.

그는 피식 비웃음을 던지며 유검에게 말했다.

"그 따위 눈요깃거리는 그만두는 게 어떻습니까? 말보다는 검으로, 귀보다는 몸으로 느끼고 싶군요."

그는 종남파 출신으로 낙일신검(落日神劍)이란 꽤나 거창한 외호를 가지고 있었다.

"음? 그런가? 하긴… 녹봉받는 처지에 말로 시간을 때울 수는 없는 법이지."

유검이 수긍하며 고개를 끄덕이자 갑자기 긴장의 농도가 급속도로 짙어졌다.

검으로, 몸으로 느낀다는 것은 무엇을 의미하는가?

그들의 짐작을 실증이라도 하듯 유검은 느긋하게 말했다.

"자, 준비들을 해야지. 모두들 검을 뽑도록."

기대들은 어안이 벙벙했다.

'설마 하니 우리들 모두와 한꺼번에 겨루겠다는 건가? 진삼원이라 할지라도 그런 말은 내뱉지 못할 텐데… 광오한!'

치밀어 오르는 모욕감에 그들은 몸을 부르르 떨었다.

차창! 챙!

기재들은 일제히 자신들의 보검을 뽑아 들었다. 예리하게 날이 선 검날이 햇빛에 반짝거렸다.

유검은 살기까지 어린 그들의 매서운 눈길에 어리둥절했다.

'실전처럼 수련하겠다는 건가? 흠… 기재들이라 확실히 다른 바가 있군.'

그렇게 생각하며 기재들에게 물었다.

"준비되었나?"

기재들은 저마다 한마디씩 쏘아붙였다.

"흥, 염려 마시죠!"

"후훗, 그런 눈속임수 따위야 진짜 무공에는 통하지 않는다는 것을 보여 드리죠."

기재들은 저마다 의기충천해 있었다. 도저히 눈으로 보고 믿을 수 없는 광경에 절대 있을 수 없다고 부정하고 있었지만, 그러면서도 마음 한구석에서는 혹시 진짜가 아닐까 하는 의혹이 일었었다. 이제 그 의혹을 말끔히 벗어던지고 자신들의 추측이 옳다는 것을 확인할 수 있는 기회가 온 것이다.

유검은 눈속임수라는 말을 이해할 수 없어 고개를 갸웃거리다 백몽추와 제갈소혜에게 물었다.

"그런데 너희들, 그 옷차림은 조금 불편해 보이는군. 괜찮겠나?"

"하등 문제될 것 없습니다."

"쳇, 신경 끄시죠!"

유검은 그들의 태도가 불손하기는 했지만 나름대로 수련에 의욕을 보이는 것이라 생각하니 오히려 기분이 나쁘지 않았다.

"좋아, 이제 수련을 시작하지."

유검의 머리 위에서 열심히 매화검법을 펼치고 있던 철검이 조용히 손바닥 위로 내려앉았다.

기재들은 일제히 긴장했다. 하지만 그들 중 유검이 왜 비검이 아니라 수련이라는 말을 했는지, 그 의미를 아는 자는 아무도 없었다.

유검의 손에 쥐어져 있던 철검이 홀연 날았다.

그 모습에 기재들은 움찔하며 저마다 전신 공력을 끌어올려 대비했다. 그들의 검에 푸르스름한 검기가 어리기 시작했다.

하지만 하얀 광채로 뒤덮인 철검이 날아간 방향은 그들이 아니라 바다 위였다. 바다의 소용돌이를 벗어나자 철검은 그 자리에 멈춰 서더니 곧 바다를 향해 십여 장이 넘는 검강을 뿜어내었다.

그 모습에 기재들은 어이가 없었다.

"이런… 이딴 걸로 겁을 주려고? 나참, 실제 겨뤄보자니까 꽁무니를 빼는 건가?"

"이기어검술에 검강? 허허… 점점 점입가경(漸入佳境)이로군. 눈속임수라도 웬만큼 말이 돼야 할 것 아냐!"

하지만 그들은 곧 눈앞에 펼쳐지는 광경에 압도되어 입을 쩍 벌린 채 다물지 못했다.

하얀 광채에 휩싸인 철검과 푸른 검강 주위로 회오리바람이 일고 있었다. 그 회오리바람은 급속도로 강해지며 영역을 넓혀갔다. 그 영향으로 바다에 새로운 소용돌이가 일었다.

유검이 뻗친 손을 횡으로 쭉 긋자 회오리바람의 중심에 선 철검이 바다에 검강을 뿌린 채로 같이 횡으로 이동했다. 멀리서 보자니 어린아이가 장난치듯 작대기로 물살을 가르는 것 같았다.

바다에 하나의 거대한 출렁임이 생겨났다.

검강과 그 주위에 인 회오리바람이 가른 바다의 깊이는 그대로 조그만 산 높이의 파고(波高)로 이어졌고, 곧 거대한 해일이 되어 해안가를 덮쳤다.

절벽보다 더 높은 파도가 푸른 하늘을 침식하며 일제히 몰려오자 기재들의 안색이 변했다.

사우량은 허공에 검광을 뿌리며 발악하듯 외쳤다.

"미, 믿지 마! 저건 환영일 뿐이다. 정신만 똑바로 차리면 된다."

백몽추는 안색이 창백해진 채 주위를 향해 소리쳤다.

"모두 가부좌를 틀고 앉으세요. 내공심법을 운기하면 저런 환영 따윈 사라질 겁니다. 어쨌든 함부로 움직이면 안 돼요!"

하지만 그렇게 소리친 백몽추조차도 연신 뒷걸음질을 치고 있었다.

유검은 아차! 하는 표정으로 중얼거렸다.

"이런… 빼먹을 뻔했군."

절벽 위 나무 사이에 걸려 있는 천잠사들이 일제히 유검의 손아귀로 회수되었다.

피핑—

천잠사는 곧 여섯 가닥으로 나뉘어 날아가더니 기재들의 허리를 감아 매었다.

기재들은 그 사실조차 눈치 채지 못했다.

순식간에 거대한 해일이 바로 코앞까지 달려와 당장이라도 덮칠 듯하자 기재들은 누가 먼저랄 것도 없이 모두 공포에 휩싸인 채 전력으로 경신술을 펼쳐 절벽 쪽으로 달아나기에 바빴다.

하지만 절벽에 이르러 몸을 위로 날리는 순간 그들은 모두 무형의 벽에 가로막히기라도 한 듯 비명을 지르며 아래로 튕겨나 버렸다.

유검은 여섯 가닥의 천삼사 끝을 손목에 감아쥐며 혀를 찼다.

"이런, 이런… 수련을 마다하면 안 되지. 뭐, 이런 낡은 수련 방식이란 게 조금 지루할지도 모르겠지만, 말했다시피 기본은 중요하니까 피해선 안 돼. 요는 파도 속에서 몸의 중심을 잡으며 검법을 펼치는 거야. 몸으로 체득해 봐."

지루할지 모르겠다는 유검의 걱정은 기우(杞憂)였다. 백사장 여기저기 널브러져 있는 기재들은 모두 절망에 가득 찬 눈으로 푸른 하늘을 가득 메우고 자신들을 덮치고 있는 거대한 해일의 천장을 바라보고 있었으니까.

해일이 절벽에 부딪치며 수없이 많은 하얀 포말과 함께 거대한 물보라를 일으켰다.

백사장은 물속에 잠겨 버렸다.

물속에서 동그란 공기막 속에서 가부좌를 틀고 앉아 있는 유검은 눈살을 찌푸렸다. 자신의 충고대로 몸의 중심을 잡고 검을 휘두르는 녀석은 단 한 명도 없었던 것이다.

두 손, 두 다리를 허우적대며 어떻게든 수면 위로 올라가려고 발버둥 치는 놈, 파도에 휘말려 절벽에 부딪쳤다가 실 끊어진 연처럼 바다 밑으로 가라앉는 놈, 모두 제정신을 못 차리고 있었다.

"이런… 왜들 저러는 거지? 수련할 생각은 않고……."

보다 못한 유검은 천잠사의 끈을 잡아당겼다.

다섯을 헤아릴 무렵, 여섯 명의 기재들이 일시에 공기막 안으로 튕겨져 들어왔다.

기재들은 대부분 의식을 잃고 있었다. 그 와중에서도 그나마 의식의 끈을 놓치니 않고 있는 이는 백몽추와 사우량 둘뿐인데, 여전히 정신을 못 차리고 멍한 눈빛들이었다.

유검은 그런 그들의 모습에 실망감이 일었다. 절로 한숨이 나왔다.

곧 지풍을 날려 그들의 의식을 일깨웠다.

물을 토해내거나 신음 소리를 흘리며 하나둘씩 깨어났다. 기도에 물이 들어갔는지 쿨럭쿨럭 연신 기침을 내뱉는 자도 있었다.

유검은 못마땅한 얼굴로 그들에게 말했다.

"너흰 운이 좋다는 것을 알아야 한다. 난 비 오는 날이 되어야만 겨우 계곡의 급류로 가서 수련할 수 있었거든."

기재들은 아직도 제정신들이 아니었다.

멍청한 얼굴로 유검의 말을 꿈결처럼 듣고만 있을 뿐 현재 상황을 이해조차 못하고 있었다.

유검은 공기막 바깥으로 흐르는 수류의 움직임에 곧 두 번째 파도가 밀려옴을 느꼈다.

"자, 계속하지. 안 되겠다 싶으면 천잠사를 끌어당겨라. 그럼 일단 수련을 포기한 것으로 간주하고 빼내어주마. 뭐… 그럴 사람은 없겠지만."

유검은 말이 끝나자마자 곧 공기막을 지워 버렸다.

백몽추는 황급히 소리쳤다.

"자, 잠깐… 흡!"

백몽추는 밀려드는 물살에 허우적거리며 물만 삼켰을 뿐, 간신히 자신의 의사를 전달할 기회를 놓쳐 버리고 말았다.

물속에서 허우적대기 바쁜데 언제 천잠사 줄을 잡아당길 여가가 있겠는가? 게다가 당기고 싶어도 어딘가 신형을 안정시킬 곳이 있어야 가능하지 않은가? 항의할 것은 많았지만 단 하나도 전달하지 못한 것이다.

이제 와서 더 이상 환영이니 엉뚱한 생각을 굴릴 여유를 가진 자는 아무도 없었다. 당장 생존의 본능 앞에 모두들 허우적거리기 바빴다.

단숨에 절벽 위로 올라간 유검은 여섯 가닥의 천잠사 줄을 철검의 손잡이에 묶고는 노련한 낚시꾼처럼 바다 위로 드리웠다.

바다에서는 조그만 산과 같은 파도가 집어삼킬 듯 덮쳐 오고 있었다.

유검은 그 광경은 한가롭게 바라보다 문득 생각난 듯 중얼거렸다.

"그러고 보니… 점심 시간이로군."

쏴아아―!

거대한 파도가 휩쓸고 지나간 후 절벽 위의 바위에는 철검만 손잡이까지 박혀 천년고목처럼 그 자리를 굳건히 지키고 있을 뿐 유검의 모습은 보이지 않았다.

바다 위로 드리워진 여섯 가닥의 천잠사는 거대한 대어(大魚)라도 낚은 듯 팽팽하게 당겨져 있었다.

잠시 후 다우가 물에 흠뻑 젖은 채 좌측의 수림에서 폴짝폴짝 뛰어나왔다.

"와아―! 역시 오라버니는 대단해! 너무 멋져!"

다우는 절벽가에 도착하자 혼돈의 소용돌이에 빠져 있는 바다를 향해 두 팔을 활짝 펼쳤다.

그곳에는 몰아 닥친 파도로 인해 잔뜩 물기를 머금은 거친 바람이 일고 있었기에 그녀의 헐렁한 장포와 머리카락이 미친 듯 춤을 추었다.

다우는 두 눈을 감고 조금 전 유검의 행동을 떠올리며 장난치듯 팔을 횡으로 쭈욱 그었다.

유검의 일검에 의해 바다에 깊은 고랑이 생기며 거대한 파도가 일 때의 모습을 재차 음미하며 까아~! 소리를 질렀다.

물에 흠뻑 젖은 모습의 진삼원이 다우의 뒤를 이어 수림에서 뚜벅뚜벅 걸어나왔다. 그는 철검에 묶여져 있는 천잠사 줄을 장난 삼아 한 번씩 당겨보더니 혼잣말로 중얼거렸다.

"이거야 원……! 설마 망가지기야 할까. …라는 확신이 점차 옅어지는군."

다우는 힐끔 그의 눈치를 보며 변명하듯 말했다.

"그러니까… 오라버니는 절대 무책임한 게 아니야. 아마도… 아마도… 그렇지! 우리가 와 있는 것을 눈치 챈 거야. 그래서 슬쩍 자리를 피한 게 틀림없어! 사실 오라버니는 생각보다 무지 부끄러움이 많거든. 날 볼 면목이 없었던 게 분명해……."

다우는 자신이 유검에 대해 투덜대거나 욕할 수는 있어도 남에게 그런 소리는 듣기 싫었기에 애써 그를 변호했다. 하지만 그렇게 변명하다 보니 유검이 화에게 입을 맞추던 장면이 떠올라 점점 음성에 풀이 죽었다.

'나쁜 자식! 감히 내 앞에서 그런 짓을 하다니… 너무 뻔뻔스럽잖아! 아무리 동생이라도… 동생이라도…….'

진삼원은 고개를 갸우뚱거렸다.

"글쎄… 그보다는 단순히 배가 고파서 뭘 먹으러 간 게 아닐까?"

"아니라니깐!"

갑자기 욱하는 게 치밀어 올라 다우는 고성을 질렀다.

그녀는 바위에 박혀 있는 철검의 손잡이를 단단히 움켜쥐더니 힘껏 잡아당겼다.

진삼원은 고개를 가로저었다.

"그대로 두는 편이 좋아."

"왜? 저들을 이대로 죽게 내버려 두자고? 그까짓 점심은 다음부터 내가 챙겨주면 되잖아! 겨우 그까짓 것 가지고 뭐라 할 건 없잖아!"

다우는 영문 모를 소리를 내뱉으며 철검을 뽑으려 했지만 뿌리 깊이 박힌 듯 꼼짝도 하지 않았다.

진삼원은 쓴웃음을 지으며 말했다.

"저놈들은 그래도 내공이 정순한 편이니까 일각 정도 물속에 있다고 해서 숨 막혀 죽거나 하지는 않는다."

그녀가 용을 쓰다 결국 포기하는 것을 보고 진삼원은 슬며시 땅을 통해 철검에 불어넣었던 공력을 거두었다.

그리고 바다로 이어진 여섯 가닥의 천잠사로 눈길을 돌리며 말을 이었다.

"저놈들은 모두 자부심이 대단하지. 각 문파에서 최고의 기재들로 인정받았으니까 말이야. 그리고 나름대로 모두들 열심히 노력은 한다. 타고난 재능에 노력을 더하니 꽤 그럴듯한 성취를 일구어내었다. 하지만… 그뿐이다. 저놈들은 자신들이 최고인 줄 알고 스스로 높은 벽을 주위에 쌓아 올렸다. 눈과 귀가 모두 막혀 버렸어. 주위에서 너무 치켜세워 준 탓도 크지만… 어쨌든 그 벽을 깨부숴야만 한다. 그렇게 한 명의 무인으로 거듭나야만 한다. 그렇지 않고서는 단순한 멍청이들밖에는 되지 않아. 마교를 깨부순다 하더라도 후대를 이끌어 나갈 저놈들이 그런 멍청이에 불과하다면 아무 의미가 없지. 마교는 또다시 발호하고 말 테니까. 사실 정작 마교보다는… 아참, 내가 북해에 다녀온 이야기를 해줬던가?"

진삼원의 질문에 다우는 건성으로 고개를 저으며 오직 꼼짝도 않는 철검을 노려보고 있었다. 불만이 가득한지 두 볼이 통통 부어 있었다.

진삼원은 그녀가 자신의 말에 귀를 기울이지 않는 것에 섭섭해하며 말을 이어 나갔다.

"어쨌든… 다른 교두들이라면 능력의 유무는 둘째 치고라도 저 녀석들을 저렇게까지 몰아세울 수가 없지. 만약 저 녀석들이 조금 다치기라도 하는 날이면 구대문파와 오대세가로부터 무슨 소리를 들을지 모르니까. 자칫 은원까지 맺을지도 모르고……."

이번에는 반응이 당장 되돌아왔다.

다우가 뭔가 이상한 듯 불쑥 질문을 던진 것이다.

"그럼… 오라버니는 괜찮아? 다른 교두는 안 되면서 왜 오라버니는 괜찮은 거지?"

다우의 물음에 진삼원은 흠칫했다.

그는 미간을 찌푸린 채 곤혹스러운 얼굴로 묵묵히 생각에 잠겨 있다 조심스럽게 답을 내놓았다.

"그냥… 인가?"

자신의 대답이 스스로도 이상한지 고개를 갸웃거렸다.

그러다 진삼원은 하늘을 올려다보았다.

푸른 하늘, 흘러가는 하얀 구름, 진삼원은 자신도 모르게 파안대소를 터뜨렸다.

"과연 그랬군. 그냥이었다, 그냥이었어. 푸하하하핫!"

다우는 아미를 찌푸렸지만 반박하지는 않았다. 그냥이라는 진삼원의 말이 이상하게도 설득력이 있었던 것이다.

다우는 길게 한숨을 내쉬었다.

먼바다로 눈길을 돌리며 그녀는 씁쓸한 미소를 지었다.

그냥이라는 말이 마음을 울렸다.

자신은 왜 유검의 곁에 있는 걸까?

'그냥……'

그 말은 이상하게도 쓸쓸함을 불러일으켰다.

이렇게 그와 가족으로 있는 지금이 결코 나쁘진 않다. 유검의 인격이 훌륭한지 어떤지는 몰라도 최소한 자신에게 있어서 가장 좋은 오라버니였으니까.

하지만…

유검이 화에게 입을 맞추던 장면이 또다시 선명하게 떠올랐다.

'하지만… 뭐가 어쨌단 거야? 응? 별거 아니잖아. 뭘 망설이는 거야! 쳇, 뭐야? 이 다우님이 겨우 그런 걸로 눈 하나 깜짝할 것 같애? 좋아, 본때를 보여줘야지! 두고 보라구! 나한테 반해서 졸졸 따라다니게 만들고 말 테니깐!'

내심 그렇게 소리치면서도 다우는 쉽사리 자신의 결정에 확신을 가지지 못했다.

하나의 두려움 때문이었다.

겉으로 드러난 유검의 감정과 생각은 쉽게 알 수가 있었다. 최소한 자신이 하나의 가족으로서, 동생으로서 있을 때 유검의 태도와 행동은 충분히 예측 가능했다.

하지만…

한 가지 가정에 대해서만큼은 그 결과에 대해 결코 자신을 가질 수 없었다. 그 가정에 대해서만큼은 유검이 지닌 내면의 바닥은 흐릿한 안개가 두터운 벽으로 가로막혀 보이지 않았다.

망연한 시선으로 먼바다를 바라보며 생각에 잠겨 있던 다우가 갑자기 소리쳤다.

"좋아, 내기 하자!"

"음?"

의아해 되묻는 진삼원에게 다우는 입술을 깨물며 재차 외쳤다.

"내기하잔 말이야, 내기!"

"내기? …뭘 걸고?"

"그건… 몰라도 돼! 하여간 하면 되는 거야. 넌 오라버니가 뭘 먹으러 갔을 거라고 했지?"

"흠… 그랬지."

"좋아! 그럼 난……."

다우는 마침내 결심한 듯 그렇게 소리치는데, 갑자기 수면 위로 하나의 인영이 솟구쳤다.

까마득히 높이 솟은 그 인영은 태양의 역광에 검은 그림자로만 보였으나 다우는 그것만으로도 그가 누구인지 알 수 있었다.

유검이었다.

다우는 햇살에 눈이 부시는지 눈을 가늘게 뜨고 유검을 올려다보았다. 그의 양손에는 사람 키만한 거대한 조개가 들려 있는 것을 보고 무심코 중얼거렸다.

"알고 보니 조개 캐러……."

그러다 흠칫하고는 서둘러 자신의 말을 철회했다.

"아냐! 이건 무효야, 무효!"

그녀는 얼굴을 시뻘겋게 붉히더니 누가 쫓아오기라도 하는 듯 뒤돌아 서서 달아나기 시작했다. 연신 이번 내기는 무효라고 외쳤다.

절벽 위에 내려선 유검은 멀뚱한 얼굴로 멀어져 가는 다우의 뒷모습만 바라보았다.

"왜 저러지?"

"글쎄……."

진삼원은 피식 웃으며 한마디 덧붙였다.

"어쨌든 무효라는 말에 나도 찬성."

그렇게 말을 끝내고는 다우가 달려간 방향으로 천천히 걸어갔다.

유검은 거대한 조개를 내려놓고 나서 영문을 몰라 머리만 긁적거렸다.

"뭐가 무효라는 거지?"

유검이 펼친 일검은 바다에 거대한 고랑을 만들어내었고, 그것은 한두 번의 파도만으로 끝나지 않았다.

세 번째 파도가 밀려오고 있었다.

철검의 손잡이에 이어진 여섯 가닥의 천잠사는 실 끊어진 연처럼 계속해서 출렁였으나 안타깝게도 유검의 관심을 전혀 받지 못하고 있었다.

◆第三章
솜털 같은 세상

 솜털 같은 세상

망망대해를 표류하는 한 척의 돛단배. 조그만 강 어귀에서나 어울릴 듯해 보였고, 망망대해를 표류하기엔 너무 작아 보였다.

한 중년인이 뱃머리에 앉아 아무 생각 없이 멍한 시선으로 수평선 너머를 바라보고 있었다. 사람 좋은 미소가 항상 입가에 걸려 있는 그는 일월표국의 뚱보 총관이었다.

그는 저 멀리 시커멓게 다가오는 무언가를 보고 눈살을 지푸렸다.

"저게 뭐지?"

곧 그의 얼굴은 경악과 공포로 얼룩졌다.

"파, 파도다!"

얼마나 놀랐는지 앉은 자세에서 펄쩍 삼 척이나 뛰어오를 정도였다. 그 반작용으로 돛단배가 출렁거렸다.

땡!

갑판에서 망치가 날아와 총관의 머리를 때렸다.

"시끄러! 너 때문에 또 실패했잖아!"

갑판 위에 가부좌를 틀고 앉아 있는 일월표국의 국주는 두 조각으로 부러진 노를 내밀며 무시무시한 살기를 내뿜고 있었다.

총관은 부러진 노라는 것이 애당초 못을 박아 해결될 문제가 아니라는 사실을 제기하고 싶었지만, 그보다는 당장 눈앞에 닥친 현실이 다급했다.

총관은 한 손으로는 불룩 솟아오른 혹을 어루만지며 또 다른 한 손으로는 거대한 파도가 밀려오는 수평선 너머를 가리키며 다급히 소리쳤다.

"파, 파도라니까요, 파도! 엄청나게 큰 파도가……!"

"쯔쯧… 육지 놈은 이래서 안 된다니까. 본래 바다에는 항시 파도가 이는 법이다. 흘러가는 세상사처럼 말이지. 때로는 거칠기도 하고, 그러다 곧 잠잠해지기도 하지. 흠… 내가 생각해도 꽤 심오한 말인 것 같군."

국주는 부러진 노의 단면을 세심하게 살피며 건성으로 대꾸했다.

"쩝, 괜한 성질만 안 부렸어도……."

부러진 노에 대해 아쉬워할 뿐 자신이 간절하게 손가락으로 가리키는 전면의 방향에 대해서는 일체 눈길을 주지 않는 국주의 태도에 총관은 버럭 소리를 지르고 싶어졌다.

"눈구멍이 막혔냐? 개 눈깔이라도 뚫려 있다면 저길 보란 말이다. 보라구, 봐!"

할 수만 있다면 주먹을 쥐고 국주의 눈앞에서 휘둘러 보이고 싶었다.

그런 행동은 사태 해결에 하등의 도움이 될 수 없다는 것을 알고 있기에 총관은 이성을 되찾고 최대한 감정을 억제한 채 조용히 국주를 불렀다.

"국주님……."

"말해."

"수밀지체의 소녀와 유 공자님을 찾는 일은 이제 포기해야 할 것 같습니다."

"왜?"

"우리는 곧 침몰할 테니까요."

"음?"

국주는 그제야 부러진 노에서 시선을 돌려 총관을 바라보았다.

총관은 우아한 손놀림으로 전면을 가리켰다.

그는 내심 은밀한 미소를 머금었다.

'어떠냐? 내 말이 맞지? 저걸 보고도 겨우 그까짓 파도라고 부를 수 있는지 두고 보자!'

총관은 국주의 경악 어린 표정을 기대하며 내심 희열에 젖었다. 설령 이 자리에서 죽는 한이 있더라도 자신의 말에 귀를 기울이지 않았음을 한탄하는 모습만 볼 수 있다면 여한이 없을 것 같았다.

하지만 그의 그러한 기대는 여지없이 빗나갔다.

"호오~!"

밀려오는 거대한 파도를 보고서도 태연하게 감탄사를 한번 내뱉을 뿐, 전혀 놀라거나 다급한 표정 따위는 없었다.

국주는 안부 인사를 묻는 것처럼 지나가는 말투로 총관에게 물었다.

"근데… 총관, 등평도수(登萍渡水)는 펼칠 수 있지?"

"예? 그, 그 정도야 뭐……."

"좋아. 받아라."

국주는 부러진 노를 총관에게 건네주고는 훌쩍 돛대 위로 올라가 밀려오는 거대한 파도를 감상했다.

부러진 노를 들고 멍하니 돛대 위의 국주를 올려다보다 총관은 문득 떠올렸다.

국주의 실제 신분은 일월교의 총교주. 지난바 일신 무공은 가히 측량할 수 없음. 평소 국주의 느긋한 태도 때문에 알면서도 자주 잊게 되는 사실들이었다.

총관은 동시에 깨달았다.

현재 위험에 처한 것은 오직 자기뿐이라는 사실을. 그리고 자신이 해야 할 일은 교주에게 '우리의 위험'을 공감시키는 것이 아니라 제발 살려달라는 애원이었음을.

깨달음을 미처 행동으로 옮기기도 전에 조그만 돛단배는 금세 거대한 파도에 휘말려 버렸다.

*　　　　　*　　　　　*

은은히 낙조(落照)가 일 무렵, 연신 파도가 몰아쳐 오던 바다는 고요를 되찾고 있었다. 격전에 시달려 지쳐 버린 듯 평소의 소용돌이마저 이 순간만은 잠잠했다.

수평선 너머로 서서히 가라앉은 태양과 함께 금빛 편린들이 잔잔히 찰랑이는 파도와 함께 바다 위로 뿌려지고 있었다.

각종 해초와 배를 드러낸 물고기들이 널려 있는 백사장 위로 엉망진

창이 된 옷차림의 여섯 기재들이 빳빳한 차렷 자세로 서 있었다. 그들은 얼마나 얼어붙었는지 눈동자 한 번 굴리지 않고 있었다.

유검은 그들 앞에 조용히 서 있었다.

"오늘 모두 수고 많았다. 그런데… 조금 지루했나?"

유검의 말에 여섯 기재들은 일제히 목이 터져라 대답했다.

"아닙니다!"

오로지 목청 높여 부인하는 것만이 살아남을 유일한 길이라고 생각한 듯 필사적인 외침이었다.

유검은 얼어붙은 그들의 태도에 떨떠름한 표정을 짓다가 곧 온화한 표정으로 부드럽게 말했다.

"이봐, 모두 편한 자세로 있어도 괜찮다니깐. 나는 엄격한 편이 아니야. 그러니까 가르침을 준다기보다는… 그렇지, 검에 대해 같이 논하고 함께 수련하는 그런 사형제 같은 사이가 되었으면 해. 만약 너희들이 바란다면 실전 비무도 가끔씩 하고……."

기재들은 기겁하여 일제히 소리쳤다.

"아닙니다!"

유검은 미간을 찌푸렸다.

혹시 자신의 수련 방식이 지나쳤나 곰곰이 되새겨 보다 고개를 저었다.

'아무리 생각해 봐도 별로 어려운 건 없었던 것 같은데… 예전에 사부가 했던 것처럼 급류 위로 통나무를 흘려보내는 방식도 없었고, 몰래 암기를 던지거나 하는 것도 없었잖아. 기껏 물 좀 먹는 것 이외에 전혀 별다른 건 없었는데… 왜들 이럴까?'

아무래도 기재들이 뭔가 오해를 하고 있는 것 같다 여기고 부드럽게 다시 말했다.

"하고 싶은 이야기가 있으면 지금 말해도 돼. 뭐, 나에 대한 불만이 라든가… 혹은 이러저러했으면 한다든가……."

유검의 음성이 부드러워질수록 기재들의 동작은 더욱 굳어져 갔다.

유검은 그들이 아무도 입을 열지 않자 재차 물었다.

"정말 하고 싶은 말이 없어?"

"없습니다!"

유검은 내심 한숨이 나왔다.

'이런… 나를 마치 대마두로 착각하고 있는 것 같군.'

안 되겠다 싶어 한 명을 지적해서 물었다.

"혹 하고 싶은 말 없나?"

지목받은 백몽추는 안색이 창백해졌다. 곧 그녀는 교성을 소리 높여 외쳤다.

"군사부일체라는데 감히 사부님 앞에서 어찌 불만을 품겠습니까. 부디 바라건대 하해와 같은 은혜를 베푸시어… 베푸시어……."

그녀는 끝 말은 잇지 못하고 설움이 복받친 듯 울먹거리고 말았다.

강호에는 말보다는 검, 이라는 말이 한때 유행했다.

어떤 논리보다 더 우선적으로 통용되는 것이 힘이라는 의미였다.

기재들은 단순히 관전할 때야 기환술이나 진의 환영 따위로 얼마든지 상상의 나래를 펼칠 수 있었지만, 막상 온몸으로 처절하게 경험하고 보니 허튼 생각을 할 틈이 없었다.

휘몰아닥치는 암흑의 파도 속에서 이러저리 태풍 앞의 가랑잎처럼 마구 차대이면서 언제까지 이런 지옥 속에 있어야 하는가 하는 절망과 함께 눈으로 보고서도 믿지 못한 스스로의 어리석음을 뼈저리게 통탄

하였다. 그리고 그것은 치열하게 솟구쳐 오르는 생존 본능과 함께 절대적인 힘을 가진 이에 대한 절대 복종으로 이어졌다.

그런 기재들의 속사정이야 어찌 되었든, 유검은 아무래도 서로 조금 더 화기애애한 분위기가 되는 것이 좋겠다 생각하고 있었다.

약간 고민해 보다 품속에서 하나의 조그만 쇠 호루라기를 꺼내 들고 힘껏 불었다.

들리지 않는 소리가 천리를 달렸다.

*   *   *

편복도 산 정상. 지름이 수백 장이나 되는 거대한 분화구 안에서는 하얀 연기가 뭉클뭉클 뿜어져 나오고 있었다.

화산은 당장이라도 용암을 분출할 듯 우르릉 하는 소리와 함께 꿈틀대고 있었다.

분화구 변두리에 서 있던 화는 대자연의 포효(咆哮)에 압도되어 움찔했다.

그녀는 두려움과 호기심이 복합된 눈빛으로 사선으로 깊이 파여진 분화구 안을 바라보며 중얼거렸다.

"뭘까… 저 안에서 누군가 날 부르고 있어."

진천뢰의 폭발 소리에 황급히 달려가던 화는 또다시 머리 속에서 이상한 소리를 들었다.

그 소리의 명확한 의미는 알 수 없었지만, 마치 아이가 젖 달라고 울며 보채듯 귀엽고도 간절한 느낌이라 화는 가슴이 뭉클해졌다.

그 후 그녀는 마치 홀린 듯 그 소리를 따라 여기까지 와버렸다.

우─우─웅─

애절한 소리가 또다시 가슴을 헤집어놓았다.

그녀는 두 손으로 자신의 가슴을 꼬옥 안았다.

누군가에게 묻지 않고서는 못 배기겠는지 떨리는 목소리로 중얼거렸다.

"이 느낌… 뭘까? 꼬옥 안아주고 싶은 이 느낌… 이 느낌은……."

정말로 꼬─옥 안아주지 않고서는 도저히 견딜 수 없을 것 같았다.

안아주고 싶은 충동을 견디지 못해 그녀는 한 걸음 분화구 안으로 내딛다가 흠칫했다.

"아……!"

화는 자신도 모르게 분화구 안으로 들어가려 했음을 깨닫고 두려운 표정으로 연신 뒷걸음질쳤다.

이때 또다시 머리 속으로 들려오는 간절하고도 슬픈 느낌의 소리.

화는 황급히 변명했다.

"아, 아니야. 난 떠나려는 게 아니야. 그냥……."

세차게 고개를 젓다 뭔가 결심한 듯 화는 입술을 깨물었다.

"그래, 알았어."

화는 또다시 분화구의 끝까지 걸어갔다.

길게 사선으로 깊이 파여진 분화구를 내려다보니 지옥의 입구를 바라보는 듯한 두려움이 일었다.

하지만 머리 속에서 들려오는 칭얼거리는 듯한 소리.

그녀의 표정은 서서히 부드럽게, 온화하게 변해갔다.

"그래, 그래. 나 여기 있을게. 염려하지 마. 염려하지 마… 난 떠나지 않아."

그녀는 분화구 아래를 내려다보며 부드럽게 말했다.

주위는 서서히 어둠으로 물들어가는데 자장가 소리가 은빛 실처럼 은은히 울려 퍼지기 시작했다.

* * *

타타탁—! 탁!

해변의 백사장을 붉게 물들이는 모닥불.

주위에 어른 몸통만한 바위가 품(品) 자 형태로 놓여져 있었고, 그 위로 거대한 조개가 올려져 있었다.

조개는 아가리를 쩍 벌린 채 속살을 드러내고 있었는데, 불길에 닿은 지 꽤 오래된 듯 껍질이 시뻘겋게 변해 있었다.

불길이 조금 약해질 무렵 땅딸막한 손가락이 모닥불 주위에 어른거렸다. 손가락 끝에서 삼매진화(三昧眞火)가 일더니 불길이 확 솟구쳤다.

여전히 검은 보자기를 뒤집어쓴 모습의 일양괴는 아무 말 없이 뒤로 물러났다.

"흐음… 다 익어가는 것 같은데… 맛이 있으려나?"

유검은 웃으며 말했지만 주위에 가라앉아 있는 침묵의 덩어리는 조금도 손상되지 않았다.

모닥불을 가운데 두고 기재들은 모두 가부좌를 틀고 뻣뻣한 자세로 앉아 있었다.

달리 시선을 둘 곳이 없어서인지 모두들 뚫어져라 조개만 쏘아보고 있었는데, 조금 전 일양괴가 펼친 삼매진화를 보고서도 아무도 놀라지 않았다.

그들이 알고 있는 삼매진화란 몸속의 독을 태우거나 혹은 여흥 삼아 술잔을 데우는 정도의 것이었지, 실제 유형화(有形化)되어 불길을 일으키는 것 따위는 본 적이 없었다. 마땅히 그 내공의 심후함에 대해 놀라고 경악해야 옳은 것이지만, 이미 이들에게는 그런 것을 구분할 만한 감각이 마비되어 있었다.

장난삼아 이기어검술이 펼쳐지는 것은 그렇다 치더라도, 일검에 거대한 해일까지 일어나는 것을 보고 몸으로 겪었는데 달리 무엇에 놀랄 수 있겠는가.

그들은 처음에는 이 악몽과도 같은 하루가 빨리 끝나기만을 바랐다. 한숨 편히 자고 나면 아무런 일도 없었던 것처럼 평소의 일상이 돌아오지 않을까 하는 흐릿한 기대심과 함께.

하지만 침묵의 시간이 깊어짐에 따라 차츰 생각들이 바뀌어져 갔다. 차츰 현실을 인정하기 시작한 것이다.

온몸은 여기저기 멍들어 있었고, 조금만 움직여도 전신의 근육은 찢어질 듯 아팠다. 그렇기에 이런 정자세로 앉아 있는 현재가 편안했다.

일체 어떤 변화도 바라지 않았다.

유검은 아무것도 묻거나 시키지 않고, 자신들은 이렇게 그냥 앉아 있으면 된다. 그렇게 아무 일도 일어나지 않은 상태로 그냥 멍하니 있을 수 있는 것만으로도 충분히 행복했다.

하지만 그런 조그만 소망조차 곧 깨어지고 말았다.

파라라락—!

찢어질 듯 옷자락 펄럭이는 소리가 들린다 싶은 순간 어느새 월음괴의 모습이 유검 앞에 나타나 있었다.

"아, 가져왔나요?"

"예, 분부하신 대로 몽땅 가져왔습니다."

유검의 물음에 월음괴는 들고 온 철상자를 활짝 열어 보였다. 그 안은 하얗게 서리가 앉아 있는 대나무 통들로 빽빽하게 채워져 있었다.

유검은 철상자 안에서 죽엽청이 든 대나무 통을 기재들에게 하나씩 나눠 주며 부드럽게 말했다.

"자, 한잔씩들 하지?"

기재들은 새로운 변화에 흠칫했으나 주는 걸 거부할 만한 담력이 남아 있는 이는 물론 없었다.

유검은 서 있는 일월쌍괴도 부르고 나서 다같이 대나무 통을 따고 건배를 외쳤다.

이에 기재들도 아무 생각 없이 대나무 통을 입에 대고 꿀꺽꿀꺽 들이마셨다. 살얼음이 살짝 얼어 있을 정도로 차갑게 되어 있는 죽엽청이었지만 목구멍을 넘어서는 순간부터 식도가 타버릴 듯 화끈하게 변했다.

잠시 후 핑 도는 느낌에 모두들 휘청거렸다.

하루 동안 파도 속에서 죽을 고생을 하며 공력이 모두 탕진되어 버린 탓도 있지만, 대나무 통 속의 죽엽청은 본래 일양괴에 의해 몇 차례 정순(精純)된 것이라 엄청 독했던 것이다.

그런 기재들의 모습에 유검은 이제야 화기애애한 분위기 속에 대화를 나눌 수 있겠구나 생각하면서도 한편으로는 씁쓸함을 느꼈다.

'술맛도 이젠 예전의 것이 아니구나.'

금강불괴지신에 이른 이후 독한 술이 식도를 타고 짜르르 흘러가는 느낌조차 너무 부드럽게 변해 버렸으니, 술맛이 제대로 날 턱이 없었다.

어쨌든 술이란 좋은 것이어서 깊어가는 밤하늘 아래 조갯살을 안주로 하여 대나무 통의 술로 몇 순배 돌자 차츰 분위기는 화기애애하게 변해갔다.

서로의 일상적인 이야기도 나오고 노래도 부르고 하며 전쟁 중에 일순간 찾아온 평화처럼 참으로 달콤하고 흥겨웠다.

백몽추는 하룻강아지가 범을 이기는 열 가지 방법에 대해 이야기하기도 하고, 사우량은 대마두를 확인할 수 있는 열한 가지 증거에 대해 논하기도 했다.

그들 사이에서는 한참 유행하던 농담들이었으나 유검은 생전 처음 듣는 이야기들이라 무척 흥미진진해하며 즐거워했다.

수십 개의 빈 대나무 술통이 주위에 널브러질 무렵 유검은 문득 생각이 난 듯 기재들에게 물었다.

"아참, 내일은 어떤 수련이 좋을까?"

경계심이 누그러져 웃고 즐기던 기재들은 그 말에 흠칫하며 일제히 얼어붙었다.

"오늘 보니 아무래도 경신술에 대한 기초가 부족해 보이던데… 어검비행에 대해 배워보는 것은 어떠냐?"

기재들은 무감각했다.

오히려 조용히 대나무 술통을 입속으로 털어 넣던 일월쌍괴들이 얼마나 황당했는지 술을 내뿜고 말았다.

"어, 어검비행?"

기재들은 멍할 수밖에 없었다.

오늘 조그만 바위도 들기 힘겨워한 사람에게 내일 집채만한 바위를 드는 수련을 하자고 하는 것처럼 허황되고 비현실적인 이야기로만 들렸다.

기재들은 애당초 어떤 방식으로든 그 수련이 가능할 리 없었기에 얼마나 고될지 예상조차 하지 못했다. 다만 막연한 불안감만을 느꼈다.

'어검비행? 무슨… 수로?'

기재들은 멍한 표정으로 묵묵히 있었다.

흥겹던 분위기는 싸늘하게 가라앉았고, 일순간 새로운 정적이 무겁게 가라앉기 시작했다.

'어검비행? 이기어검술을 익힌 다음에야 펼칠 수 있는… 이런, 내가 무슨 생각을 하고 있지? 잘못 들은 게 틀림없잖아! 아마도 어부비해(漁夫飛海)였을 거야. 흠… 어부비해라, 꽤 익히기 힘든 수공(水功)인데 힘들겠군. 쯔쯧……'

유검과 기재들을 번갈아 쳐다보던 일월쌍괴는 잘못 들은 게 틀림없다고 그렇게 결론 내렸다.

일월쌍괴의 전반적인 무공 경지는 진삼원보다 높았으나 아직 이기어검술의 흉내조차 내지 못했다. 이기어검술이란 단순히 공력만 높다고 해서 펼칠 수 있는 것이 아니라, 검에 한평생 혼을 불어넣은 자가 간난(艱難)의 조건을 모두 만족하고서야 겨우 그 초입을 바라볼 수 있는 경지였으니까.

최소한 검에 대한 외경심이 있는 자라면 이런 애송이들에게 농담 삼아서라도 함부로 언급할 만한 경지는 절대 아니었다.

하지만 다음 순간 일월쌍괴는 입이 쩍 벌어지고 말았다.

우우웅—!

유검은 꺼내 든 철검에서 빛을 발하기 시작했다. 그 빛은 단순한 광채가 아니라 심령과 검이 하나 되고, 무(無)와 도(道)가 허(虛)에 이르러 마침내 유(有)에 이른 그 증거의 표시였다.

철검 위에 발을 올린 유검은 밤바다 수평선 너머 위로 횡하니 날아갔다가 다섯을 헤아리기도 전에 다시 되돌아왔다.

유검은 기재들에게 물었다.

"어때? 제법 배울 만하겠지?

뚝—!

기재들은 여전히 멍한 얼굴들이었고, 일월쌍괴는 들고 있던 대나무 통을 떨어뜨리고 말았다.

월음괴는 더듬거리며 물었다.

"주… 아, 아니, 공자님! 방금 그게…….."

"음? 뭐가요?"

"혹시… 설마……."

유검은 그의 추측이 일단 말이 되어 나올 때까지 기다렸으나 끝내 침묵으로 끝나 버렸기에 먼저 물었다.

"어검비행이냐고요?

"에? 에에… 아, 예. 흐흐… 설마… 아니죠? 무슨 수단을 부렸기에 우리까지 착각하게 만듭니까? 푸헤헷, 정말 대단하시군요. 대단해요. 최곱니다!"

"착각이요?"

반문하는 유검의 태도에 일월쌍괴는 갑자기 안색이 굳어졌다.

'가만… 어디선가 본 것도 같은데…….'

둘은 동시에 한 장면을 떠올렸다.

유검을 찾아 나서다 배고픈 중에 발견한 멧돼지, 그놈을 잡으려는 순간 어디선가 이기어검 된 검이 날아와 매처럼 낚아채 갔던 그 사건을.

분명 그때 보았는데 왜 지금에 이르러 새삼 놀라게 되었는가.

둘은 서로의 얼굴을 마주 보고 정말로 희한한 일이라고 중얼거렸다.

일월쌍괴는 새파란 애송이에 불과한 유검이 이기어검술을 펼쳤다는 사실을 의식상에서 도저히 받아들일 수 없었기에 그때의 사건을 그냥 기억의 무덤 속에 깊숙이 파묻어 버렸다. 이제 새삼 두 눈으로 어검비행을 펼치는 모습을 확인하고 보니 참으로 희한하다고 고개를 갸웃거린 것이다.

둘의 모습에 유검은 문득 한 가지 의문이 떠올랐다.

모호하기 짝이 없는 느낌 속에 유검은 기재들에게 물었다.

"하나 묻고 싶은데… 너희들이 외친 환영이니 진이니 하는 의미가 무엇이지?"

"그, 그건……."

유검은 눈살을 찌푸리며 확인하듯 물었다.

"혹시… 혹시나 해서 묻는데, 너희들 이기어검술을 펼칠 수 없는 게 아니냐?"

이 말에는 제아무리 생각하기를 멈춘 멍한 얼굴의 기재들이라도 입을 쩍 벌리지 않을 수 없었다.

'미친! 그걸 말이라고 하냐!'

그렇게 소리치고 싶었지만 감히 소리 내지는 못했다.

백몽추는 그 상황 속에서 뭔가 한줄기 빛을 발견해 내었다. 어쩌면 이 지옥 같은 상황에서 탈출할 방도가 생길지 모르는 것이다.

그녀는 입술을 잘근잘근 깨물어 씹더니 유검에게 단호히 말했다.

"일단 단정 지어 말씀드리자면, 이기어검술 같은 건 저희들이 꿈에서조차 생각해 본 적 없습니다."

"그래? 그럼… 젓가락을 이기어검해서 밥을 먹는다든가, 혹은 발끝으로 이기어검을 펼치는 것은……."

황당한 유검의 말에 백몽추는 발끈해서 외쳤다.

"여기가 찻집이에요?! 우리를 이상한 경극 무대에 올려놓지 마세요!"

여태껏 억눌려 왔던 것이 한꺼번에 터져 나왔는지, 아니면 술 힘이 었는지 그녀의 목소리는 찢어질 듯했다.

유검은 똑같이 기가 막힌 표정을 짓고 있는 기재들을 둘러보다 머쓱하게 웃는 얼굴로 머리를 긁적거렸다.

"하하… 어쩐지 이상하더라니… 정말로 그랬었군. 정말로 이기어검술을 펼칠 수 없었다니… 그것참 희한하군, 희한해. 하하하……."

백몽추는 남아 있는 이성을 애써 끌어 모아 간신히 턱을 움직였다.

"어… 어떻게 그런 생각을 하시게 되었죠? 왜 저희들이 이기어검술을 펼칠 수 있다고 생각하셨나요? 교두… 아니, 사부님의 무공 경지라면 저희들의 무공 정도야 한눈에 아실 수 있을 텐데요?"

유검은 어깨를 으쓱거렸다.

"그야 반박귀진(返璞歸眞)에 이르면 스스로 무공을 숨길 수도 있으니 겉만 보고야 모르지 않는가. 그러니까 좀 이상하기는 해도 너희들이 날 골탕 먹이기 위해 연극하고 있을지도 모른다고 생각했지. 흐음… 그럼 난 여태까지 잘못 알고 있었구먼. 하긴 좀 이상하기는 했어."

과연 그랬군, 하는 식으로 고개 끄덕이며 수긍하는 유검의 태도에 기재들은 알 수 없는 울분이 울컥 치솟는 것을 느꼈다.

반박귀진? 뉘집 강아지 이름처럼 쉽게 나오는 반박귀진이라니? 그 말이 왜 여기서 나와야만 하는가? 과연 그게 변명거리가 된단 말인가?

기재들은 뭔가 자신들이 오해를 받은 채, 엄청나게 억울한 대접을 받은 게 아니었을까 하는 의혹이 맹렬하게 솟구쳤다.

'반드시 진상을 밝혀야 한다!'

술 힘과 함께 그런 의식이 불길처럼 타오르는데 갑자기 찬물을 끼얹는 유검의 말,

"그나저나 내일 수련 말인데……."

분위기가 갑자기 가라앉았다.

기재들은 다들 긴장한 기색으로 유검의 다음 말을 기다렸다.

"약간의 오해가 있었다고는 하나, 어쨌든 뭇 사람들로부터 기재로 인정받은 너희들이니만큼……."

뭔가 의미심장한 듯한 그 말에 기재들은 내심 처절한 비명을 질렀다.

"자, 잠깐만요."

용기있는 여인, 백몽추가 황급히 일어서서 자신들의 속내를 털어놓았다.

"우리들은… 우리들은 지극히 평범한 사람이라는 것을 부디 명심해 주십시오."

당연한 진실을 이야기할 때면 누구나 그런 것처럼, 그녀의 어조는 대단히 힘차고도 당당한 것이었다.

"예를 들자면… 저희들은 물고기처럼 아가미가 없어 반드시 코로 숨을 쉬어야만 합니다!"

이에 사우량이 벌떡 일어나 술기운으로 벌겋게 된 얼굴, 진실을 드디어 밝히게 되었다는 열의에 찬 어조로 맞장구를 쳤다.

"맞습니다! 저희들은 새처럼 날개가 없습니다. 단지 그냥 두 발로 달리는 그런 평범한 사람들입니다. 검을 타고 나르는 것 따위는 전혀 생각도 하지 않는, 그런 보통 사람들인 것입니다!"

다른 기재들도 백몽추의 용기있는 행동에 고무되었는지 저마다 벌떡 일어나 한마디씩 했다.

평소 다른 사람들을 발가락의 때처럼 무시하며 스스로를 신에게 재능을 부여받은 특별한 인간들이라 여기고 있던 그들이었건만, 지금은 오히려 자신들의 평범함을 강조하는 데 여념이 없었다.

한마디씩 보탤 때마다 분위기는 점점 달아올랐고, 이에 말은 점차 과격해져 갔다.

마지막 곤륜파의 공손비가 사자후 토해내듯 한 말에 묵묵히 듣고 있던 유검은 결국 눈살을 찌푸렸다.

"이보게들, 나도 평범한 사람이라네."

"평범한 사람? 흥, 평범 좋아하시네. 검 타고 날아다니고, 해일을 일으키고, 그러면서 평범? 그게 평범한 거면 사람들은 모두 말 대신 용 타고 날아다니겠다!"

기호지세인 듯 공손비가 그렇게 쏘아붙였다. 술에 취한 탓인지, 아니면 분위기에 휩쓸렸는지 자신이 무슨 말을 했는지도 모르고 의기양양한 표정이었다.

그와 반대로 기재들은 모두 얼어붙어 있었다.

공손비는 '한 건' 했다는 뿌듯한 태도로 주위를 돌아보다 뭔가 심상치 않은 분위기를 느꼈다. 싸늘한 정적, 사형수를 바라보듯 '옛 친구'에게 보내는 동정의 눈길들…

공손비는 그제야 자신의 행위를 깨달았다. 그의 얼굴에서 서서히 핏기가 가시기 시작했다.

고요한 달빛 아래 조금 전까지 축제처럼 흥겹게 돌아다니던 언어의 흔적은 자취를 감추고 말았다.

"음……."

유검이 입을 열자 기재들은 바짝 긴장했다.

"그래, 평범하지 않을 수도 있지. 그건 그렇고 또 뭔가 재미난 이야기는 없나?"

웃으며 그렇게 말하자 기재들은 모두 안도의 한숨을 쉬었다.

다시 화기애애한 분위기 속에서 술을 마시며 떠들기 시작했다.

쨍—!

갑자기 모닥불의 화려한 색채로 떠들썩한 축제의 장면이 한순간 정지되어 버렸다. 금방이라도 하얗게 서리가 얼어 와르르 부서져 버리고 말 것 같았다.

기재들은 저마다 웃는 얼굴 그대로 정지되어 버렸고, 일월쌍괴도 예외는 아니었다. 엄청난 밀도의 살기(殺氣)에 저마다 얼어붙은 것이다.

그것은 아주 찰나 동안이었으며, 곧 언제 그랬냐는 듯 정지된 화면은 다시 흐르기 시작했다.

사람들은 저마다 두려움과 당혹 속에서 서로를 돌아보았다.

유검은 천천히 자리를 털고 일어나 말했다.

"내일 각자 인시(寅時:새벽 3시~5시)에 운기조식(運氣調息)을 하고, 각자 목검을 들고 묘시(卯時:새벽 5시~7시)까지 여기서 모이도록. 오늘은 첫날이니 푹 쉬고……."

그리고는 몇 개의 대나무 술통을 챙겨 들고 천천히 바다 쪽으로 걸어갔다.

쉬라는 말에 기재들은 조금 전의 일도 잊어버리고 정신이 멍할 정도로 모두 기뻐했다. 온갖 생각을 굴리던 처음과는 달리 조금 전의 일도 잊어버릴 정도로 아주 단순해져 버린 기재들이었다.

각자 포권지례를 올리고 자신이 펼칠 수 있는 최대한의 경신술을 펼쳐 거처로 향했다. 가는 도중 기재들은 유검의 심중이 어떤지, 내일 있을 수련은 과연 어떤 것일지 추측하느라 머리를 짜내었으며, 그러던 중 공손비는 은밀한 생명의 위협을 느끼고 슬며시 마을로 달아나야만 했다.

처얼—썩!

백사장의 끝에서 멍하니 밀려오는 파도의 포말을 지켜보던 유검의 시선은 천천히 하늘로 향했다.

은은한 달빛, 아래를 보니 소리없는 그림자가 무심히 자신을 지켜보고 있었다. 아무런 감정도, 느낌도 없는 그런 시선이었다.

묵묵히 같이 쏘아보다 피곤한 생각에 잠시 뒤를 돌아보았다.

모닥불가에는 일월쌍괴가 서로 이야기를 주고받으며 주거니 받거니 술통을 기울이고 있었다.

그곳은 조금 전까지 자신이 있었던 장소였다.

그리고 지금 서 있는 곳.

그 둘을 이어주는 발자국이 없었다.

그 사이에 분명 시간과 공간의 변화가 있었을 텐데, 그러한 흔적은 전혀 찾아볼 수 없었다.

저절로 답설무흔(踏雪無痕)이 발휘되어 버린 탓에 모래사장에 발자국이 남지 않았다. 발자국을 남기려면 오히려 의식을 하고 힘을 줘야만 했다.

'발자국 따위에 내가 왜 신경을 쓰는 거지?'

대개 회의감이 일 때면 기운이 가라앉아 몸이 묵직해지곤 한다. 하지만 유검은 전혀 그런 감각을 느낄 수 없었다.

흐릿하게 일었던 회의감은 신체의 변화가 따라주지 않자 별다른 흔적 없이 사라져 버렸다.

처얼—썩!

유검은 밀려오는 파도 속으로 천천히 걸어 들어갔다.

시원한 바닷바람이 불어오는 것 같았다.

분명 그럴 거라고 생각했다. 옷자락이 펄럭일 정도니까.

예전에는 분명 그런 감각을 느꼈다.

'예전에는……'

허리를 굽혀 다리를 스쳐 지나는 파도를 손으로 휘저어보다 조그만 조약돌을 집어 들었다. 힘을 주니 조약돌은 두부처럼 으깨어져 버렸다.

솜털 같은 세상…

은은한 달빛처럼 보이기는 하지만 손으로 잡을 수도, 몸으로 느낄 수도 없는 그런 세상…….

멍하니 먼 수평선을 바라보니 유검은 자신이 지금 존재하는지 어떤지 도대체 알 수가 없었다.

금강불괴의 몸이 된 이후로는 모든 감각이 서서히 퇴화해 갔다. 무림맹의 금역 안에서 환골 탈태를 이룬 후부터는 특히 심해졌다.

차갑고 뜨거움은 미지근함 속에서 약간의 변화에 불과했으며, 아픔을 느낀다는 것은 참으로 기연을 만나야 가능할 정도였다.

세상의 모든 것은 부드러움으로 뒤덮여 있었다. 조금이라도 힘을 주면 힘없이 으스러져 버리고 말 것 같은 세상이었다.

그 속에서 단지 있는 것만으로는 차츰 자신이 존재하고 있는지 어떤지 모호해져 갔다. 타인에 대한 시선도 차츰 흐릿해져 가고 있었다. 어떨 때는 단순히 움직이는 사물처럼 여겨질 정도였다.

무심함 속에서 현재의 자신이 슬픈지 기쁜지 알 수가 없었다.

달빛은 밝았지만 마음의 바닥까지 도달하지는 못했다.

기재들과 한가로이 잡담을 나누다 유검은 한순간 충동이 일었었다.

솜털 같은 세상.

이 세계를 파괴함으로써 스스로의 존재를 증명하고 싶은, 그런 충동이 일었던 것이다.

아무런 이유도 없었다.

화가 난 것도 아니고, 무언가 목적이 있었던 것도 아니었다.

단순히 그런 충동이 일었던 것이다.

그것은 아주 위험한 조짐이었다.

유검은 사부의 우려가 과연 어떠한 것이었는지 어렴풋이 가슴으로 느낄 수 있었다.

'하지만 그럴 리야 없지. 내게 이성이 남아 있는 한… 절대로……'

묵묵히 밤하늘을 올려다보는 유검의 눈빛은 쓸쓸하기 그지없었다.

◆第四章
슬픈 과거

어쩐지 음산한 날씨였다.

이른 새벽이었지만 흐릿한 하늘은 아침인지 저녁인지 구분조차 하기 힘들었다.

태풍이 몰려오기라도 하는지 바람은 거세어지고 파도는 거칠어져 갔다.

해안가의 절벽 실개천이 조그만 폭포수가 되어 바다로 흘러내리는 이곳에,

처얼—썩!

한바탕 파도가 몰아치고 난 후 홀쩍 모습을 드러낸 중년인이 있었다. 일월표국의 국주, 혹은 일월교의 교주가 바로 그의 정체였는데, 의식을 잃어 축 늘어져 있는 뚱보총관의 목덜미를 잡은 채였다.

그는 총관을 개울가로 데려가 눕히고 나서 주위를 에워싼 열대림과

저 멀리 하얀 연기를 내뿜고 있는 산 정상의 분화구를 둘러보았다.

그리고 다시 개울물에 손을 집어넣어 보고는 감탄사를 터뜨렸다.

"이것 참 희한하군. 화산섬인데 차가운 물이 흐르다니… 바다가 소용돌이치는 건 이 때문인가?"

허공에 대고 벌름거리던 그의 코가 분화구 쪽을 향했다.

"사람이 살지 않는 오지로 보이지만… 어쨌든 수밀지체가 있는 건 확실하군."

그의 말이 끝나기도 전에 두런두런 사람 목소리가 가까이 다가오고 있었다.

뜻밖의 인기척에 국주는 어떡할까 잠시 생각해 보다 총관의 목덜미를 잡고 나뭇가지 위로 신형을 숨겼다.

맑은 교성이 울려 퍼졌다.

"도대체 왜 못 믿겠다는 거야! 그건 기환술 따위가 아니란 말야!"

굵은 목소리가 뒤를 이었다.

"다른 사람들은 몰라도 백몽추, 너마저도 그럴 줄은 몰랐다. 도대체 말이 되는 소리를 해야지. 그런 이야기를 나보고 믿으란 건가?"

열대림 속에서 제각기 다른 얼굴을 하고 있는 사 남 삼 녀가 걸어나왔다. 모두의 손에는 목검이 들려져 있었다.

그중에 한 사내가 은연중 우두머리임을 자처하는지 앞장서서 걷고 있었는데, 미장부라 할 수는 없었지만 굵은 선을 가진 남자다운 외모였다.

백몽추는 그의 뒤를 따라 걸으며 답답하다는 얼굴로 연신 설득을 시도하고 있었다.

"휴… 초우, 네 심정은 이해를 해. 우리도 처음에는 믿지 못했으니까. 하지만 이건 믿고 말고가 아니야. 너도……."

개울가에 이르러 초우는 갑자기 걸음을 멈추었다.

그는 뒤돌아서더니 다른 기재들을 향해 눈살을 찌푸리며 말했다.

"심각하군. 어쨌든 짧은 시간에 너희들을 이렇게나 바꿔 버릴 수 있다니 대단한 사람인 것은 분명해. 그건 나도 인정한다. 하지만 너희들은 다른 사람들하고는 달리 제법 똑똑한 줄 알았는데… 상당히 실망스럽다."

다른 기재들이 소태 씹은 얼굴로 반박하려는 순간 초우가 먼저 선수를 쳤다.

"잘 생각해 봐. 너희들, 혹시 단체로 미혼술에 걸린 것 아니냐? 아니면 뭐 이상한 것 먹은 기억 없어? 어젯밤에도 실컷 술에 취해서 돌아왔잖아."

그 말에 사우량이 발끈해서 외쳤다.

"이봐, 너무한 거 아냐? 설마 우리가 그 정도도 알아차리지 못하는 바보들인 줄 알아? 미혼술에 취해서 허우적거리는 것과 실제 상황을 구분 못하는 바보 멍텅구리로 아는 거냐고?!"

초우는 고개를 가로저었다.

"미혼술의 극치에 이르면 그럴 수도 있다."

백몽추는 답답한지 한숨을 쉬며 말했다.

"어휴, 답답해라! 초우, 너 혼자 믿든 말든 상관없지만 우리들까지 곤욕을 치르긴 싫단 말야! 그러니까 제발 믿는 척이라도 해줘!"

초우의 미간에 파인 골은 더욱 깊어졌고, 잠시 기재들 간에 침묵이 흘렀다.

다들 초우에게 노골적인 불만의 얼굴을 하고 고개 끄덕이기를 기다렸다.

그런 그들의 태도에 초우는 어쩔 수 없다는 듯 한숨을 내쉬며 말했다.

"모두의 의견이 그렇다면 따르지 않을 수 없지."

그 말에 다들 기뻐했다.

초우는 모두의 의견에 따르는 척했지만 속마음은 달랐다.

'내가 가서 그의 비밀을 밝혀내면 된다. 그러고 나면 이 녀석들도 제정신을 차리겠지.'

이때, 초영영은 조심스럽게 말을 꺼내었다.

"저기……."

모두의 시선이 자기에게로 향하자 그녀는 '적의없음'을 드러내는 미소를 보이며 말했다.

"난 어제 일찍 자버렸어. 그리고 오늘 아침이 되어서야 깨어났으니까… 무슨 일이 있었는지 몰라. 너희들 말만 듣고는 무슨 이야기인지 전혀 모르겠네. 나도 끼워주면 안 되니?"

다들 뜨악한 표정이었다.

제갈소혜가 그 와중에서도 침착하게 단아한 어조로 말했다.

"시간없으니까 짧게 말할게. 고 사부… 아니, 교두가 이기어검술을 펼치더라도 기환술이니 하지 말고 그냥 눈에 보이는 대로 믿어."

이미 입버릇이 되었는지 교두가 아닌 사부가 먼저 입에서 튀어나왔다.

초영영은 환하게 웃었다.

"겨우 그것 때문에 그런 거야? 걱정 마. 난 꿈속에서 말야, 교두가 이기어검술로 밤하늘에 글자를 쓰고 대나무를 그리는 것도 봤는걸. 꿈인데도 꽤 실감나더라. 정말로 진짜 같았거든. 그러니까 믿어주는 거야 어려울 리 없어."

그녀의 말이 이어짐에 따라 기재들의 두 눈에는 의혹의 빛이 감돌기 시작했다.

백몽추는 안색을 딱딱하게 굳히며 그녀에게 물었다.

"혹시 너… 고 사부… 아니, 교두에게 이런 말 한 적 없어?"

"뭘?"

"그러니까… 젓가락을 이기어검해서 밥을 먹는다든가… 발끝으로 이기어검술을 펼친다든가……."

사정을 알 리 없는 초영영은 두 눈을 동그랗게 뜨며 반색했다.

"어머, 어떻게 알았어? 너도 나랑 같은 꿈을 꾼 거니? 아무리 꿈속이라지만 그 녀석이 너무 으시대잖아. 그래서 내가 한마디 해준 거야."

"……!"

기재들의 눈빛에 살기가 어리는 것을 보고 초영영은 자신도 모르게 주춤 뒷걸음질쳤다.

"왜… 들 그래? 그러지 마. 아무리 장난이라도 무섭단 말야."

휘익—!

갑자기 날아드는 다수의 목검(木劍).

초영영은 날렵하게 피하며 개울을 뛰어넘었다. 기재들이 뒤를 쫓으며 목검을 휘둘렀지만 몸이 가벼운 그녀는 다람쥐가 나뭇가지 사이로 달리듯 재빠른 몸놀림으로 어렵지 않게 피했다.

쫓고 쫓기는 추격전이 벌어졌다.

잠시 몸을 숨겼던 국주는 총관을 목덜미를 잡고 나뭇가지 위에서 내려왔다.

"흐음~ 몸놀림을 보니 아무래도 구대문파와 오대세가의 아이들 같은데⋯⋯."

그는 고개를 갸웃거렸다.

"왜 이런 곳에서 놀고 있는 거지?"

그는 곰곰이 생각해 보다 한순간 떠오른 생각이 있어 손바닥을 쳤다.

"아, 그렇군!"

그는 주위를 둘러보며 고개를 끄덕였다.

"알고 보니 이 섬은 꽤 이름난 명승지였던 거야. 가만있자… 그렇다면 주루가 있을지 모르겠군."

그는 아주 단순히 그렇게 단정 지었다. 혹시 아름다운 기녀도 있을지 모른다는 생각에 입술의 양 끝이 귓가에 걸렸다.

"일은 일이고… 일단 목부터 축여야겠다."

국주는 소맷자락으로 입술의 침을 훔치고 나서 힐끔 추레한 몰골로 의식을 잃고 땅에 쓰러져 있는 총관을 내려다보고는 혼잣말로 중얼거렸다.

"흠, 수하를 아끼는 마음에 여기까지 데리고 왔으니까 내 할 일은 다한 것. 뭐… 알아서 찾아오겠지."

그리고는 즐거운 발걸음으로 주루, 아니, 기루를 찾아 길을 나섰다.

*　　　　*　　　　*

수백 년은 족히 묵었을 듯한 거대한 고목.

바깥으로 드러난 어른 몸통만한 나무뿌리 아래 다우는 두 팔로 무릎을 감싼 채 웅크리고 앉아 있었다. 그녀는 발끝을 기어다니는 개미들을 관찰하고 있는 듯했지만 초점은 흐릿했다.

후두둑―!

굵은 빗방울이 떨어져 내리기 시작했다. 편복도에서는 일 년 중 해 보는 날이 오히려 드물 정도이니 비가 온다 하여 새삼스러울 것도 없었지만, 오늘따라 어쩐지 스산하기 이를 데 없었다.

다우의 조그만 몸은 헐렁한 흑포장삼 속으로 더욱더 움츠러들었다.

무뚝뚝한 음성이 위에서 들려왔다.

"언제까지 그곳에 있을 셈이지? 네가 있는 곳은 지대가 낮아서 곧 물에 잠기고 말 텐데……."

다우는 듣지 못한 듯 여전히 망연한 시선으로 발 아래를 내려다보고 있었다. 빗방울은 점차 굵어져 갔고 빗물은 나무뿌리 아래로 흘러 들어오기 시작했다.

빗물이 무릎의 절반까지 차 오를 무렵 다우는 벌떡 일어났다.

"아얏!"

다우는 나무뿌리에 머리를 부딪치고 말았다. 꽤 아팠는지 눈물을 찔끔거렸다.

그녀는 혹이 난 머리를 쓰다듬으며 발 아래 빗물을 보고는 투덜거렸다.

"쳇, 비가 오잖아."

나무뿌리 밖으로 나간 그녀는 철검을 품에 안고 조용히 나무에 등을 기대고 있는 한 사내를 볼 수 있었다.

다우는 힐끔 그를 한번 보고는 아무 말 없이 걷기 시작했다. 진삼원도 몸을 일으켜 천천히 그녀의 뒤를 따랐다.

후두둑—!

빗줄기는 거세어지고 있었다.

수풀을 헤치며 한참 동안 걷다가 다우는 걸음을 멈추었다. 망연히 하늘을 올려다보다 지나가는 말처럼 물었다.

"왜 쫓아오는 거야?"

"용건은 이미 말했을 텐데……?"

"…너무하네. 나 그런 거 좋아하지 않는 거 알면서……."

"……."

"나… 안정이 안 돼. 아무렇지 않은 척하려 했지만… 했는데… 잘 안 돼."

다우는 다시 천천히 발걸음을 옮기기 시작했다. 진삼원도 아무런 대꾸 없이 그녀의 뒤를 따라 걸었다.

우뚝!

다시 다우의 발걸음이 멈췄다.

"넌 알고 있잖아……."

본인 귀에도 들리지 않을 정도로 작은 목소리.

다우는 천천히, 아주 천천히 몸을 돌렸다. 동시에 변화가 일어났다.

헐렁한 장포가 부풀어 오르기 시작했다. 소맷자락에 하얀 손이 나타나고, 장포 아래로는 완만한 곡선의 종아리가 드러났다. 발끝까지 닿았던 출렁이는 긴 생머리는 그녀의 허리까지 올라갔다.

진삼원은 움찔하며 눈길을 돌렸다.

다우는 슬픈 얼굴로 중얼거렸다.

"나, 아무렇지도 않은 척하지만… 실제로 별 상관 없었는데……."

진삼원은 여전히 눈길을 돌린 채 무뚝뚝한 어조로 말했다.

"무슨 말을 하고픈지 몰라도… 내가 들을 만한 내용은 아닌 것 같군."

다우는 마음이 아파와 두 팔을 가슴으로 모았다.

떨어지는 빗줄기에 한없이 가련한 모습이었지만, 보는 이로 하여금 도저히 눈을 뗄 수 없게 만드는 마력도 함께 담겨 있었다.

"그날……."

진삼원은 눈살을 찌푸렸다.

"혹시 그 일이라면… 말하지 않는 게 좋겠다."

빗줄기는 끊임없이 흘러내리는데, 그녀의 조그만 입술이 부르르 떨렸다.

"아니, 해야겠어!"

결심을 드러내듯 그녀는 고개를 세차게 흔들었다. 긴 생머리가 빗방울을 떨치며 휘저어졌다.

"그날… 주위의 모든 사람이 짐승으로 변해 버렸던 그날… 휘말린 욕정에 스스로를 불태우고 모두가 시체로 변해 버렸던 그날……! 그날… 그날……!"

차츰 그녀의 목소리는 쥐어짜듯 높아져 갔는데, 그녀의 감정이 격해질수록 목소리에 담긴 마력은 증폭되어 듣는 이의 심혼(心魂)을 빼앗을 듯했다.

진삼원조차 심법(心法)을 끌어올려 마음을 가라앉혀야만 했다.

그녀의 어깨는 격동으로 들썩여졌다. 세차게 뿌리는 빗줄기만이 그녀의 어깨를 두들기며 위로할 뿐이었다.

어깨의 떨림이 가라앉을 무렵, 다우는 서글픈 어조로 다시 입을 열었다.

"내게 왜 그런 불행이 닥쳐야만 했을까 하는 생각은 들지 않았어. 다만… 그냥 슬펐어. 고아였던 나에게… 무척이나 잘 대해줬는데… 사모님은 충격으로 광인이 되어버리고, 싸늘한 사부와 사형들의 시체 속에서 난… 난……."

"그만 하는 게 좋겠다."

무뚝뚝한 진삼원의 말에 아랑곳하지 않고 다우는 계속 말을 이어갔다.

"그날 이후… 난 절대 두 번 다시는 눈물을 흘리지 않기로 맹세했어. 그런데… 마음이 죽은 사람이 어떻게 눈물을 흘리겠어? 사실은 맹세할 가치도 없었던 거야."

진삼원은 한숨만 내쉬었다.

다우는 다시 천천히 걸음을 옮기기 시작했다. 가죽으로 만든 신발이 거치적거리자 아예 벗어버리고 맨발로 걷기 시작했다.

다우는 시선을 발끝으로 향한 채 혼잣말처럼 중얼거렸다.

"난 그날의 아픔은 두 번 다시는 맛보고 싶지 않아. 그런데… 그런데 난 왜 질투를 하는 거지?"

격동은 지나간 듯 그녀의 어조는 담담했다. 하지만 격정에 차 있을 때보다 오히려 더욱 슬픈 느낌이 들었다.

그녀의 시선은 다시 뜨거운 빗줄기를 뿌리고 있는 흐릿한 하늘로 향했다. 무성한 나뭇가지와 잎들이 시야를 가로막았다.

"난 알아. 오라버니는 언젠가는… 언젠가는… 아름답고 아주 착한 아내를 맞아 행복하게 살겠지. 난 그때까지만이라도 오라버니와 함께 있고 싶어. 그때까지만이라도 질투를 할 거야. 나… 못된 걸까?"

진삼원은 길게 탄식할 뿐 말을 꺼내지 못했다.

"…아니!"

다우는 돌연 세차게 고개를 저었다.

"아니, 모두 거짓말이야! 동생 따위가 아니야. 나, 사실은……!"

이때, 불쑥 수풀 속에서 하나의 얼굴이 나타났다. 사십 대 중반으로 보였는데, 눈가에 어딘가 장난기가 보이면서도 한줄기 위엄이 서려 있는 묘한 얼굴, 일월표국의 국주… 아니, 일월교주 바로 그였다.

국주는 말똥거리는 눈으로 다우에게 물었다.

"이봐요, 소저. 요 근처 주루가 어디 있소?"

다우는 얼떨결에 마을 쪽을 손가락으로 가리켰다.

"고맙소. 길 찾기가 여간 어려운 게 아니구려."

국주는 싱긋 웃으며 그렇게 감사의 말을 하고 나서 수풀 속으로 쑥 들어가 버렸다.

진삼원은 침음성을 내었다.

"누구지? 널 보고도……."

수풀 속에서 다시 국주의 얼굴이 불쑥 튀어나왔다.

국주는 진삼원을 보고 고개를 갸우뚱거렸다.

"근데, 가만… 낯이 익은데 어디서 봤더라? 우리 어디서 만난 적 없소?"

진삼원은 고개를 가로저었다.

"그랬군. 초면이었군. 하하하……."

멋쩍게 웃고는 다시 사라졌다.

"괴이하군. 널 보고도 멀쩡하다니……."

진삼원은 그렇게 혼잣말을 중얼거리다 곧 자신의 실책을 깨달았다.

"…그렇군. 이 섬에서는 못 보던 얼굴이야."

그제야 그가 무림맹 사람이 아닌 외인(外人)임을 자각했다.

다우는 입술을 깨물다 다시 입을 열었다.

"하여간… 난……."

다우는 뒷말을 잇지 못했다.

진삼원이 갑자기 나타난 괴인의 뒤를 쫓아 황급히 신형을 날렸기 때문이었다.

"쳇! 아무도……."

죄없는 돌부리를 걷어찼는데 맨발로 파고드는 고통에 다우는 눈물을 찔끔거렸다.

빗줄기는 점점 더 굵어져 갔다.

멍청히 비를 맞다가 다우는 한 가지 의문이 떠올랐다.

"그런데 왜 하필 내게 주루를 물었을까?"

고개를 아래로 하여 종아리가 드러난 자신의 몰골을 훑어보며 그렇게 중얼거렸다.

세상사 모든 게 불만스러운 듯 다우는 입을 뾰족 내민 채 맨발로 그냥 걷기 시작했다.

홀로 처량하게 비를 맞으며 걷는 것은 서글펐지만 오히려 그러한 감성이 묘하게도 위로가 되었다.

"심심해… 정말 심심하네."

투덜거리며 걷다가 다우는 허공의 빗방울을 낚아채는 놀이를 했다.

갑자기 흥이 돋아 왼팔로 가상의 커다란 장궁을 잡고는 조심스레 활시위를 얹히곤 오른팔을 뒤로 쭉 당겼다. 동시에 한쪽 눈을 감고 신중히 겨누었다.

탁! 시위를 놓았다.

"얍―! 맞았다!"

다우는 깡충깡충 뛰며 좋아했다.

곧 그녀는 누군가 마치 그녀에게 말을 걸기라도 한 듯 슬쩍 고개를 옆으로 돌리며 피식 웃어 보였다.

"쳇, 뭐가 불만이야? 안 돼! 이건 못 줘! 그러니까 앞으로 내게 잘 보이란 말야! 흥, 까불면 국물도 없다구!"

으시대며 그렇게 말하다 뭐가 우스운지 키득거렸다.

"바보, 멍청이! 좀 더 똑똑해져 보란 말야! 쳇―!"

혼자서 웃다가 삐졌다가 하며 걸어가는 그녀의 모습은 빗줄기 사이로 점차 모습이 흐릿해져 갔다.

그녀의 모습이 완전히 사라졌을 무렵 거목(巨木)의 나뭇가지에서 한 사람이 훌쩍 뛰어내렸다.

낯선 방문자의 뒤를 쫓아 떠난 것으로 알았던 진삼원이었다.

애당초 이 섬에 낯선 사람 하나가 발견되었다 해서 총교두인 그가 허겁지겁 뒤쫓아 나설 이유는 없었다. 단지 다우의 넋두리를 더 이상 들어주기 괴로워서 자리를 피한 것이다.

진삼원은 다우가 사라진 방향을 말없이 지켜보다 나직이 탄식을 터뜨렸다.

"미안하다. 그날의 진실은… 감출 수밖에 없다."

그의 얼굴에 옅은 죄책감의 빛이 어렸다.

이는 보기 드문 일이었다. 설령 오해로 말미암아 무고한 이의 생명을 앗았을 때에도 자신의 의지와 신념에 어긋나지 않는 한 당당하기만 했던 그가 한낱 여인에게 죄책감을 느낀다니? 참으로 희한한 일이었다.

그는 혼잣말로 중얼거렸다.

"진실을 아는 자는 광인이 된 너의 사모와 나, 오로지 둘뿐이다. 네가 정신을 잃기 전 보았던 것은 발정(發情)난 짐승의 모습들, 그리고 깨어나서 발견한 것은 시체로 변한 그들의 모습. 그날 이후 너는 그릇된 오해 속에 한없는 괴로움을 느껴야만 했다."

이빨을 꽉 깨물었는지 어금니 쪽의 턱 근육이 불끈 솟아 나왔다. 심중의 단호한 의지와 결심을 드러내는 듯했다.

"…그래도 너는 진실을 알아서는 안 된다!"

조그만 돌멩이가 허공으로 떠올라 그의 손바닥 위로 내려앉았다.

"비록 강호의 평화라는 게… 이런 돌멩이보다 못한 싸구려일지라도! 그것을 위해서는—!"

손아귀에 힘을 주자 돌멩이는 가루로 화했다. 다시 하늘을 올려다보는 그의 입가에는 씁쓸한 미소가 걸려 있었다.

끌어올린 공력 탓에 그의 전신에서 하얀 김이 모락모락 피어올랐다. 빗줄기 사이로 그의 모습은 옅은 안개에 뒤덮인 것 같았다.

◆第五章

포효하는 분화구,
모여드는 기인들

포효하는 분화구, 모여드는 기인들

처얼―썩!

파도는 거칠어졌지만 그 속에 웅크리고 앉아 있는 유검은 꼼짝도 하지 않고 있었다. 흐릿한 하늘, 쏟아지는 빗방울, 하얀 포말이 이는 파도 속에서 유검은 마치 자연과 하나가 되어 있는 듯했다.

백사장에 도착하여 옹기종기 모여 있는 기재들은 감히 유검을 부르지 못하고 지켜만 보고 있었다.

파도 속에 앉아 있는 유검의 모습이 속세를 떠난 듯 탈속적일 뿐 아니라 어쩐지 범하기 어려운 위엄까지 어려 있어서라는 것은 그냥 듣기 좋은 형식적인 이유일 뿐이었고, 다만 어제 당했던 지독한 무공 수련의 경험으로 인해 남아 있는 두려움 때문에 쉽게 다가서지 못했을 뿐이었다.

"도대체 뭘 하고 있는 걸까?"

"혹시 뭔가 고민에 잠겨 있는 게 아닐까? 예를 들자면 도망친 마누라를 그리워한다든가……."

"헛소리할래? 아마 내가 추측하건대, 어젯밤 총교두와 한바탕 싸운 게 틀림없어. 그게 아니라면 누가 감히 저자의 기분을 건드리겠어?"

"이런… 생각들 하고는! 척 보면 모르겠어? 저자는 지금 특별한 내공을 연마 중이란 걸 말이야. 보통 인시(寅時) 무렵에 태양이 떠오르는 동쪽을 향해 양공(陽功) 종류를 수련하잖아. 그런 것처럼 이렇게 비 오는 날 파도 속에서만 연마할 수 있는 특별한 기공(奇功)을 수련 중인 게 틀림없어!"

그럴듯해 보이는 이 마지막 말은 마을에서 돌아온 공손비가 본래부터 일행이었던 것처럼 슬며시 끼어들어 내놓은 의견이었다. 기재들은 그를 꼬나보며 한마디씩 비꼬기는 했지만 더 이상 어제 일을 트집 잡지는 않았다.

기재들이 다들 한마디씩 할 뿐, 아무도 유검을 부르러 가지 않자 초영영이 어리둥절해하며 말했다.

"그런데 우리 언제까지 이렇게 기다릴 거지? 우릴 불러내 놓고 본 척도 않다니, 단단히 따져야 되는 거 아냐?"

그녀의 말에 주위가 조용해졌다.

"네가 가보렴."

백몽추는 얼굴 위로 흐르는 빗물을 소맷자락으로 훔치며 그렇게 건성으로 말했고, 다른 기재들은 먼 곳으로 시선을 돌리며 들은 척도 하지 않았다.

'왜들 이럴까? 본래대로라면 저 교두가 자신들을 무시했다고 길길이 날뛰는 게 정상인데…….'

초영영은 내심 의아해하면서 별것 아니라는 듯 어깨를 으쓱거렸다.

"좋아, 그러지 뭐."

그녀가 발걸음을 옮기기 전, 초우가 진지한 얼굴로 가로막아 섰다.

"잠깐!"

그는 턱 끝으로 유검 쪽을 가리켰다.

"저길 봐."

돌부처마냥 언제까지고 그 자리에 앉아 있을 것 같던 유검이 천천히 몸을 일으키고 있었다. 마치 겨울잠을 끝낸 곰이 동굴을 나와 기지개를 켜듯, 화산이 조용히 용암을 분출하듯 그런 움직임이었다.

기재들은 마른침을 꿀꺽 삼키고 긴장된 표정으로 그를 주시했다.

'비 때문일까?'

백몽추는 가슴께로 내려오는 머리카락을 손가락에 빙글빙글 감아 돌리며 초조한 기색을 감추지 못했다. 그녀는 백사장에 도착할 때부터 묘한 불안감을 느끼고 있었다. 애써 부인하고 싶었지만 모두 유검으로부터 비롯된 것임을 본능적으로 깨닫고 있었다. 그것은 백몽추뿐만 아니라 다른 기재들도 마찬가지였다. 그래서 유검의 조그만 변화에도 이토록 긴장했던 것이다.

유검이 몸을 돌려 시선을 자신들에게로 향하자 기재들은 저마다 쥐고 있던 목검을 부서져라 꽉 거머쥐었다.

초우는 딱딱하게 낯빛을 굳혔다.

그는 이 순간 백사장을 가득 메우고 있는 불안감의 정체를 깨달았다.

살기(殺氣)였다.

아니, 그것은 사실 살기라고 부르기는 힘들었다.

거대한 수마가 마을을 덮치는 것과 같은 대자연의 재앙에 만약 어떤 의지가 느껴진다면 바로 그러한 것과 비슷할 것이다.

유검이 천천히 걸음을 옮기기 시작했다.

초우는 비장한 기색으로 입술을 꽉 깨물고 기재들에게 전음으로 말했다.

—검진(劍陣)을 펼치자. 은형천둔진(隱形天遁陣)으로.

기재들은 흠칫하면서도 그의 말대로 각자 자리를 찾아가 목검을 든 채로 동그란 검진을 형성했다. 자신들을 가르칠 교두가 단순히 이곳으로 걸어오는데 왜 검진을 펼쳐야 하는지에 대한 의문은 아무도 제기하지 않았다.

은형천둔진은 모두 일곱 명 이상이 모여지면 펼칠 수 있는 검진으로 그들이 알고 있는 최강의 방어 검진이었다.

천천히 백사장으로 걸어나오던 유검은 잠시 걸음을 멈추었다.

기재들과의 거리는 이 장(二丈:6미터)여.

농밀한 긴장 속에 기재들은 저마다 내공을 끌어올렸다. 빗물이 시야를 가리는데도 눈 하나 깜빡이지 못했다.

일촉즉발의 형세.

두 손을 축 늘어뜨린 채 멍하니 하늘을 올려다보던 유검의 시선이 기재들을 향했다.

"음? 뭣들 하고 있어?"

유검은 어리둥절해하며 그렇게 물었다.

그 음성과 태도가 워낙 자연스러웠기에 기재들은 일시 긴장된 태도를 풀지 못하고 다만 두 눈만 동그랗게 떴다.

유검은 바짝 긴장해 있는 기재들 곁을 무심히 지나치며 크게 하품을 했다.

"후아암~ 잠은 제대로 자야 하는데… 전신이 다 뻐쩍지근하네."

겨우 하룻밤 앉아서 지새웠다고 피곤할 리야 없겠지만, 아직 남아 있는 신체의 습관 탓에 정말로 그런 것처럼 느껴졌다.

기재들은 여전히 목검을 치켜들고 검진을 형성한 채 긴장을 풀지 못하고 있었다. 유검의 태도에 어떻게 대응해야 할지 몰라 식은땀만 흘렸다.

유검은 잠에 취한 듯 흐느적거리며 걸어가다 조그만 돌부리에 걸려 푹 쓰러지듯 넘어졌다.

드르렁!

곧 코를 골기 시작했다.

"뭐… 하는 걸까?"

백몽추의 혼잣말에 초우는 한참을 진지하게 생각하더니 조심스레 답했다.

"그냥… 잠자고 있는 것 같은데?"

그 말이 끝나기도 전에 유검이 벌떡 일어났다.

기재들은 화들짝 놀라 몇 걸음 뒤로 물러섰다.

"아차! 이런 곳에서 잠들면 안 되지. 무인이 함부로 몸을 굴리면 안 돼. 여자도 없는 이런 곳에서라니… 잠은 편하게……."

유검은 영문 모를 말을 홀로 중얼거리며 다시 흐느적거리며 걷기 시작했다.

"어떡하지?"

"일단… 따라가 보자."

기재들은 만일의 경우를 대비해 여전히 검진을 풀지 않은 상태로 유검의 뒤를 조심스레 따라갔다.

길을 걷고 있는 유검은 비몽사몽간이었다.

눈을 들어 사물을 보아도 현실인지 꿈인지 분간하지 못했다.

휘젓는 팔에 나뭇가지가 걸려 긁혀도 통증을 느낄 수가 없고, 길을 걸어도 반쯤 떠 있는 상태라 스스로의 무게를 자각할 수 없었다.

눈을 감았는지 떴는지 알 수 없었다. 무엇이 기쁜지 슬픈지도 알 수가 없었다.

다만 세상 모든 것이 하나의 꿈이요, 농담처럼 허망하게만 느껴질 뿐이었다.

그런 그 앞에 길 잃은 조그만 고양이가 나타났다. 애처로운 목소리로 야옹야옹 울고 있었다.

멍하니 고양이를 바라보다 다가가 쪼그려 앉았다.

'배가 고픈가 보다.'

품속을 뒤져 보니 여러 가지 먹을 게 나왔다.

하지만 고양이는 먹지 않았다. 멸치를 줘봐도, 우유를 줘봐도 아무 것도 먹지 않고 단지 울기만 했다.

'엄마가 없어서 우는 걸 거야.'

문득 그런 생각이 들어 고양이를 품에 끌어안았다. 머리를 쓰다듬어 주며 위로했다.

"너무 슬퍼하지 말아라. 언젠가는 너 홀로 세상에 서야 한단다. 그 시기가 조금 앞당겨진 것뿐이야. 그러니 울지 말아라."

고양이는 울음을 멈추고 야옹거렸다.

"괜찮아요. 전 울지 않아요."

야옹, 야옹.

그러면서 고양이는 계속 구슬프게 울었다.

"괜찮다면서 왜 우는 거니? 울지 마라, 울지 마."

웃기게도 고양이가 우는 모습에 괜히 눈시울이 뜨거워지더니 따가워졌다. 아마도 먼지가 눈에 들어간 모양이었다.

"울긴 왜 울어요? 난 안 울어요."

"괜찮아. 가끔씩은 울어도 괜찮아. 너무 자주 울지만 않으면 된단다."

유검은 말을 바꿔 버렸다.

야옹, 야옹.

고양이는 머뭇거리다 물었다.

"…정말 울어도 되나요?"

여태껏 울고 있었던 주제에… 자신이 울지 않았다고 생각한 모양이었다. 유검은 고양이가 자신만큼 멍청한 모양이라고 생각했다.

"그래, 울어도 돼."

선심 쓰듯 그렇게 말했다.

"하지만 잊지 말아라. 넌 비록 홀로지만, 그리고 나란 놈은 네게 먹이 주는 걸 가끔 잊어먹을지도 모르는 못난 주인이지만, 그래도… 그래도……."

길 잃은 고양이인데 언제 주인이 되었을까?

그리고 그럴듯한 뒷말이 떠오르지 않아 멍하니 고양이를 바라보았다.

유검은 두 눈을 껌뻑거렸다.

아직 꿈인지 현실인지 모호하기만 한데, 고양이의 모습은 사라지고 어느새 귀여운 다우의 얼굴이 눈앞에 어른거리고 있었다.

그녀의 얼굴 전체가 눈물로 범벅이 되어 있었다.

"…다우구나. 왜 울고 있니?"

그녀는 온통 눈물로 젖어 있었다. 얼굴뿐 아니라 긴 머리카락도, 헐렁한 흑포장삼도 모두 눈물로 젖어 있었다. 그리고 커다란 두 눈동자는 눈물로 만들어진 호수 같았다.

유검은 그녀의 겨드랑이에 두 손을 넣어 번쩍 들어 올렸다. 너무나 가벼워서 조그만 바람에도 날아가 버릴 것만 같았다.

그렇게 가볍기 그지없는 그녀의 무게였지만, 그것이 주는 존재감은 세상 그 무엇보다 무거워서 금방 마음을 가득 채워 버렸다.

먼지처럼 무너져 내릴 것 같은 세상이 다시 온전한 모습을 되찾아갔다.

그제야 유검의 의식은 온전한 현실로 되돌아왔다.

새삼 눈물로 젖어 있는 다우의 모습을 멍하니 바라보다 생각했다.

'왜 울고 있을까?'

유검은 그녀의 조그만 발이 온통 흙탕물에 더럽혀져 있는 것을 보고 문득 하늘을 올려다보았다.

흐릿한 하늘. 쏟아져 내리는 빗방울.

"아… 빗물이었구나."

눈물이 아니어서 다행이라고 생각하며 고개를 주억거리는데,

퍽―!

흙탕물에 더럽혀진 다우의 조그만 발이 난데없이 유검의 안면을 찼다.

"바보! 뭐 하는 거야? 숙녀의 발을 훔쳐보다니!"

얼굴을 붉게 물들인 다우는 바둥거리며 유검의 손에서 벗어나려고

했다.

유검은 입속으로 들어온 흙덩이를 뱉어내고 나서 뚱한 얼굴로 그녀에게 말했다.

"신발은 대체 어디 가서 흘려 버리고 온 거냐? 잠시 한눈만 팔면 이렇다니깐……."

제 한 몸 앞가림도 못하는 주제에 보호자랍시고 잔소리했다.

"하여간 어디 근처 온천에 가서 좀 씻어야겠구나. 그리고 그렇게 비 맞고 돌아다니다간 감기 걸린다."

그러면서 발버둥 치는 다우를 옆구리에 끼어 차고 근처 온천을 찾아 발걸음을 옮기는데, 뒤에서 누군가 자신을 불렀다.

"저……."

고개를 돌려보니 기재들이 검진을 형성한 채 다들 어리둥절한 표정으로 이쪽을 바라보고 있었다.

"……."

무책임하게도 그제야 자신의 할 일이 생각난 유검이었다.

"이런! 깜빡하고 있었구나."

머쓱한 표정으로 입을 여는데,

우르릉—!

갑자기 지진이라도 난 듯 땅이 흔들렸다. 기재들은 갑작스런 사태에 저마다 안색이 창백해진 채 납작하게 땅에 몸을 엎드렸다.

꽈앙—!

뭔가 거대한 폭음이 들렸다. 벽력탄이 터질 때보다 몇 배는 강력한 소리였다.

소리난 방향은 분화구 쪽.

평소와는 달리 시커먼 화산재와 함께 시뻘건 불똥들이 튀어나오고 있었다. 땅의 흔들림은 계속되고 있었고 금방이라도 섬 전체가 폭발할 듯했다.

상황이 심상치 않다고 판단한 유검은 재빨리 기재들에게 말했다.

"너희들은 모두 총교두에게로 가서 지시를 받아라."

말을 마침과 동시에 다우를 땅에 내려놓았다.

"너도 같이 피신해 있거라."

그리고 신형을 날리려는데 다우가 소맷자락을 꼭 잡고 놓아주지를 않았다. 위험하다고 말하려 하니 미리 고개를 도리도리 저었다.

'그래, 설마 하니 너 하나 지키지 못할까.'

그렇게 생각하고 다우를 품속으로 끌어안고는 허공으로 몸을 솟구쳤다.

대략 오 장 높이에 이르자 시위를 당긴 활처럼 분화구를 향해 일직선으로 날아갔다.

초우는 그런 유검의 모습에 두 눈을 동그랗게 뜨고 말을 더듬거렸다.

"유, 육지… 비행술?"

날아가는 유검의 모습을 손가락으로 가리키며 '저럴 수가 있나?' 라는 자신의 경악에 호응해 주기를 바라며 주위를 돌아보았지만 기재들은 단지 조금 질린 기색일 뿐 시큰둥한 반응들이었다.

"아무래도 화산이 폭발할 것 같아. 고 사부 말대로 빨리 총교두에게로 가는 게 좋겠어."

백몽추의 말에 기재들은 서둘러 마을로 경신술을 펼쳤다.

유검이 분화구 쪽으로 날아가면서 아래를 내려다보니 날짐승은 물론 조그만 동물들까지 모두 필사적으로 도망치고 있었다.

불똥이 튀어 불이 인 곳도 있었지만 쏟아지는 빗줄기에 다행히 큰 산불로 번지지는 않았다.

분화구 가까이 당도한 유검은 누군가 멍하니 분화구가에 서 있는 것을 발견했다.

익숙한 모습, 화였다.

"대체……."

그녀에게 다가가며 말을 거는 순간,

우르릉!

또다시 지축이 울리며 분화구 안에서 무언가가 부글부글 끓고 있는 용암을 뚫고 튀어나왔다.

그것은 은빛 구체였다.

친해지기 어려운 저 녀석의 모습을 발견하는 순간 뭔가 불길한 예감이 들어 절로 눈살이 찌푸려졌다.

"혹시 저 녀석 때문에……."

이때 은빛 구체는 여덟 개의 팔을 활짝 펼치고 있었다.

쐐아앙—!

미처 대응할 사이도 없이 하얀 빛의 기둥이 아래로 뿜어져 내렸다.

그것이 쏟아진 방향은 화가 서 있는 곳이었다.

"……!"

전혀 예상치 못한 상황에 유검은 한순간 그 자리에 멈춰 서서 넋을 잃고 말았다.

뒤이어 확 하고 타오르는 분노의 불길.

챙!

허리춤의 한천검을 뽑아 이기어검술로 은빛 구체를 향해 날리려는데,

"아……!"

품속에 있던 다우가 감탄사를 터뜨렸다.

유검 역시 한천검을 날리지 못하고 입을 쩍 벌린 채 허공의 한곳을 멍하니 바라다 볼 수밖에 없었다.

은빛 구체가 뿜어내는 하얀 빛의 기둥, 그 속에서 화는 하얀 나신의 모습으로 둥실 떠 있었다. 바윗덩어리조차 단숨에 녹여 버리는 그 빛 속에서 화는 두 팔을 활짝 펼친 채 온화한 얼굴로 둥실 떠 있었던 것이다.

유검은 눈살을 찌푸리며 은빛 구체를 향해 으름장을 놓았다.

"고철덩어리! 빨리 그 소저를 내려놓아라. 그렇지 않는다면……!"

이때 바위 뒤에서 세 명의 노인이 불쑥 튀어나왔다. 그들은 유검 등은 본 체 만 체 구체를 향해 감탄사를 터뜨리기 바빴다.

"드디어 찾았다!"

"용암 속에 있었다니! 이게 어찌 된 영문이란 말인가!"

"흐흐… 뭔가 수상쩍다 싶었는데 과연 그랬군, 그랬어."

환희에 찬 표정으로 저마다 한마디씩 내놓는 이들 세 명은 무림맹의 금역을 지키던 바로 그 노인들이었다.

그들은 곧 하얀 빛 속에 있는 화를 발견하고는 저마다 두 눈이 휘둥그레졌다.

"대체 어찌 된 영문인가? 상화선 안에서 멀쩡히 있다니……."

쉬이익—!

이때 공기를 찢는 파공성과 함께 한줄기 빛이 은빛 구체를 향해 날아갔다. 이기어검술로 펼쳐진 한천검이 바로 그 정체였다.

풍환이 다급히 소리쳤다.

—잠깐 손을 멈춰주십시오. 상화구는 결코 저분 소저를 해하려 하는 게 아닙니다.

유검은 그녀의 말에 잠시 흠칫했다.

—단지 주인님과 저처럼 하나의 의식 교감을 나누는 중일 뿐입니다.

풍환의 말에 한천검은 급속히 방향을 틀었다. 은빛 구체의 외각을 한번 두들기고 나서 그 자리에 잠시 멈춰 섰다.

유검은 눈살을 찌푸리며 풍환에게 말했다.

"그렇다면 이 상태로 그냥 두고 봐야 한다는 말이냐?"

이때 화의 신형이 둥실 떠오르더니 순식간에 은빛 구체 속으로 빨려 들어가 버렸다. 화를 삼킨 은빛 구체는 여덟 개의 팔을 감추더니 뚝 하고 떨어져 다시 분화구 안의 용암 속으로 들어가 버렸다.

워낙 창졸간에 일어난 일인지라 유검은 달리 손을 써보지도 못했다.

"이 고철덩어리가 감히……!"

분화구를 내려다보며 유검은 뒤늦게 노호성을 터뜨렸다.

세 명의 노인은 얼이 빠져 있었다.

생각보다 빨리 상화구를 발견한 것에 대한 기쁨이 채 가시기도 전에 상화선 안에 화라는 소녀가 멀쩡히 있는 모습을 보아야만 했다. 게다가 별로 대수롭지 않게 여기고 있던 한 놈이 아무렇지도 않다는 듯 이기어검술을 펼쳐 상화구를 내쫓고 말았다.

끝없이 놀라고 있어야 할지, 화를 내어야 할지, 그도 아니라면 슬퍼하고 있어야 할지 아무런 태도도 결정짓지 못해 그렇게 다만 얼이 빠진 채 있었다.

분노하는 유검에게 풍환이 조심스런 기색으로 말했다.

―그분 소저는 안전합니다. 상화구가 저에게 알려오기를, 아무에게도 방해받지 않고 주인과 함께 있을 시간이 필요할 뿐이라고 합니다.

유검은 기가 차서 말했다.

"대체 뭔 짓을 하려고? 아무 소리도 않고 텁석 뱃속에 집어넣다니! 그놈이 애초에 음흉한 놈이었다는 건 일찍이 간파하고 있었다. 그래도 너의 말을 믿어 인정을 베풀었더니 이처럼 방약무도하게 행동한단 말인가? 그런 놈이 되돌아갈 곳은 대장간뿐이야!"

우우웅―!

유검의 손으로 회수된 한천검에서 거대한 검강이 뿜어져 나왔다. 쏟아지는 빗줄기가 그 검강에 닿자마자 수증기로 변해 하얀 김을 뿜어 올렸다.

당장이라도 그 검강을 분화구 속으로 쑤셔 박을 것 같았다.

풍환은 노한 유검의 태도에 감히 말대꾸를 하지 못하고 가만히 있었다.

"오라버니……."

품속에 안고 있던 다우가 갑자기 입을 열었다.

"대체 누구랑 이야기하는 거야? 그리고 무엇 때문에 그렇게 화를 내는 거지?"

다우는 훌쩍 품 밖으로 뛰어나가며 투덜거렸다.

"쳇, 꼭 누군가에게 질투하는 거 같애."

"……."

유검은 갑자기 정신이 들었다. 생각해 보니 이렇게 흥분할 이유는 없었다. 화가 어떤 위급한 지경에 놓인 것도 아닌데 말이다.

'질투? 내가 그 딴 고철덩어리에게 질투를?'

말도 안 되는 소리인데도 마음 한 켠이 뜨끔거렸다.

어쨌든 이렇게 흥분할 것이 아니라 차분히 대책을 마련할 때였다.

다우는 분화구 안을 들여다보며 고개를 갸웃거렸다.

"금방이라도 폭발할 것 같더니, 이제는 잠잠하네? 어찌 된 영문일까?"

그 말에도 뜨끔했다.

만약 홧김에 검강이나 이기어검 된 한천검으로 용암 속을 헤집어놓았다면 화산 폭발을 가속화시켰을지도 모르는 일이니까.

스스로의 마음을 차분하게 가라앉히는데, 뒤에서 태평스런 목소리가 들려왔다.

"여어—! 이거 참 우연이군. 이런 곳에서 만나다니 말이야."

유검이 흠칫하며 뒤돌아보니 한 중년인이 히죽 웃는 얼굴로 이쪽으로 걸어오고 있었다.

이전에 본 적이 있었던 일월표국의 국주였다.

"그, 그렇군요. 오랜만입니다."

얼떨결에 그렇게 대답하고 나서 문득 의아심이 났다.

'가만… 난 지금 변장한 상태인데?'

그는 마치 유람이라도 나온 것처럼 느긋한 팔자걸음으로 휘적휘적 걸어오더니 다우 곁에 서서 분화구 속을 내려다보았다.

"그참, 희한하구먼. 무림맹 녀석들이 애지중지하는 상화구가 이곳에 있다는 것도 의외인데, 한 소녀와 합방까지 차리다니… 허, 참……!"

유검은 그의 말에 얼굴이 일그러졌다.

'합방? 그 참, 말 한번 곱게 쓰시는군.'

다우는 국주를 힐끔 올려다보았을 뿐 모른 척했다.

"흐음… 어차피 기다릴 수밖에 없겠군."

국주는 설레설레 고개를 젓고 나서 다우에게 말했다.

"근데 주루가 어디 있다고 했던가? 나로선 찾기 힘든데 소저가 직접 안내해 주면 어떤가?"

그 말에 쪼그려 앉아 분화구 안을 들여다보고 있던 다우의 조그만 어깨가 움찔거렸다.

국주는 고개를 갸웃거리며 다시 물었다.

"그런데 왜 이 모습을 하고 있지? 지금보단 그때 모습이 훨씬 보기 좋은데……."

다우는 깜짝 놀라 벌떡 일어났다.

"무, 무슨 말씀을 하시는 거죠?"

떨리는 음성으로 그렇게 되묻는 다우는 불안과 당혹에 휩싸인 모습이었다.

'설마… 모든 걸 알고 있는 걸까? 최소한 나의 본모습을…….'

그녀의 짐작을 시인이라도 하듯 국주는 히죽 웃어 보였다.

다우는 절벽 끝에 몰린 듯한 초조함을 감추지 못했다. 차가운 눈빛으로 그를 쏘아보며 입술을 질겅질겅 깨물었다.

'없애… 버리자!'

무시무시한 살인멸구를 결심한 순간 행동은 망설임이 없었다.

휙!

재빨리 조그만 벽력탄을 꺼내 들어 국주에게 던지며 동시에 폭발의 범위를 벗어나기 위해 신형을 뒤로 날렸다.

하지만 상황이 그녀의 의도대로 되지는 않았다.

전력을 다해 던진 벽력탄은 너무도 수월하게 국주의 손에 붙잡혔다. 그 정도는 일류고수라면 누구나 펼칠 수 있는 금나술, 하지만 그 후의 결과는 다우가 두 눈으로 직접 보고서도 믿지 못할 정도였다.

꽈앙—!

벽력탄은 국주의 손에서 폭발했다.

대개의 경우 그 폭발력은 진천뢰에는 못 미치지만 그래도 거대한 바윗덩어리조차 산산조각날 정도였다.

그런데 국주의 손이 기이한 원을 그리는 순간, 벽력탄의 폭발은 사방 한 자를 넘기지 못하고 멈춰 버렸다. 그것은 마치 검은 연기와 파편들로 이뤄진 검은 공처럼 보였는데, 국주가 몇 번 더 손을 휘감자 점점 웅크려 들더니 조그만 고철덩어리로 변해 버렸다.

"흐음, 벽력탄이라……."

국주는 손바닥 위에 놓여진 고철덩어리를 보고 뭔가 희미한 기억을 떠올리는 듯 미간을 찌푸렸다.

"언제였더라… 대략 십여 년 정도 되었나? 벽력문에서 한 가지 기이한 일이 일어났다던데……."

혼잣말처럼 그렇게 중얼거리다 다우를 향해 히죽 웃어 보였다.

"혹시 너는……."

다우는 다급함을 감추지 못하고 소리를 질렀다.

"무, 무슨 소리를 하는 거예요!"

재차 벽력탄을 던지기 위해 품속으로 손을 넣는 순간 국주의 신형이 쭉 늘어났다. 너무 빠른 신법으로 움직였기에 한순간 그렇게 보였다.

몇 개로 불어난 국주의 손이 다우의 전신을 제압하려는 순간,

불쑥—!

은빛 투명한 검신이 그 사이로 끼어들었다.

방해를 받자 국주는 아무 미련 없이 뒤로 물러나 버렸다.

유검은 한천검을 그를 향해 치켜세우며 차갑게 말했다.

"어른이 어린아이를 괴롭히다니 무슨 짓입니까?"

어이가 없는 듯 국주의 두 눈이 동그래졌다.

"엥? 괴롭혀? 이보게, 난데없이 벽력탄 선물을 받은 건 나란 말일세. 그런데 누가 누구를 괴롭혔단 건가? 그리고 어린아이라고 했는데 사실 그 아이는……."

이때 다우의 안색은 하얗게 창백해져 있었는데, 울먹울먹거리더니 와락 울음을 터뜨리고 말았다.

"와아아앙—! 엉엉엉! 흑흑흑……."

유검은 그녀를 품속으로 끌어안고 안심하라는 듯 등을 다독거려 주었다.

"괜찮아, 괜찮아. 나쁜 어른은 이 오라버니가 혼내줄 테니까 걱정하지 마라."

다우는 훌쩍거리다 곁눈질로 국주가 다시 입을 열려고 하는 것을 보고 더 크게 소리 내어 울었다. 아예 유검의 목에 매달려 서럽게, 서럽게 울었다.

유검이 자신을 차가운 눈빛으로 쏘아보자 국주는 입맛을 다셨다. 어쩔 수 없다는 듯 어깨를 으쓱거리고는 전음으로 다우에게 말했다.

─소저, 그만 울지 그래? 아무래도 정체를 밝히고 싶지 않은 것 같으니 아무 소리 하지 않도록 하지.

다우가 여전히 유검의 목에 매달린 채 의심이 가시지 않은 눈으로 국주를 힐끔 훔쳐보니 히죽히죽 웃고 있었다.

─흠, 아무래도 그 녀석에게 마음이 있나 보군. 내게 잘 보이면 도와줄 수 있지.

다우가 일단 울음을 멈췄다.

유검의 옷에 팽 하고 코를 풀고 나서 물었다.

"저 사람… 누구죠? 오라버니가 아는 사람이에요?"

유검은 다우가 코를 푼 곳을 떨떠름한 얼굴로 들여다보며 힘없이 대꾸했다.

"선친의 친구시라는데… 아직 정확한 건 몰라."

빗줄기는 서서히 약해져 가고 있었다.

다우는 전음으로 국주에게 물었다.

─제게 뭘 바라시죠? 저… 이상한 여자 아니에요. 그러니까…….

국주는 흐뭇한 얼굴로 말했다.

─나중 술이나 한잔 따라다오. 시아버지가 며느리에게 그 정도는 요구할 수 있지 않을까?

다우의 조그만 어깨가 또다시 굳어졌다.

유검은 다우의 조그만 몸을 번쩍 들어 올려 자신의 어깨 위에 올려놓았다.

다우는 당혹해 소리쳤다.

"뭐, 뭐 하시는 거에요? 빨리 내려줘요!"

그리고는 내려가기 위해 바동거렸다.

평소 목마를 태워줘도 사양하는 법이 없었는데, 이런 행동은 다우답지 않았다.

"맨발로 다니다간 다치기 쉽잖아. 그대로 있는 게 좋겠다."

그리고 그녀의 발에 묻은 흙덩이를 떼어내어 주니, 다우는 얼굴이 빨갛게 물들었다. 마치 남녀 간의 은밀한 장난을 남에게 들켰을 때처럼.

평소라면 몰라도 자신의 정체를 알고 있는 이상한 중년인 앞에서, 그리고 믿기 힘들지만 어쨌든 시아버지라고 주장하는 사람 앞에서 이런 모습을 보인다는 것이 너무도 쑥스러웠던 것이다.

그리고 국주의 정체가 어떻든 자신을 며느리라고 불러주니 당혹스러우면서도 호감을 느끼지 않을 수 없었다. 조금 전 버릇없이 벽력탄을 내던진 자신의 행동이 무척이나 후회스러울 정도였다.

기어코 땅으로 내려선 다우의 행동에 유검은 영문을 알지 못해 어리둥절한 얼굴로 머리만 긁적거렸다.

                    *   *   *

빗줄기는 멈추고 하얀 운무가 분화구 주위를 뱀처럼 똬리를 틀고 앉았다.

무림맹의 금역을 지키던 세 노인은 분화구의 동쪽에 자리 잡았다.

그들은 유검이 이기어검술로 은빛 구체를 향해 공격한 것을 보았지만 현명하기 이를 데 없는 과감한 결단으로 그것을 트집 잡아 시비 걸지는 않았다.

그들의 목적은 어디까지나 은빛 구체에 있었고, 그것이 용암 속으로 숨어든 지금은 싸울 때가 아니라는 것을 알고 있었다.

유검은 분화구의 서쪽에 자리 잡았다. 국주는 한가로운 태도로 바위에 느긋하게 기대어앉아 있었다. 그의 곁에는 다우가 다소곳한 태도로 앉아 어깨를 주물러 주고 있었다.

가끔 그 모습을 힐끔거리며 훔쳐보는 유검의 얼굴은 못마땅함이 가득했다.

'나에게는 저렇게 해준 적이 없으면서… 너무하군.'

죽일 듯 싸우던 저 둘이 언제 저렇게 친해졌는지 의아스러운 건 둘째 치고, 유검은 분명 질투하고 있었다.

그런 유검의 내심을 아는지 모르는지 국주는 친근한 어조로 말을 걸어왔다.

"자네는 보면 볼수록 희한하구먼. 볼 때마다 무공이 일취월장하더니, 이제는 나로서도 감을 잡기 힘들 정도야."

유검은 퉁명스레 대꾸했다.

"살다 보면 그럴 수도 있는 거겠죠."

그러다 심중에 의문이 일어 물었다.

"그런데 어떻게 절 한눈에 알아보셨습니까?"

"자네가 가지고 있는 그 한천검… 그리고 얼굴이 바뀌었다고는 하나 골격이나 체형은 그대로… 알아보지 못할 리야 있나?"

그걸로는 아무래도 뭔가 미진하다 싶은지 뒷말을 덧붙였다.

"게다가 자네는 나의… 가장 절친한 지우(知友)의 아들인데 말이야."

잠시간의 침묵 후 국주는 조심스레 물었다.

"궁금하지 않은가? 자네의 아버님에 대해서 말일세."

국주의 어깨를 주무르던 다우의 손길이 멈칫했다.

유검은 입술을 질경질경 깨물다 흐르는 구름같이 가벼운 말투로 물었다.

"좋은… 분이셨나요?"

"음? 그, 그야… 물론이지!"

더 이상의 물음은 없었다.

국주는 짧게 한숨을 내쉬고는 다시 물었다.

"그런데 그렇게 무공이 높아지고 나면… 하고 싶은 일은 없는가?"

"…글쎄요."

"이를테면, 재물을 모으고 싶은 생각은 없나? 뭐 쉽게 말해서, 자네가 큰 도둑이 된다면 세상의 재물을 모두 훔칠 수도 있을 텐데……."

"뭐, 사부의 술값을 갚고… 친구에게 빚진 은자를 갚으려면 많은 은자가 필요하기는 해도… 재물은 모아서 뭘 할 겁니까? 제가 쓸 정도만 있어도 되지요."

"이런, 이런… 자네만 생각하지 말고 다른 중생들을 보게나. 힘없고 먹을 게 없어 굶어 죽는 사람들을 생각해 봤나? 자네가 재물을 끌어 모아 그런 그들에게 베푼다면 좋지 않은가?"

유겸은 묵묵히 있다가 고개를 저었다.

"잘은 모르겠지만… 올바른 일 같지는 않군요. 제가 정당한 방법으로 재물을 모은다면 몰라도… 하지만 제게 재물을 모을 수 있는 대단한 수단이 있다고는 생각되지 않습니다."

국주는 고개를 끄덕이더니 지나가는 말투로 어물쩍 물었다.

"흠… 재물이 아니라면… 이건 어떤가? 현재 강호무림은 마교로 혼란에 빠져 있지. 많은 사람들이 피를 흘리며 고통을 받고 있다네. 그런 마교를 처부수는 거야. 그렇게 되면 자네의 명성은 끝없이 올라갈 테고, 많은 사람들의 생명을 구하는 셈이 되는 것이니 커다란 공덕을 쌓은 거나 같지. 어떤가? 자네의 무공이라면 대단한 공을 세울 수 있을 것 같은데 말이야. 강호의 협객이라면 당연히 해야 할 일이기도 하고……."

그 말에 유검은 자신도 모르게 읊조렸다.

"강호의 협객이라면 당연히 해야 할……."

국주는 자신의 떠보려는 말에 유검이 너무 쉽게 공감하는 듯하자 서둘러 말했다.

"물론 자네의 아버지가 마교와 관련되어 있을지도 모른다는 의혹도 깨끗이 씻어버릴 수 있지 않은가. 아마도… 어쩌면 피치 못할 사정이 있을지도 모르지만 말이네. 뭐랄까, 한눈에 반한 여자가 있는데 알고 보니 마교의 인물이라던가……."

유검은 눈살을 찌푸렸다.

"설마… 그런 일이 있었던 겁니까?"

"아, 아니, 예를 들자면 그렇다는 걸세. 음……."

국주는 다우를 가리키며 말했다.

"그러니까 다시 예를 들자면, 만약에 이 소저… 아니, 꼬마 아가씨가 알고 보니 마교의 인물인 거야. 자넨 어떡할 텐가?"

국주는 물론, 다우 역시 유검의 대답을 기다리며 눈빛을 반짝거렸다.

유검은 피식 웃으며 고개를 돌릴 뿐 아무런 대꾸도 하지 않았다.

그 모습에 다우는 고개를 푹 떨구었다.

그녀가 어깨를 부르르 떠는 것을 보고 국주는 머쓱한 얼굴로 사과했다.

"미안하구나. 난 단지……."

다우는 시뻘건 얼굴로 벌떡 일어났다.

"이 바보!"

돌멩이를 줍더니 냅다 유검에게 던졌다.

땡!

돌멩이는 쇠보다 더 단단한 유검의 머리에 부딪치며 이상한 소리가 났다.

그리고 다우는 뒤도 돌아보지 않고 산 아래를 향해 달려갔다.

"어, 어라? 왜 저러는 거지?"

유검이 머리를 긁적거리며 황당한 얼굴을 짓자 국주가 웃으며 말했다.

"자네가 아마도 아무런 대답을 하지 않아서인 것 같은데?"

"나참, 마교니 뭐니 애당초 전혀 문제조차 될 게 없잖아요. 쑥스럽게 뭘 말하란 겁니까? 어쨌든 이 세상에 단 하나뿐인 나의 동생인데……!"

애당초 이 일의 발단을 일으킨 주제에 국주는 자신은 상관없다는 듯 느긋하게 팔베개를 하고 바위에 기대앉은 채 유검에게 충고했다.

"나의 경험상… 이럴 때는 쫓아가 그 말을 전해주는 게 좋을 걸세. 장담하지."

유검이 화를 삼킨 은빛 구체가 들어간 분화구 쪽을 힐끔거리며 망설이자, 국주는 한마디 덧붙였다.

"이 근처 바닥은 모두 용암이 굳어진 돌로 이뤄져 있어서 제법 날카롭지. 저렇게 맨발로 달리다간……."

그 말에 유검은 더 이상 망설이지 않았다.

다우의 뒤를 쫓으며 투덜거렸다.

"나참, 가끔 저 녀석이 뭘 생각하는지 도통 알 수가 없다니깐. 한눈만 팔면……."

유검이 달려간 후 국주는 좀 전까지의 태평스런 기색은 온데간데없이 식은땀을 소맷자락으로 훔치며 길게 한숨을 내쉬었다.

"휴… 그 이야기는 너무 성급했군. 본 교의 이야기를 꺼낼 때가 아니었어."

유검의 모습은 곧 운무 사이로 사라져 버렸다.

국주는 서서히 수평선 너머로 저무는 낙조를 바라보며 유검의 말을 떠올렸다.

"이 세상에 단 하나뿐인 동생이라……."

마교든 뭐든 상관없다는 유검의 태도에 국주는 마음이 날아갈 듯했다.

"흠… 좋군, 좋아. 어쨌든 가족을 소중히 여긴다는 말이렷다?"

흐뭇한 기색으로 산 아래를 내려다보던 국주는 곧 키득거리기 시작했다.

"크크큭… 내 핏줄인 건 숨기지 못하는군. 날 닮아서 미인은 어지간히 밝힌단 말야. 푸하하하핫!"

국주는 아직 화와 유검의 관계는 알지 못하고 있었다.

◆ 第六章
다우의 비밀

울창한 밀림 속을 뚫고 달려가던 다우의 두 발이 허공에 떴다. 그녀가 능공허도를 발휘한 것이 아니라 유검이 그녀의 겨드랑이에 손을 넣어 들어 올렸기 때문이다.

유검은 잠시 변장을 풀고 있었다.

다우는 너무 쉽게 발끈해 버린 자신이 한심스러워 전신을 축 늘어뜨린 채 아무런 반항도 하지 않았다.

유검은 아무 말 없이 그녀를 안고 걷다가 하얀 김이 모락모락 피어오르는 온천을 발견하자 그곳으로 데리고 들어갔다.

온천물은 꽤 뜨거운 편이었지만 유검은 다만 따뜻한 정도로만 느꼈고, 다우도 익힌 무공은 이런 류의 뜨거움에는 익숙했기에 별다른 문제는 없었다.

유검은 적당한 깊이의 곳을 찾아 다우를 앉힌 후 손바닥으로 온천물을 퍼다가 머리 위에 조금씩 끼얹어주었다.

머리카락 위에 부어진 뜨거운 온천물이 그녀의 이마를 지나 두 뺨 옆으로 흘러내렸다. 머리카락이 따라 흘러 그녀의 얼굴을 덮어버렸다.

양손으로 얼굴을 뒤덮은 머리카락을 뒤로 쓸어 넘겨주고 나니 초롱초롱한 눈망울로 자신을 올려다보는 다우의 귀여운 얼굴이 다시 드러났다.

손바닥으로 두 뺨을 감싸 쥐니 그 압력에 의해 불쑥 다우의 입술이 내밀어졌다.

그 모습이 재미가 있어 유검은 애당초 다우를 이곳 온천으로 데리고 와서 깨끗이 씻겨주며 다정한 말을 해줘야겠다는 애당초의 목적은 잊어버리고 키득거리며 웃었다.

퍽!

다우의 조그만 손주먹이 날아와 유검의 콧잔등을 때렸다.

당연히 아플 리 없지만, 예의상 맞은 코를 문질러 주며 다우의 표정을 살폈다.

그녀는 시큰둥한 얼굴로 다른 곳으로 눈길을 돌리고 있었다.

유검은 조심스럽게 물었다.

"화났니?"

다우는 고개를 저으며 혼잣말처럼 중얼거렸다.

"쳇, 이건 나답지 않아. 왜 이렇게 바보 같을까."

꼬르륵.

그녀의 몸이 천천히 수면 아래로 가라앉았다.

목이 잠기고 입술이 잠기고 코가 잠기더니 이마까지 잠겨 버렸다. 종내 머리끝까지 물속으로 들어가 버렸다.

그 모습을 지켜보며 유검은 따뜻한 미소를 짓지 않을 수 없었다.

더없이 높은 경지의 무공을 얻은 이후 세상은 솜털처럼 변해 버렸다. 그런 세상을 파괴하지 않으리라는 자신의 의지조차 믿지 못하는 불안감 속에 유검은 홀로 고독을 되씹어야 했다.

언젠가는 이루고 말겠다는 무상검의 경지 역시 한여름날 하오의 꿈처럼 막연하기만 할 뿐이었고 당장 눈앞에 닥친 목표가 없었다.

힘은 얻었으되 무엇을 해야 할지 몰랐다.

재물이 필요한 것도 아니요, 명예를 원하는 것도 아니었다. 자신이 가진 힘을 무엇을 위해, 어디에 써야 할지 모르는 것이다.

그렇다면 국주가 말한 바대로 강호의 협객이 되어 마교를 쳐부수는 것은 어떨까?

비록 마교를 싫어하기는 하지만 그렇다고 강호의 정의라는 이름 하에 피를 흘리고 싶지는 않았다.

아니, 그 이전 자신의 힘을 분노와 증오를 표출시키는 데 쓰고 싶지 않았다. 그러한 일의 반복 속에 세상을 온전히 두고 싶은 자신의 의지가 분명 붕괴되고 말 테니까.

화에 관한 일만 아니라면 마교와 굳이 얼굴을 붉힐 일은 없는 것이다.

그렇게 막연히 자신의 할 바가 있지 않을까 생각할 뿐 선택의 행로는 항상 무한의 분기점에 서 있었다.

스스로 생각해도 참으로 멍청하다고 말할 수밖에 없는, 이도 저도 선택하지 못하는 그런 극한의 우유부단함 속에서 확실한 것은 오직 하나밖에 없었다.

그것은 사람에 대한 '따스함'이었다.

'정(情)'이었다.

가슴속에 그런 따스함을 품는 한, 자신의 검은 분명 그런 그들을 지키기 위해 쓰여질 것이다. 그것 하나만은 확실했다.

그런 의미에서 다우는 유검에게 있어 더없이 소중한 존재였다.

검 이외에 세상 모든 것에 서툴 수밖에 없는 유검이었다. 특히 이성에 관해서는 항상 한 발짝 뒤로 물러서려는 그였기에 마음 놓고 정을 쏟을 수 있는 이는 다우가 유일했다.

사실은 처음부터 무작정 다우에게 끌렸었다.

그리고 천방지축으로 어디로 튈지 모르는 그녀를 항상 조바심 내며 지켜보다 보니 이제는 친혈육보다 더한 정을 느끼게 되었다. 그러다 보니 지금에 있어 그녀는 황량하게 변해 버린 가슴을 따스함으로 채워주는 소중한 존재가 되어버렸다.

그런 그녀인데 마교 출신이든 뭐든, 어떤 신세에 어떤 사연을 간직하고 있다 한들 무슨 상관이란 말인가?

다우는 단지 '있다는 존재'만으로도 충분했다.

그러니 국주의 물음에 대답할 가치를 느끼지 못하고 그냥 피식 웃고만 말았으며 다우의 뒤를 쫓아와서도 굳이 변명을 늘어놓지 않았던 것이다.

'그런데 시간이…….'

물속으로 잠수한 지 꽤 시간이 흘렀는데도 다우는 바깥으로 나올 생각을 하지 않았다.

"혹시……?'

설마 하니 이대로 익사한 것은 아닌가 하는 황당한 생각이 들어 유검은 급히 물속으로 잠수했다.

온천의 뿌연 물빛 속 바닥에 한 인영이 드러누워 있었다.

'이 녀석, 또 무슨 장난을……!'

손쉽게 들어 올리기 위해 그녀의 겨드랑이에 손을 넣는 순간,

뭉클.

전혀 예상치 못했던 뜻하지 않는 기묘한 감촉.

"푸아앗!"

유검은 처음 물에 빠진 강아지처럼 허우적거리며 물 밖으로 튀어나

왔다.

쿨럭, 물을 뱉어내며 '대체 뭐였지?' 하는 눈으로 자신의 손바닥을

들여다보는데,

쏴아아—

물살이 갈라지며 한 여인이 천천히 몸을 일으켰다.

모락모락 피어오르는 온천의 하얀 김 속에 신비스러울 정도로 아름

다운 여인의 모습이 드러났다.

유검은 그녀가 물에 젖은 긴 생머리를 어깨 뒤로 넘기는 모습을 두

눈을 동그랗게 뜨고 바라보았다.

"넌……."

한마디 내뱉기도 전에 갑자기 그녀의 얼굴이 가까이 와 있었다.

맑고 맑은 그녀의 두 눈동자와 마주치니 머리 속은 백짓장처럼 하얗

게 변해 버리고 말았다.

가히 악마적이라고 할 만한 그녀의 매력에 이성은 침묵의 늪 속으로

빠져들고 통제를 잃은 두 팔은 자연스러운 욕망의 흐름에 이끌려 그녀

의 허리를 안았다.

입술에 와 닿는 달콤한 감촉.

세상은 고요 속으로 빠져들고 생전 느껴보지 못했던 지극한 희열 속

에서 그녀의 입술을 탐닉하는데,

불쑥.

입 안으로 뭔가가 굴러 들어왔다.

형체는 동글동글했는데, 시금털털하면서도 극히 쓴 것이 무척이나
고약한 맛이었다.

그 덕분에 영원히 침묵의 늪 속에 빠져 있을 줄 알았던 차가운 이성
이 기사회생했다.

잠시 정신이 든 유검이 깨달은 것은 자신이 안고 있는 여인의 정체
였다.

"우와앗!"

유검은 깜짝 놀라 그녀의 허리를 안고 있던 두 팔을 번쩍 허공으로
치켜세워 만세를 불렀다.

다우는 시큰둥한 얼굴을 한 채 소맷자락으로 입술을 문질렀다.

"쳇, 변태 아니에요? 날 동생이라고 입버릇처럼 말해 놓고서는… 쩝,
앞으로 난 시집도 못 갈 거야."

"아, 아니, 그, 그건……."

"뭐, 괜찮아요. 저야 어차피 오라버니에게 사육당하는 처지니까…
무슨 짓을 당해도 할 말이 없죠 뭐."

"사, 사육? 무, 무슨 말을……."

"그 말이 마음에 안 드나요? 그럼 장난감으로 정정하죠. 가지고 놀
기 좋은 장.난.감! 안됐네요. 제가 조금만 더 나이 들었으면 괜찮았을
텐데… 보시다시피 아직은 너무 어린 몸이라……."

한껏 죄책감을 긁어모으는 다우의 말에 유검은 어찌할 바를 모르고
허둥거렸다.

다우는 내심 회심의 미소를 지으면서 겉으로는 정말 유검의 행동에 실망했다는 듯 길게 탄식했다.

"하아… 다만 앞으로 제가 시집갈 낭군을 볼 면목이 없네요. 오라버니는 아무 잘못이 없어요. 단지 저의 부주의였을 뿐… 어쨌든 그에게 의리를 지키기 위해서는……!"

그리고는 온천 밖으로 걸어가더니 주위의 우거진 수림 중에 커다란 고목 위로 올라갔다. 그리고는 길게 늘어져 있는 나무 덩굴 안으로 목을 집어넣었다.

"그동안 즐거웠답니다. 오라버니, 안녕히 계세요."

말을 마치고는 디디고 있던 나뭇가지에서 두 발을 떼어버렸다.

쉬이익—

유검은 이기어검술로 그녀가 목을 메고 있던 나무 덩굴을 베어버렸다. 그리고 훌쩍 몸을 날려 떨어지는 그녀의 몸을 받아 들고는 길게 한숨을 쉬었다.

"휴우… 도대체 어찌 된 영문인지 모르겠구나. 내가 잘못했다."

다우는 침울한 목소리로 중얼거리듯 말했다.

"죽기 전에 한 번 더 절 가지고 놀고 싶은 모양이죠? 할 수 없죠. 대신 빨리 끝내주세요. 저도 가야 할 곳이 있으니까… 그런데 저승이란 곳이 정말로 있을까요?"

유검은 몸서리를 쳤다.

"으으… 제발 그만 해다오. 내가 무조건 잘못했다. 뭘 원하는 거냐? 무조건 들어주마."

"아뇨, 오라버니는 아무 잘못이 없어요. 남자가 그럴 수도 있죠 뭐. 몸 간수를 잘 못한 제 잘못이에요. 대개 이야기책에도 그러잖아요. 순결을 잃은 처녀가 목매달고 죽는 건 당연하다구요."

"에휴… 무슨 소리냐? 말이 뭔가 이상하다만 생명보다 더 소중한 것은 없어. 그리고… 그리고……."

뭔가 말을 해보려 해도, 도저히 자신의 행동에 대한 변명거리는 나오지를 않았다.

다우는 씁쓸한 기색으로 고개를 절레절레 저었다.

"아뇨, 여자에게는 생명보다 순결이 더 중요해요. 제게 언니가 있는 거 알죠?"

"그야… 알지. 안 그래도 조금 전 마치 네 언니를……."

다우는 유검의 말을 딱 부러지게 잘랐다.

"변명은 싫어요."

"그, 그래……."

"하아… 제게 하나뿐인 언니인데… 어릴 적 겁탈을 당했답니다. 그것도 사부랑… 사형들에게… 그래서 언니는 몇 번이고 죽으려 했대요."

충격적인 그 말에 유검은 '아……!' 하고 탄성을 질렀을 뿐 아무런 위로의 말도 꺼내지 못했다.

이야기를 꺼내는 다우의 얼굴은 침울해 보였다.

"뭔지는 잘 모르겠는데… 그 일이 일어난 것은 사부의 회갑연 날이었어요. 그때 언니 나이는 겨우 열두 살… 사부는 그날 기이한 물건을 발견했다면서 축하하러 온 사람들에게 조그만 상자를 꺼내 보여줬답니다. 그 상자 안에는 옥으로 만든 미녀상이 들어 있었어요. 너무나 예뻐서… 사람들은 모두 감탄했어요. 정말로 예뻤거든요. 언니도 너무 예뻐서… 자신도 모르게 홀린 듯 손을 뻗어 그것을 만졌대요. 이상하죠? 다른 사람들이 만졌을 때는 괜찮았는데… 언니가 만졌을 때는 이상한 일이 벌어졌어요. 정확한 건 몰라요. 정말로 붉은빛밖에 보질 못했으니까… 그러니까 무슨 일이 어떻게 일어났는지도 모르고, 그렇게 있는데 갑자기 사람들이 달라졌어요. 모두 넋을 잃고 언니를 보더니 이상한 얼굴을 하고 모두 다가오는 거예요. 가까이 다가와서 옷을 찢고… 언니는 정신을 잃고 말았답니다. 다시 깨어난 것은 거의 며칠이나 지나서였어요. 침상 위에 누워 있었는데 그때 한 사람이 옆에 있었어요. 서둘러 사부가 있던 대청으로 가보니… 모두… 모두 죽어 있었어요. 그가 그러더군요. 대청 안의 사람들은 모두 정(精)이 소진되어 죽어버린 거라고… 그땐 그게 무슨 말인지도 몰랐대요. 그냥 슬퍼서… 너무나 슬퍼서 울고 있는데 사모가 나타났어요. 너무나 무서운 얼굴로 고래고래 악을 쓰며 언니를 죽이려 들었대요. 더러운 계집이라며… 너 때문에 모두 죽고 말았다며……. 한 사람의 도움으로 겨우 피할 수 있었는데 그가 말했어요. 그 옥으로 만든 미녀상은 군화정(君火精)이란 마물(魔物)이라고. 그게 언니 몸으로 흡수되어 버렸다고 하더군요. 그 후로… 남자들은 언니만 보면… 그때서야 어렴풋이 언니는 그날 무슨 일이 일어났는지 알 수 있었답니다. 언니는 더 이상 살고 싶지 않았어요. 그래서 절벽 위로 올라가 뛰어내리려고 했는데… 한 사람의 방해로 실패하고 말았죠. 그 사람은 어디서 시체를 구해오더니 절벽 위에서 떨어뜨리더라구요. 그리고는 억지로 아래로 끌고 가서 보여주는데… 너무 참혹했답니다. 그걸 보고 떨어져 죽는 건 포기했어요. 죽고는 싶었지만… 그런 처참한 모습이 되기는 싫었거든요. 그 후로 다른 방법으로 죽으려 했지만 번번이 실패로 돌아갔어요. 그러다 결국은 지쳐서 죽는 걸 포기하고 말았죠. 이미 마음은 죽어버렸는데, 그냥 숨을 쉬고 밥을 먹는다 해도 아무런 의미가 없다는 생각도 들었구요. 대신……."

다우의 두 눈에는 어느새 눈물이 고여 있었다.

"쳇, 재미없네… 이런 이야기는 정말 싫어."

소맷자락으로 스윽 눈가를 훔치며 투덜거렸다.

애당초 다우는 유검에게 너무 휘둘리는 자신이 바보 같아서 그를 골탕 먹이려 했다. 하지만 유검을 놀리다 우연찮게 나온 옛이야기에 그만 기분이 침울해졌다.

정말 바보 같다는 생각에 피식 웃으려다 어쩐지 처연한 기분이 들어 자신도 모르게 불쑥 심중의 말을 내뱉고 말았다.

"근데 우스운 건요. 그런 언니가 오빠를 보고 좋아하게 되었대요. 바라는 건 없어요. 그냥… 곁에 있고 싶을 뿐인데… 욕심을 부려선 안 되는데… 질투해서도 안 되는데… 그게 잘 안 된대요. 어떡하면 좋죠? 예?"

유검은 묵묵히 그녀의 이야기를 듣고는 먼 하늘로 시선을 돌렸다. 아련한 눈빛으로 살이 에일 듯한 아픔을 하나하나 헤아리다 그만 눈을 감고 말았다.

침묵 후, 다시 눈을 뜬 유검은 손가락으로 그녀의 눈가에 매달린 눈물을 닦아주며 진지하게 말했다.

"내 경험인데, 그럴 때는 검무(劍舞)를 추는 게 좋아. 열심히 검무를 추다 보면 모든 게 괜찮아지거든."

"……."

"아, 그래. 나한테 와서 검술을 배워보라고 그래라. 잘 가르쳐 주마. 흠… 그냥 이번 기회에 아예 새 문파를 하나 만들어 버릴까? 어때? 재미있겠지?"

유검이 한마디 할 때마다 다우의 두 볼은 불만으로 가득 찬 공기에 의해 복어의 배처럼 점점 불룩해져 갔다.

유검과 다년간 지내온 여문의 고견대로 '검밖에 모르는 바보'라는 결론이 나오는 데는 시간이 걸릴 까닭이 없었다. 그리고 그 결론에 그냥 한숨만 내쉬던 여문과는 달리 다우의 불만은 즉시 폭력적인 행동으로 이어졌다.

"바보! 멍청이!"

불만이 고도로 농축된 그 말과 함께 고사리 같은 다우의 손주먹이 유검의 턱을 향해 날아갔다.

픽!

날아오는 주먹을 뻔히 눈 뜨고 보면서도 유검은 피하지 않았다.

"간지럽군. 모기가 물어도 이보다는 따갑겠다."

그리고는 불만으로 불룩 나온 다우의 두 볼을 손바닥으로 납작하게 눌렀다.

"대체 그 얼굴이 뭐냐? 꼬마는 그냥 웃고 떠들고 잘 먹고 잘 크면 돼. 아무리 언니라도 남의 일로 고민하는 건 아직 십 년은 이르다."

다우는 그 말에 발끈해서 하마터면 이야기의 주인공이 바로 자신임을 밝힐 뻔했다.

다우는 입을 벌려 유검의 손가락을 꽉 깨물었다.

유검이 손을 들어 올리니 미끼를 물고 낚싯줄에 걸린 대어처럼 손가락을 문 다우의 몸이 허공에 대롱거렸다.

"월척이군."

그런 모습으로 다시 온천 안으로 걸어 들어갔다.

한 손을 들어 수면을 치니, 한 줄기 물기둥이 허공으로 치솟았다. 물기둥은 완만한 곡선을 이루며 머리를 넘기는데, 재차 유검의 손바닥이

다른 수면을 쳤다.

또 다른 물기둥이 치솟았다.

모두 여섯 개의 물기둥을 만든 다음 이번에는 걸음을 옮기면서 다시 수면을 치기 시작했다.

물기둥들은 서로 부딪치기도 하고, 아슬아슬하게 서로 비껴 나르기도 하면서 허공에서 춤을 추기 시작했다. 마치 수룡이 서로를 희롱하며 노니는 것 같았다.

물기둥은 점차 더 높이 치솟았고, 허공은 자욱한 물보라로 안개가 낀 듯했다.

그 모습이 참으로 아름다워 다우는 어느새 물고 있던 손가락을 놓으며 넋을 잃고 구경했다.

양손이 자유로워지자 수면을 내려치는 유검의 손길은 더욱 빨라졌는데, 다우 주위의 물살이 소용돌이치기 시작했다.

한줄기 물살이 다우의 몸을 휘감더니 허공으로 휙 띄워 올렸다.

이때부터 유검의 손길은 더욱 세심해졌고, 치솟는 물기둥도 다양해졌다.

물기둥이 부챗살처럼 확 퍼지면서 허공에서 빙글빙글 도는 다우의 전신을 덮치기도 했고, 조그만 물줄기는 개울물이 흐르듯 겨드랑이로 파고들어 가 간질이기도 했다.

그림에는 소질이 없는 유검이었지만 검술을 응용해 펼쳐 내는 이 한 수의 수공(水功)은 울창한 수림 속에 자리한 이 온천에 한 폭의 아름다운 수묵화를 그려내었다.

다우는 어느새 이 놀이에 흠뻑 빠져 버렸다.

물보라로 형성된 자욱한 안개 속에서 크고 작은 물줄기들은 때로는 그녀를 놀라게 했고, 때로는 부드럽고 따듯하게 어루만졌다.

울적한 기분은 어느새 사라져 버렸고, 다섯 가닥으로 나뉘어진 물줄기가 귀밑과 종아리를 간질이자 다우는 마침내 까르르 웃고 말았다.

유검은 두 팔을 활짝 펼쳐 사방으로 진기를 내뿜었다.

쩡—

어지럽게 허공을 난무하던 물줄기들이 갑자기 멈춰 버렸다. 자욱한 안개 속에서 다우는 어리둥절해하는데, 불쑥 유검의 얼굴이 나타났다.

웃어야 할지 화를 내어야 할지 몰라 머뭇거리는 그녀에게 유검은 씨이익 웃어 보였다.

다우는 어쩔 수 없이 따라 웃고 말았다.

"그래, 그 얼굴이다. 잊지 말아라."

유검의 말이 끝나는 순간 멈춰 있던 물줄기들이 와르르 무너져 내렸다.

그와 함께 같이 허공에서 떨어지게 된 그녀가 놀라 비명을 지르려는 순간 유검이 그녀의 허리를 낚아챘다.

홀쩍 온천 밖으로 날아 다우를 내려주고는 삼매진화(三昧眞火)를 일으켜 젖은 그녀의 옷과 머리카락을 말려주었다.

다우는 지치고 노곤하기도 하고, 기분이 좋았기에 아무런 반항도 하지 않고 유검의 손길에 내맡겼다.

유검이 전력을 기울여 펼친 수공은 그녀의 전신 혈도를 안마하듯 두들기며 혈맥의 흐름을 왕성하게 만들었다. 그리고 연달아 오가는 크고 작은 물줄기들과 노닐다 보니 그녀의 몸도 마음도 지쳐 버렸다.

기분 좋은 피로감이 몰려왔다.

"아! 배가 고프겠구나. 먹을 과일을 따 올 테니 잠시만 기다려라."

유검은 그녀를 널찍한 바위 위에 눕혔다.

다우는 스르르 눈이 감겨왔다.

'자면 안 되는데… 안 돼. 정신을 차려야……'

유검은 애써 눈을 떴다가 수마(睡魔)에 못 이겨 다시 눈꺼풀을 감고 하는 다우의 모습을 흐뭇한 얼굴로 내려다보며 조그만 소리로 중얼거렸다.

"고민하지 말아라. 모든 게 괜찮아질 거다. 걱정할 건 아무것도 없어."

그 소리를 들었는지 다우는 고개를 끄덕였다.

"으응……"

다우는 수마에 반쯤 굴복한 눈으로 울창한 수림 속으로 들어가 버리는 유검의 모습을 보고 속으로 생각했다.

'잠시만… 잠시만 눈을 감고 있자. 오라버니가 돌아올 때까지만……'

그녀의 의식은 곧 잠결 속으로 빠져들었다.

순간 그녀의 신체에 변화가 일어났다.

가슴은 불룩해지고 허름한 흑포장삼 아래로 하얗고 긴 종아리가 뻗어나왔다.

"하아……"

과일을 따러 간 줄 알았던 유검이 길게 탄식하며 천천히 걸어나왔다.

유검은 가까이 다가가 옅은 안개 사이로 은은히 한 겹 은빛 장막에 휩싸여 있는 듯한 아름다운 그녀의 모습을 슬픈 눈으로 바라보았다.

"역시 그랬구나. 이상하다고 생각은 했지만……"

유검은 신비스러울 정도로 아름다운 그녀의 얼굴과 조그만 입술을 오래 지켜보지 못하고 슬그머니 눈길을 돌렸다.

진기를 끌어올려 정(精)을 견고히 하였는데도 불구하고 오래 지켜보니 가슴이 두근거리고 가까이 다가가 입을 맞추고 싶은 충동이 이는 것이다.

탄식이 절로 나왔다.

"휴… 미혼술을 익힌 것도 아닌데 이상하구나."

유검은 그녀에 대한 동정과 아픔 속에서 눈을 감고 곰곰이 생각에 잠겼다.

이런 악마적인 아름다움 때문에 겁탈을 당했던 것일까? 이 아름다움은 다우가 말했던 군화정이라는 마물 때문에 생겨난 것인가? 도대체 그건 무엇일까? 왜 이런 현상이 벌어지는 것일까?

어쨌든 그녀가 안고 있는 과거의 상처를 치유하기 위해서, 그리고 또 그녀의 앞날을 위해서도 반드시 신체에 얽힌 비밀을 밝혀내어야 한다.

몇 가지 생각이 정리되자, 유검은 눈을 감은 채로 그녀에게 가까이 다가갔다.

어림짐작으로 그녀의 손목이 있던 부위를 더듬었다.

'음, 여긴… 윽, 실수… 찾았다.'

허둥거리다 드디어 그녀의 오른쪽 손목을 찾았다. 그녀 손목의 촌관척(寸關尺) 부위를 찾아 세 손가락을 올려놓고 마치 의원처럼 신중히 진맥했다. 그렇게 해서 특별한 기운의 흐름이 없나 세밀히 살펴보았다.

'보통 사람과 특별히 다를 건 없는데……'

진기를 조금씩 흘려 넣어보았다.

수태음폐경(手太陰肺經)에서부터 순차적으로 수양명대장경(手陽明大腸經), 족양명위경(足陽明胃經) 등으로 진기를 흘려보내는데 수소음심

경(手少陰心經)에서 기이한 반탄력이 느꼈다. 재차 진기를 흘려 넣으니 이번에는 크게 반발하지 않고 대신 이리저리 관찰하는 듯 보였으며, 세 번째 진기를 불어넣었을 때에는 오히려 흡수하려 들었다.

곤혹스러움 속에 유검이 계속해서 진기를 불어넣으니 왕성한 식욕을 가진 아기처럼 젖을 빨듯 적극적으로 흡수해 나갔다.

이런 특징은 족소음신경(足少陰腎經)에서도 나타났다.

유검은 비록 특별한 현상을 발견하기는 했지만, 이것이 무엇을 의미하는지 알 수 없었다.

'나중 모습이 바뀌었을 때 그때 다시 진맥해서 비교해 봐야겠다. 그리고 고명한 의원을 찾아 물어보아야겠구나.'

유검은 문득 그녀에게서 은은한 향기가 풍겨져 나오는 것을 깨달았다. 그 향기는 그녀의 매력처럼 사람을 들뜨게 만드는 것이 아니라 오히려 마음을 서늘하게 하고 기분을 상쾌하게 만들었다.

그 향기를 흠뻑 들이마시고 천천히 음미해 보니 마치 관음보살을 대한 듯 신성함마저 느껴졌다.

"기이하군. 참으로 기이하다."

살며시 눈을 떠서 그녀를 바라보니 다시 마음이 두근거렸다.

먼 하늘로 시선을 돌린 후 곰곰이 생각해 보다 유검은 한 가지를 결심했다.

"좋아, 언제까지고 외면할 수는 없는 노릇이지."

유검은 그녀 앞에서 가부좌를 틀고 앉아 진기를 끌어올려 심기(心氣)를 고정시킨 후, 스스로 몇 군데의 경혈을 폐쇄시켰다.

금강불괴의 몸이라 외부로부터 혈도가 제압당하지는 않으나 스스로의 의지로 몇 군데 마혈을 봉쇄해 두는 일은 가능했다.

그렇게 당분간 움직이지 못하게 스스로에게 금제를 가한 후 눈을 떠 그녀를 바라보았다.

그리고 진기로 단단히 고정해 둔 한가닥 맑은 의식으로 그녀에게서 느껴지는 스스로의 감정과 기운의 변화를 세심하게 살폈다.

잠시 시간이 흐른 후, 유검은 다시 눈을 감았다.

그녀에게서 느껴지는 모든 기운과 감각의 변화를 각 경락별로 정리해 본 후 유검은 자신도 모르게 눈살을 찌푸렸다.

"아무래도 이상하군."

그녀를 보면서 이는 충동이란 건 분명 있었다. 하지만 보는 순간 모든 사람들이 욕정에 휘말린 짐승이 되어버리고 마는, 마치 춘약(春藥)에 중독된 듯한 그런 류의 충동은 분명 아니었던 것이다.

딱 부러지게 말하기는 어렵지만, 마치 신비스런 아름다움에 넋을 잃고 바라보다 눈물을 흘리며 경배하고 싶어지는 그런 감정의 움직임이었다. 그리고 귀엽고 예쁜 아기에게 입을 맞추고 꼭 안아주고 싶은, 그렇게 너무도 귀여워 견딜 수 없는 그런 류의 충동에 더 가까웠다.

분명 어둡고 끈적끈적한 욕망을 부채질하는 것과는 거리가 멀었다.

그리고 그녀에게 느껴지는 아름다움의 매력은 한순간 사람의 넋을 잃게 만들기는 하지만 정신을 혼미시키지는 않았다. 그래서 미혼술이 아니라고 잘라 말할 수 있었다.

물론 사람의 감정과 욕망이란 게 단순하지 않으며, 그리고 사람마다 제각기 취하는 행동들이 다를 수 있지만 최소한 그녀의 이야기에 나오는 것처럼 평소 사형제지간의 정분조차 망각해 버리고 모두 짐승으로 변해 버릴 그런 종류는 분명 아닌 듯했다.

게다가 그녀에게서 마치 보호막이라도 되는 듯 은은한 향기가 풍겨

약하게나마 사람들의 정신을 일깨우지 않는가. 최소한 그녀를 보지 않는다면 정신을 차릴 여지는 분명 있는 것이다.

그리고 대청 안의 사람들이 일제히 그녀를 겁탈하고 정이 탈진되어 죽어버린다는 것 또한 시간적으로나 공간적으로나 도저히 불가능한 노릇이었다.

유검은 드디어 확신할 수 있었다.

'그녀가 알고 있는 것은 분명 사실이 아니다. 뭔가 숨겨진 사연이 있다.'

비무를 벌이듯 그녀에게 일어날 수 있는 모든 경우의 수를 추론해보고, 또한 그녀를 보고 느끼면서 스스로에게 이는 기운과 감정의 변화를 높은 경지의 무공으로 냉정히 관찰하고 내린 판단이었기에 유검은 이러한 결론에 최소한의 확신을 가질 수 있었다.

그제야 유검은 그녀를 위해 조그만 축복의 말을 건넬 수 있었다.

"그봐, 내가 괜찮다고 했잖아."

그제야 유검은 스스로 금제한 혈도를 풀고 그녀에게 미소를 보여줄 수 있었다.

"바보 녀석, 만약 네가 이 모습으로 계속 있었다면 너 스스로 이상한 점들을 벌써 깨달았을 것이다."

이때 한 가지 의문이 떠올랐다.

다우가 이런 오해 속에서 고통받고 살아온 것이 과연 자연스러운 일일까?

누군가 어둠 속에서 씨이익 웃고 있는 모습이 떠올랐다.

쩡!

갑자기 진한 살기(殺氣)가 폭사되어 천지를 뒤덮었다.

푸드득—

주위의 새들이 놀라 날아올랐다.

이때 수풀 속에서 사람의 비명 소리가 함께 터져 나왔다.

"헉!"

은빛의 한천검이 그곳을 향해 폭사되었다. 호통은 그 다음이었다.

"누구냐?!"

베어진 나뭇가지들과 나뭇잎이 허공으로 날리고 하얀 빛을 뿜어내고 있는 한천검은 둥실 뜬 상태로 아슬아슬하게 한 청년의 목에 겨누어져 있었다.

그는 기재들에게 아원(阿猿)이라 불리우던 원숭이를 닮은 청년이었다. 그는 봉두난발에 얼굴 여기저기 검댕이와 흙먼지 등으로 더러웠는데, 갑작스런 사태에 경악을 감추지 못하고 입을 쩍 벌리고 있었다.

"저, 전⋯⋯."

더듬기만 할 뿐 말을 제대로 못 꺼내자 유검은 눈살을 찌푸리며 대답을 재촉했다.

"넌 누구지?"

한천검이 슬쩍 그의 목을 밀어 들어가니 겉가죽이 베어지며 피가 배어 나왔다.

"전⋯ 누굴까요?"

아원은 얼마나 놀랐는지 멍청하게도 오히려 되물었다.

그러다 그는 바위에 몸을 눕히고 잠을 자고 있는 다우를 발견하고는 돌연 탄성을 질렀다.

"아⋯ 드디어⋯ 드디어 찾았다!"

조금 전까지 겁에 질린 태도는 어디로 가버렸는지 다우를 향해 와락 달려나갔다.

유검은 그의 목숨을 빼앗고 싶지는 않았기에 검을 회수하고 대신 신형을 날려 그의 목덜미를 낚아챘다.

"뭐냐? 이 녀석은……?"

그는 유검의 말은 듣지도 못한 듯 다우를 보고 감격에 차 부르짖었다.

"찾았다, 찾았어. 내가 헛것을 본 게 절대 아니었어. 이제 드디어 내기에 이길 수 있다! 흑흑흑……."

본래 아원은 기재들에게 보는 사람마다 넋을 잃는 미녀가 있다고 주장했고, 이번 배가 올 때 온다는 소문을 분명 들었다고 주장했다.

기재들은 보는 사람마다 넋을 잃는 미녀를 믿기는커녕, 삼봉보다 더 아름다운 미녀가 있다는 것조차 절대 동조하지 않았기에 아원은 내기를 했다.

아원에게 있어 내기란 생명보다 소중했다.

아원은 자신의 말을 믿지 않는 다른 기재들에게 본때를 보여주고 싶었다.

그래서 일단 붓, 먹물, 종이 등을 준비해서 먼저 삼봉의 거처로 몰래 잠입했다.

사실 삼봉의 미모는 기재들 사이에 과장되게 퍼져 있었는데, 그런 그녀들을 볼 기회란 많지 않았다. 아원은 그런 그녀들의 미모를 화폭에 미리 담아두려 했다.

자신이 '보는 사람마다 넋을 잃어버리고 마는 미녀'를 발견하여 화폭에 담았을 때 똑똑히 비교해서 보여주고 싶었던 것이다.

아원은 그녀들의 거처를 서성거리다 우연찮게 삼봉 중 초영영이 목욕하는 모습을 훔쳐볼 수 있었지만, 그만 들키고 말아 황급히 도망쳐야만 했다.

그로 인해 마을에 커다란 사건이 벌어졌지만, 불굴의 사나이 아원은 그런 것은 아랑곳하지 않고 내기에 이기기 위한 자신의 할 일을 묵묵히 수행해 나갔다.

그는 먼저 아무도 없는 수림 한가운데 조그만 초막을 지어놓고 훔쳐본 초영영의 모습을 떠올리며 열심히 화폭에 옮겨놓았다.

그림이 어느 정도 완성에 이를 무렵, 먹을 것을 구하기 위해 과일을 따러 나왔다가 잠시 볼일을 보는데 온천에서 뛰쳐나온 다우의 본모습을 보게 되었다.

그는 넋을 잃고 멍하니 바라보고 있다가 그만 그녀가 내던진 화기에 한바탕 곤욕을 치르었다.

그 후 아원은 자신이 지어놓은 초막으로 돌아가 다우의 모습을 그리려 했지만, 안개 속에 휩싸인 듯 도무지 그녀의 모습이 제대로 떠오르지 않았다. 그래서 다시 그녀를 보기 위해 밀림 속을 헤매고 다니다 지금에서야 드디어 발견한 것이다.

기적처럼 다시 그녀를 보게 된 아원의 감격이란 이루 말할 수 없이 컸다.

아원은 이번에야말로 망막 속에 다우의 모습을 똑똑히 각인시켜 두겠다는 듯 두 눈을 부릅뜨고 그녀를 쳐다보았다. 그의 눈에서는 아직 감격의 도가니에서 끊임없이 솟구쳐 나오는 감동의 눈물이 줄줄 흘러내리고 있었다.

그의 사정을 알 길이 없는 유검은 그런 아원의 모습에 난감함을 느꼈다.

유검은 힐끔 다우를 곁눈질로 훔쳐보며 생각했다.

'혹시 다우에게 내가 미처 발견하지 못한 게 있는 걸까? 사람을 미치게 만드는 따위의…….'

심각하게 고민하다가 이 원숭이를 닮은 청년이 본래부터 미친놈이라는 결론에 도달했다.

유검은 아원의 목덜미를 잡아 들어 올린 후, 그의 두 눈을 쏘아보며 말했다.

"이봐, 죽고 싶지 않다면 빨리 여기서 도망쳐라."

말과 함께 한 손을 슬쩍 휘두르니, 이기어검된 한천검이 주위를 스윽 한 바퀴 돌고 왔다.

우르릉—!

한천검의 궤적에 있던 수목들이 제 무게를 견디지 못하고 우르르 무너져 내렸다.

그 모습에 아원은 입을 쩍 벌렸다. 얼마나 놀랐는지 감탄사조차 토해내지 못했다. 그리고 그는 겁에 질린 얼굴이면서도 유검의 말에 필사적으로 도리도리 고개를 저었다.

유검은 으르렁거렸다.

"정말 죽고 싶나?"

이때 미약한 여인의 신음 소리가 들려왔다.

"으음……."

흠칫하여 다우를 보니, 슬슬 잠에서 깨어나려는 듯했다.

조금 전 유검은 물장난을 통해 그녀의 전신 혈도를 추궁과혈(推宮過穴) 수법으로 안마하여 지쳐 잠이 오도록 유도시켰지만, 혹시나 자신의 의도를 눈치 채일까 봐 수혈을 취하지는 않았다.

지금 유검이 아원을 겁주느라 주위를 소란케 하니 그 자극에 다우는 잠에서 깨어나려 했다.

"아차!"

유검은 자신이 그녀의 비밀을 눈치 챈 사실을 들키고 싶지 않았기에 아원의 목덜미를 잡은 채 황급히 수림 속으로 신형을 날렸다.

잠에서 깨어난 다우는 눈을 비비적거리며 주위를 둘러보았다.

"으음… 오라버니 목소리를 들은 것 같았는데… 꿈이었나?"

아직 잠이 완전히 깨지 않은 듯 크게 하품을 하며 두 팔을 하늘로 뻗어 길게 기지개를 켰다.

날은 점점 저물어가고 있었다.

온천에서 올라오는 하얀 김 속에 낙조의 옅은 햇빛에 비친 그녀의 모습은 비록 허름한 흑포장삼 하나만 걸치고 있었지만 속된 말로 천상의 선녀(仙女)가 하강한 듯 아름다웠다.

혹시나 자신의 종적이 눈치 채이지 않았을까 하여 조마조마한 눈으로 지켜보던 유검은 그런 그녀의 모습에 멍하니 넋을 잃어버렸다.

"아……!"

아원 역시 넋이 빠진 모습이었는데, 자신도 모르게 감탄사를 내뱉었다.

화들짝 정신을 차린 유검이 그의 아혈을 제압했다.

'이런……! 조금 방심했더니 나도 넋이 나가 버렸군!'

혹 들켰나 싶어 다우를 보니 경계심 어린 눈으로 주위를 두리번거리고 있었다. 아무래도 아원이 내뱉은 감탄사를 들은 것 같았다.

그래도 다행인 것이, 정확히 이곳이 있는 방향을 포착한 것은 아닌 듯싶었다.

유검은 내심 안도의 한숨을 쉬며 생각했다.

'좋아! 시치미 떼고 모른 척하자. 그럼 새소리 정도로 착각할 수도 있으니까……'

관자놀이에 송골송골 맺히는 식은땀을 소맷자락으로 훔치며 억지로 그렇게 상황을 꿰어 맞추는데, 다우가 아미를 찌푸린 채 그곳을 뚫어져라 바라보고 있었다.

"저 나무들은……?"

그녀의 눈길은 쓰러진 수목들로 향해 있었다. 유검이 아원을 겁주기 위해 무심코 이기어검술을 펼친 흔적들이었다.

유검은 아차 싶었다.

'이거 야단났다. 이 일을… 어떻게 넘어가지?'

다우는 자신이 잠에 빠져든 동안 주위에서 무슨 일이 일어났다는 것을 눈치 채버렸다. 대체 이 일을 어떻게 무마시킨다는 말인가?

유검은 곧 한 가지 묘책을 떠올렸다.

곧 안색을 굳히고, 주위에 호신강기의 막을 펼쳐 소리를 차단시켰다. 그리고 여전히 넋을 잃고 있는 아원의 아혈을 풀어주며 애써 냉막한 음성으로 아원에게 말했다.

"내 말을 잘 들어라. 만약 내가 시키는 대로 하지 않는다면, 죽지도 살지도 못하게 만들겠다!"

유검이 굳이 전음으로 말하지 않고 일부러 음파를 차단시키고 육성으로 말한 것은, 좀 더 효과적으로 위협을 가하기 위해서였다.

하지만 이런 노력에도 불구하고 이 위협은 아원에게 씨알도 먹혀들지 않았다. 그는 무척이나 눈치가 빨랐는데, 유검의 성정(性情)이 악하지 않다는 것을 이미 파악하고 있었던 것이다.

그리고 그는 손해 보는 짓은 죽어도 하지 않으려 했다.

아원은 마른침을 꿀꺽 삼키고 난 후, 억지로 미소를 띠며 말했다.

"헤헤… 어르신의 분부를 따르는 것은 어렵지 않습니다만, 대신 부탁이 하나 있습니다."

"부탁?"

"예, 예. 만약 제 부탁 하나만 들어주신다면 불에 들어가라면 주저없이 불에 들어갈 것이고, 펄펄 끓는 물에 들어가라고 해도 단숨에 들어갈 것이며 절대 핑계를 대지 않겠습니다요."

그러면서 그는 내심 유검이 결코 그러한 짓은 시키지 않을 것이라 확신했다.

그는 이미 다우를 하늘에서 하강한 선녀와 마찬가지로 생각하고 있었는데, 그와 함께 있는 유검 역시 보통 사람이 아닐 것이라 여겼다. 게다가 이미 유검이 이기어검술까지 펼치는 것도 보았으니 분명 검선(劍仙)이거나, 혹은 그 비슷한 사람이라고 생각했다.

그런 사람이 뭐가 아쉬워 자신에게 이상한 짓을 시키겠는가?

그런 잔머리를 순식간에 굴렸고, 그렇게 죽지만 않는다면 이 흥정은 자신에게 유리하다고 생각했다.

그러면서도 내심 또 이렇게 생각했다.

'만약 정말로 이상한 짓을 시킨다면… 그때는 다시 애원해 보자.'

이런 아원의 내심을 짐작할 길이 없는 유검은 뜻한 바대로 움직이지 않는 이 녀석을 죽이지도 살리지도 못하고 다만 좀 더 험악한 인상으로 위협을 가할 뿐이었다.

"이 녀석, 정말 죽고 싶으냐?"

아원은 이마에 식은땀을 줄줄 흘리면서도 결사적으로 고개를 저었다.

"제, 제 부탁을 들어주지 않는다면 절대 죽어도… 죽어도 승복할 수

없습니다!'

유검은 그를 매섭게 쏘아보다 그의 눈에 떠오른 결연한 빛을 보고 어쩔 수 없다는 듯 한숨을 쉬었다. 정말로 의지가 견정한 놈일지도 모른다고 생각한 것이다.

그런 놈을 굴복시키려면 시간이 걸릴지도 모른다는 생각에 위협 대신 타협책을 찾기로 했다.

"좋아, 부탁이 뭐지? 일단 들어나 보자."

아원은 유검의 반승락에 희색이 만연하였다.

"그러니까 제 부탁이 뭐냐면……."

말과 함께 그의 눈길이 힐끔 다우 쪽을 향했는데, 곧 경악성을 내뱉었다.

"앗!"

다우의 모습이 어느새 본래의 어린 모습으로 바뀌어져 있었다.

비록 똑같은 옷차림새였지만 변하는 모습을 보지 못한 이상 도저히 동일인이라고는 생각이 들지 않았다.

아원은 황망한 표정으로 중얼거렸다.

"어, 어디로 가버렸단 말인가!"

그의 허둥대는 모습에 유검은 내심 웃음이 나왔다.

'아직 다우의 비밀은 모르고 있군. 그나마 다행이다.'

유검은 다우의 어린 모습을 보고 한 가지 의문이 들었다.

'축골공(縮骨功)도 아니고… 대체 어떤 기공일까? 마치 시간을 그대로 되돌려놓은 것 같구나.'

잠시 의문은 접어두고 냉담한 어투로 아원에게 말했다.

"저 아이는 그녀의 동생이다. 언니는 볼일이 있어 어디로 가버린 것 같군."

"그, 그럴 수가……."

그러다 그는 곧 황망한 표정을 지었다.

"아… 이, 이번에도 역시 그 미녀의 모습이 떠오르지 않는다. 어떻게… 어떻게… 이런 일이……!"

유검은 시간이 없었기에 그에게 재촉했다.

"부탁이 뭐지? 만약 허튼 생각을 품었다면… 당장 네놈의 눈을 파헤치고 목숨을 앗아버리겠다!"

이때 유검의 말에는 정말로 살기가 담겨 있었다. 아원은 멍하니 있다가 깜짝 놀라 정신을 차렸다.

그는 황급히 말했다.

"제가 감히 허튼 생각을 할 리가 있겠습니까요? 다만… 다만……."

유검은 답답해 대답을 재촉했다.

"다만 뭐지?"

"그녀를… 그녀를 눈앞에 두고 화폭에 담고 싶습니다."

유검이 눈살을 찌푸리니, 아원은 간략하게 자신이 어떻게 다른 기재들과 내기를 걸었고, 어떻게 여기까지 그녀를 찾아 헤매었는지를 이야기했다.

유검은 그의 행동이 우습기도 하고 한편으로는 가상키도 했다.

'내기 좋아하는 건 다우랑 비슷하군.'

그렇게 생각되자 이 원숭이를 닮은 청년이 싫지는 않았다.

유검은 애매모호하게 말했다.

"나중… 나중 그녀를 찾게 되면 한번 부탁해 보지. 확실히 들어준다고는 말 못하지만 노력해 보겠다."

그 말에 아원은 희색이 만연하여 어쩔 줄을 몰라 하다가 큰절을 했다.

"어이쿠, 감사합니다. 노신선님의 부탁이라면 분명! 틀림없이! 확실히! 선녀 분도 반드시! 승낙할 것입니다요."

땅에 머리를 콩콩 쥐어박는 그의 모습에 유검은 한숨이 나왔다.

'노신선? 선녀? 이 녀석 도대체 뭘 생각하는 거야?'

황당했지만 더 이상 그와 말다툼할 시간이 없어 일단 자신의 묘책을 그에게 말해 주었다.

다우는 쓰러진 나무들 쪽으로 걸어가 베어진 단면들을 살폈다. 그 단면의 각도를 모두 이어보니 하나의 선으로 연결되어졌다.

이것은 단 한 번의 칼질에 의해 베어졌다는 것을 의미했다.

수십 그루의 나무를 단 한 번의 칼질로 베려면 보통 사람으로서는 불가능했다. 다우가 아는 바로 저런 일이 가능한 것은 검강이나 이기어검술뿐.

'진 가가일까? 아니면… 설마 오라버니가?'

예전 진삼원은 여러 번 다우의 목숨을 구해준 적이 있었다. 그때 다우는 열두 살에 불과했는데, 단순히 친근함의 의미로 진 가가라 부르기 시작했다. 그게 습관이 되어버려 지금에 와서도 그 호칭은 변하지 않았다.

혹시 유검이 곁에 있어 잠든 자신을 보고 비밀을 눈치 챈 것이 아닐까 의심하는데, 홀연히 광소(狂笑)가 들려왔다.

"으하하하핫!"

그녀가 있던 바위 쪽에 한 괴인이 나타나 있었다. 상체는 벌거벗었고, 본래 입고 있던 상의로 머리를 두르고 있는 괴이한 모습이었다. 그리고 오른손에는 철검을 들고 있었다.

그는 다우를 향해 소리쳤다.

"나는 검선이다! 나의 무공을 시험해 보기 위해 그 나무를 잘랐다! 흥, 못 믿겠다는 거냐?"

말이 끝나자 들고 있던 철검을 휙 던졌다. 순간 날아가는 철검에 하얀 광채가 어리기 시작했다.

철검은 다우 주위를 한 바퀴 휘익 돌더니 다시 그의 수중으로 돌아갔다.

우르릉─

철검이 지나간 자리, 수목들이 제 무게를 이기지 못하고 우르르 넘어졌다. 본래 쓰러져 있던 나무들과 똑같은 형상이었다.

괴인은 다시 광소를 터뜨리며 소리쳤다.

"으하하하하핫! 똑똑히 보았느냐, 나의 고절한 이 검술을?! 나는 검선이다! 우하하하하하핫!"

이때 조그만 쇠구슬이 그의 발 밑에 떨어졌다.

이게 뭐지? 하는 태도로 고개 숙여 바라보는데, 갑자기 그의 몸이 쭉 잡아당겨진 것처럼 뒤로 날아갔다.

그와 동시에,

꽈앙!

다우가 던진 벽력탄이 터졌다. 흙먼지가 일고, 주변의 바위가 쪼개어졌다. 흙먼지가 우수수 온천물에 떨어지며 퐁! 퐁! 하는 소리가 났다.

"에……."

그 위력에 깜짝 놀라 괴인은 준비해 두었던 뒷말을 잇지 못하고 어정쩡한 모습으로 있는데, 다우가 손바닥 위에 동그란 쇠구슬을 올려놓고 차갑게 소리쳤다.

"이번에는 진천뢰예요. 제 벽력문의 이름을 걸고, 그대가 싸움을 걸어온다면 거부하진 않겠습니다."

괴인은 더듬거리며 말했다.

"꼬, 꼬마야. 난 싸, 싸우려고 한 것이 아니라……."

괴인은 갑자기 흠칫하며 말을 멈추더니, 또다시 광소를 터뜨렸다.

"나는 검선이다. 우하하하하핫! 그까짓 벽력탄은 우습다. 우하하하하하핫!"

말과는 달리 괴인은 수림 속으로 재빨리 도망쳐 버렸다.

다우는 그제야 긴장을 풀었다.

"하아… 뭐지? 미친 사람이 이기어검술을 펼치다니… 큰일 날 뻔했다."

이때 괴인이 달아난 숲 속에서 다투는 소리가 들려왔다.

"넌 누구냐?"

"날 모른다는 말인가? 나는 검선이다. 못 믿겠다면 싸우자!"

차창, 차차창!

검 부딪치는 소리가 어지럽게 들려왔다.

다우는 한 사람의 목소리가 유검인 것을 깨닫고 황급히 그쪽으로 달려가려는데, 괴인의 목소리가 들려왔다.

"으윽! 제법이군! 홍, 두고 보자! 다음 만날 때는 가만두지 않겠다! 우하하하하하핫!"

곧바로 유검이 수림 속에서 튀어나왔다.

유검은 마치 먼 길을 달려온 것처럼 헉헉거리며 다우에게 다가가 걱정스런 어투로 물었다.

"아, 다우구나. 어디 다치지는 않았니? 이상한 웃음소리… 아니, 벽력탄이 터지는 소리가 나서 황급히 이곳으로 달려오는데 웬 괴인과 마주쳤다. 그와 싸우다가 네가 걱정되어서 서둘러 이곳으로 오는 중인데……."

준비해 둔 말을 좌르르 읊는데 다우가 투덜거렸다.

"쳇, 이상한 사람이었어요. 자칭 검선이라나? 그런데… 오라버니가 아는 사람인가요?"

유검은 정색해서 부인했다.

"모, 몰라! 내가 알 리가 있나? 생전 처음 보는 사람이었다구!"

다우는 쓰러진 나무 쪽을 가리키며 말했다.

"근데 희한하죠? 미친 사람 같아 보였는데 이기어검술을 펼치더라구요."

그 말에 유검은 뜨끔했다.

'각본이 조금 이상했나?'

내심과는 달리 겉으로는 태연한 채 말했다.

"흠, 흠… 에… 글쎄다. 뭐, 세상에는 참으로 괴이한 사람들도 많은 법 아니겠어? 그러니까 자칭 검선이라는 미친 사람에 있어서 검술이 아주 뛰어날 수도 있는 법이지. …너도 그렇게 생각하지?"

다우는 유검의 말에 호응하지 않고, 미간을 좁힌 채 생각에 잠겨 있었다.

뭔가 의심하는 듯한 그녀의 태도에 유검은 등줄기로 흐르는 식은땀을 느꼈다.

만에 하나라도 자신이 그녀의 비밀을 눈치 챘다는 사실을 들켜서는 안 된다.

다우는 자신의 언니 이야기라며 좋아한다고 고백까지 하지 않았던
가? 이런 상황에서 만약 그녀의 비밀을 알게 된 것을 들킨다면…….

'절대… 들켜선 안 된다!'

본능적인 위기감을 느끼며 단단히 다짐하는데 다우가 입을 열었다.

"아무래도 절 노린 것 같아요."

"에?"

그녀의 엉뚱한 소리에 당혹해하는데,

"그렇지 않다면 왜 제 앞에서 무공을 과시하려 했겠어요?"

"그, 그건 말이다. 아마도 미쳐서……."

"홍, 일부러 미친 척하는 게 눈에 뻔히 보였는걸요? 연기가 너무 어
색했다구요."

"으음……."

"홍, 아마도 내기에 진 늙은이들 중 하나가 분풀이하려고 내 뒤를 몰
래 쫓아온 게 틀림없어요!"

"…그럴까?"

유검은 멀뚱한 얼굴로 그녀의 말에 호응해 버렸다.

다우가 어떻게 생각하든 그건 상관없지 않은가?

비록 배우 선정에는 실패한 것 같지만 어쨌든 자신의 각본이 들키지
않은 것 같아 만족했다.

하지만 그것은 커다란 오산이었다.

다우는 두 팔을 뻗으며 말했다.

"날 업어줘요."

"…음?"

"방금 그 미친 척하며 도망친 자의 뒤를 쫓아가서 정체를 알아내

야죠."

"……."

"쳇, 승패에 승복하지 않다니! 이번 기회에 단단히 맛을 보여줘야지!"

유검은 난감했다. 달아난 아원의 뒤를 쫓는 척하는 것은 어렵지 않다. 하지만 예전이라면 몰라도 그녀의 본모습을 알게 된 지금 함부로 업어주기가 어색했던 것이다.

유검이 가만히 있자 다우는 말똥거리는 눈망울로 그를 관찰하듯 올려다보며 물었다.

"업어주기 싫어요?"

"아, 아니, 그게 아니라……."

"쳇, 귀찮은가 보죠? 할 수 없어요. 내 발은 느리단 말이에요."

유검은 어색한 미소를 지으며 분화구 쪽을 가리키고 말했다.

"이제 슬슬… 산 위로 올라가 봐야 하지 않을까? 그 괴인은 나중 시간 있을 때 찾아보고……."

다우의 얼굴이 시무룩하게 변해가는 것을 보고 황급히 자신의 말을 철회했다.

"아, 아니다. 좋아! 지금 당장 그놈을 찾으러 가자구!"

그리고 앉아서 등을 보였다.

다우는 멍하니 그의 넓은 등을 바라보다 문득 붉게 노을이 지기 시작하는 서쪽 하늘로 시선을 돌렸다. 아무런 느낌도 담겨 있지 않던 그녀의 검은 눈동자에 붉은 노을이 스며들었다.

기다려도 등 뒤에 아무런 기척이 없자 유검은 고개를 되돌려 물었다.

"왜 업히지를 않니?"

곧 쓸쓸히 서쪽 하늘만 바라보는 그녀의 모습에 유검은 조심스레 다시 물었다.

"혹시… 무슨 일이 있어?"

"아뇨, 갑자기… 그냥 외로워져서……."

다우는 고개를 살래살래 젓더니 갑자기 자신의 맨발을 가리키며 말했다.

"근데 업히려니 발이 더럽네요. 씻어줄래요?"

"으응? 시간이… 없지 않니?"

"싫으면… 관두세요. 제가 씻을게요."

"……."

다우는 터벅터벅 온천가로 홀로 걸어갔다.

유검은 돌연한 그녀의 행동에 뭐가 뭔지 알 수 없어 길게 한숨을 내쉬었다.

'휴… 왜 저러는 걸까? 설마 눈치 챘을 리는 없을 테고…….'

다우는 온천가에서 발을 물에 담그고 찰랑거리고 있었는데 그 모습이 무척이나 쓸쓸해 보였다.

묵묵히 그런 그녀의 모습을 지켜보자니 유검의 마음도 덩달아 쓸쓸해지는 것 같았다.

유검은 천천히 다우에게 다가갔다. 그리고 조심스레 뒤에서 그녀를 껴안았다.

물장구치던 그녀의 발장난이 멈춰졌다. 다우의 조그만 어깨가 가늘게 떨렸다.

유검은 그녀를 품에 안은 채 부드럽게 말을 꺼내었다.

"다우야, 내가 전에도 말했지? 너는 나의 하나뿐인 동생이요, 가족이다. 설령 아무리 사랑하는 사이라도 한순간 마음이 맞지 않으면 헤어져 버리지만 가족은 다르다. 좋든 싫든 한평생 늙어 죽을 때까지 같이 있어야 하지. 넌 내게 있어 그런 존재야. 알아듣겠니?"

"……"

유검은 씁쓸한 어조로 말을 이었다.

"그리고 내게는 분명히 마음에 둔 여인이 있다. 뭐… 앞으로 일은 어떻게 될지 모르겠지만, 만약 잘된다면 넌 동생으로서 이 오라버니를 축복해 줄 수 있지?"

다우의 고개가 푹 떨구어졌다.

"…예."

조그맣게 들리지도 않는 대답.

유검은 마음이 괴로웠다.

이미 그녀로부터 간접적으로, 아니, 사실상 노골적으로 좋아한다는 고백을 직접 받은 거나 다름없었다. 그러니 자신의 이러한 말에 그녀가 얼마나 상처받을지 짐작조차 가지 않았다.

심중에 이는 격동을 참기 위해 유검은 입술을 질겅질겅 씹었다.

'본래 남녀 간의 정이란 언제 사라질지 모르는 안개처럼 허무하기 이를 데 없다. 다우는 나를 좋아한다고 말했지만 심성은 아직 장난을 좋아하는 어린아이일 뿐이다. 홀로 어려운 처지를 당하여 나에게 의지하는 바가 크기 때문에 남녀 간의 정으로 착각할 수 있는 것이다. 나는 이러한 점을 망각해서는 안 된다. 훗날 다우에게 정말로 좋은 사람이 나타나면… 나타나면……'

유검은 뒷말을 잇지 못했다.

다우에게 사랑하는 사람이 나타나 자신을 떠나 버리는 생각을 떠올리니 이상하게도 마음 한 켠이 진공 상태가 된 듯 먹먹했다.

'나타날 경우……'

아랫입술을 질겅질겅 씹으며 생각을 더 이으려 하자, 이번에는 가슴이 예리한 칼에 베인 듯 지독히 아려왔다.

금강불괴지신이 된 이후 처음 느껴보는 고통이었다.

결국 생각은 그만두고 붉은 노을이 지는 서쪽 하늘로 눈길을 돌리고 말았다.

"뭐… 전에도 말했지만……."

유검은 자신도 모르게 입을 열었다. 물론 다우에게였다.

"네 마음에 들지 않으면 질투하고 방해해도 좋아."

"……?"

유검은 다우의 눈길을 피해 슬그머니 고개를 돌리며 애써 무뚝뚝하게 말을 이었다.

"내 곁에 있을 사람 말이다. 최소한 너의 허락없이는 절대 그 자리를 허락하지 않을 테니까……."

멍하니 유검을 올려다보던 다우는 곧 그 말의 의미를 깨닫고 피식 웃었다.

"쳇, 그랬다간 한평생 장가 못 갈걸요? 혼자 늙어 죽은 자라가 되고 싶어요?"

유검은 머쓱한 얼굴로 머리를 긁적거렸다.

"쩝, 그래도 어쩔 수 없지만… 설마 하니 한평생 혼자일까."

"헤헤, 안됐어라. 몰라요? 난 무지 눈이 높다구요. 누굴 데려와도 내 마음에는 안 들걸요?"

"그럼 할 수 없지. …너랑 한평생 둘이 사는 수밖에."

유검의 뒷말은 자신의 귀에도 들리지 않을 정도로 작은 목소리였다.

다우는 그 말을 들었는지 어쩐지 싱글벙글거리며 유검의 표정을 살피고 있었다.

유검은 곧 정색해서 말했다.

"그러니까 너도 마찬가지야. 험, 험… 만약 훗날 너와 혼인할 녀석이 내 마음에 들지 않으면… 절대 허락하지 않을 거다. 알아듣겠니?"

다우는 혀를 낼름 내밀었다.

"싫어요! 내 낭군은 내가 정할 거라구요. 흥!"

"이런……! 그건 너무 불공평하잖아!"

"쳇, 내 맘이요. 그러니까 평소 내게 잘 보였어야죠!"

유검은 그녀의 억지에 반박도 못하고 그냥 머리만 긁적거렸다.

'쩝, 지금부터라도 잘 보여야겠군. …장가가고 싶으면.'

유검은 온천 안으로 들어가 그녀 앞에 섰다.

"자, 이 오라버니가 발을 씻어주마. 그러니 날 미워하지 말아라."

그녀의 조그만 발을 잡으려 하니 다우는 훌쩍 일 장 뒤 바위 위로 물러섰다.

"어머? 어디서 숙녀의 발을 건드려요? 정말 염치도 없어라."

"에? 그건… 네가 먼저 씻어달라고……."

"쳇, 보세요. 이미 물에 씻겨서 깨끗해진 게 안 보여요?"

다우는 그 말과 함께 손으로 흑포장삼의 아랫자락을 잡고 슬쩍 들어 올려 두 발을 무릎까지 보여주었다.

유검의 두 눈이 동그래졌다.

조금 전 다우가 잠을 자면서 본모습으로 되돌아갔을 때, 흑포장삼 아래로 흘러나온 그녀의 날씬하고 매끈한 종아리가 함께 떠올랐다.

"그러네. …깨끗하구나."

유검은 서둘러 화제를 바꿨다.

"아, 그런데 그 괴인의 뒤는 안 쫓니?"

"괴인? 아… 나한테 내기를 져서 분풀이하고 사라진 걸로 되어 있는 그 미친 사람이요?

"…어째 말이 이상하군."

"쳇, 그만뒀어요. 시시한걸요? 다음에 복수할래요."

"……."

"앗, 아니다. 아무거나 배 채우고 나서 그 미친 사람을 찾으러 다녀요. 재밌겠다!"

그리고 다우는 새침한 얼굴로 두 팔을 앞으로 쭉 내밀며 말했다.

"자, 업어줘요. 안 그럼 또 발이 더러워지잖아요."

유검은 그녀에게 가까이 다가가 순순히 등을 내주었다.

등에 업히는 그녀의 가벼운 체중, 목을 감는 조그만 고사리 손을 보며 유검은 묘한 감성에 젖었다.

'어떤 모습이든…….'

붉은 노을은 더욱 짙어져 갔다.

◆第七章
동혈에서

　몇 개의 과일을 따서 배를 채운 후, 다우는 유검의 등에 업힌 채 느긋한 추격전을 시작했다. 물론 그녀의 말을 빌면 '나한테 내기를 져서 분풀이하고 사라진 걸로 되어 있는 그 미친 사람'을 찾기 위해서였다.

　하지만 다우는 남국의 경치를 구경하거나, 혹은 신기한 동물을 보면서 감탄사를 터뜨리는 등 그다지 추격전에 열성을 보이지는 않았다.

　날은 저물어 주위는 점점 어두워져 갔고, 그와 함께 스멀스멀 밤 안개가 피어올랐다.

　유검은 다시 고검추의 얼굴로 변장하고 있었다.

　한참을 걷다가 문득 분화구 위쪽에 별다른 변동은 없는지 상황이 궁금하여 다우에게 물었다.

　"이제 슬슬 위쪽으로 올라가 보면 어떨까? 그 미친 녀석은 다음에 찾도록 하고……."

이때 오색의 깃털을 가진 새 한 마리가 푸드덕거리며 곁을 스쳐 날아갔다. 등 뒤에서 다우의 환호성이 들려왔다.

"와, 이쁘다!"

묵묵히 걸으며 기다려도 그녀의 대답이 없었다.

"이제 슬슬……."

아마 못 들었겠지 싶어 다시 말을 꺼내는데, 말을 가로채고 들려오는 시큰둥한 다우의 목소리.

"화 언니가 걱정되나 보죠?"

"그게……."

무심코 대답하려다 유검은 문득 묘한 불안감이 들었다.

'알고 보니 내 말을 듣지 못한 게 아니라 못 들은 척 무시한 거였군.'

다우가 지금 어떤 얼굴을 하고 있을지 궁금했지만 애써 고개 돌려 보는 것을 참았다.

뭔지는 몰라도 묘한 위기감이 스멀스멀 목 위까지 차 오르고 있었다. 생존 본능은 다우 앞에서 '화를 걱정하는 표시'를 드러내어서는 안 된다고 강력히 권고했다.

유검은 입을 다물고 더 이상 화와 연관이 있을 만한 이야기는 꺼내지 않았다. 그리고 얌전히 그녀의 '말' 노릇에 충실했다. 왼쪽으로 가자고 하면 왼쪽으로 갔고, 오른쪽으로 가자고 하면 오른쪽으로 갔다.

그렇게 고분고분 그녀의 명을 따랐는데 결코 기분이 나쁘지는 않았다. 오히려 마음은 평온했고 기분은 까닭없이 유쾌했으며 밤새도록 걸어도 결코 지루하지 않을 것 같았다.

묵묵히 걸음을 옮기다 하늘을 보니 밤 안개 때문에 달빛은 흐릿했다. 남국의 이국적인 풍경들이 모두 검은 그림자로만 보였다.

그리고 이름을 알지 못하는 새 울음소리, 가끔 간헐천에서 물이 뿜어지는 소리 등이 돌발적으로 들려오곤 했는데, 갑자기 무슨 커다란 일이 벌어진 것처럼 여겨졌다.

등 뒤의 다우가 움찔하는 것이 느껴졌다.

"무섭니?"

"무, 무섭긴 뭐가 무서워요? 그냥……."

자신의 목을 껴안은 팔에 힘이 들어가는 것을 보니 거짓말이 분명했다.

'그러고 보니 다우와 밤중에 길게 같이 있어본 적은 처음이구나. 아무래도 어둠을 무서워하는 것 같은데 왜 내 등에 업힌 채 돌아갈 생각을 않는 걸까?'

일단 다우를 집으로 데리고 가서 잠을 재워야겠다고 생각했지만 어쩐지 아쉬운 마음이 들어 약간 망설였다.

이때 밤 안개 사이로 흐릿한 인영을 발견했다. 흐느적거리며 이쪽으로 다가오고 있었다.

"누구지? 귀신인가?"

유검이 그렇게 중얼거렸는데, 그냥 습관적으로 내뱉은 말일 뿐 별 의미는 없었다. 일단 그 인영이 있는 곳으로 가보려 하니 돌연 다우가 목을 꽉 졸랐다.

그녀는 유검의 귓가에 대고 조그맣게 떨리는 목소리로 애원했다.

"가, 가지 마."

"응? 아… 그래."

유검은 걸음을 멈추었다. 하지만 그곳으로 가지 않더라도 그 흐릿한 인영은 이곳을 향해 천천히 다가오고 있었다. 방향이 분명한 것이 이쪽의 모습을 보고 오는 게 틀림없었다.

다우가 떨리는 목소리로 귓가에 대고 또다시 말했다.

"오라버니, 우리 피하자. 응? 귀신… 일지도 모르잖아."

유검은 웃으며 말했다.

"두려워할 것 없어. 사람인 게 분명해."

"그걸… 어떻게 알아?"

"음… 귀신은 발이 없어서 그냥 둥둥 떠다니는 것 알지?"

"으응……."

"그런데 자, 봐. 흐느적거리긴 하지만 분명히 걸어오고 있잖아. 그러니까 귀신은 아니야."

유검은 안력을 집중해 그가 누구인지 이미 확인하고 있었다.

'일월표국의 총관이군. 의외이긴 하지만 국주가 있으니 이상할 건 없군. 그런데 왜 저렇게 지친 표정이지?'

유검의 설명에도 불구하고 다우는 여전히 불안했는지 애원하다시피 말했다.

"그, 그래도 모르잖아. 어쩌면 걸어다니는 귀신이 새로 생겼는지도 모르잖아. 하여간… 그냥 도망가자. 응?"

다우는 도망가자고 계속 애원했다.

하지만 다우가 귓가에 대고 계속 말하다 보니 숨결이 귓속으로 들어와 무척이나 간지러웠다. 두 손은 그녀를 업고 있느라 움직일 수 없어 의도와는 달리 고개를 좌우로 흔들었다.

곧 자신의 행동을 깨닫고 변명하려는데,

후닥닥!

흐느적거리던 인영은 마지막 힘을 자아낸 듯 갑자기 이쪽을 향해 달려왔다.

"끼아아악!!"

다우는 깜짝 놀라 비명을 질렀다. 등에 얼굴을 파묻고 머리카락을 잡고 놓아주지 않았다.

그런 그녀의 행동에 유검도 덩달아 놀라 홀쩍 신형을 뽑아 올렸다.

삽시간에 그 자리를 벗어나 수림 위로 일 마장을 달렸다.

등 뒤에서 다우의 훌쩍거림이 들려와 잠시 멈춰 섰다.

다우는 훌쩍 등에서 뛰어내리더니 입술을 삐죽 내밀고 말했다. 꽤 놀랐는지 눈가에 눈물이 맺혀 있었다.

"너무해. 일부러 날 겁준 거지?"

"아, 아냐."

"그럼 내가 도망치자고 했는데 왜 고개를 흔들었어?"

"그건……."

"날 겁줘서 화 언니가 있는 곳으로 가려고 한 거지?"

유검은 어이가 없었다.

'화? 거기서 화 이야기가 왜 나오나?'

머리 속에는 위기를 알리는 다급한 종소리가 울려 퍼지고 있었다. 하지만 일시지간 뭐라 말해야 할지 몰라 무조건 고개만 흔들었다.

다우는 삐친 얼굴로 소리쳤다.

"또 흔드네! 흔들지 말란 말야!"

다우의 말에 유검은 울지도 못하고 웃지도 못하고 어정쩡한 얼굴로 고개를 끄덕이다가 뭔가 아닌 것 같아 다시 좌우로 흔들었다.

다우는 그런 유검을 째려보다 돌연 아미를 찌푸렸다. 입술을 깨무는 모습이 뭔가 말하고 싶은데 머뭇거리는 태도였다.

그녀는 불안한 얼굴로 주위를 두리번거리더니 나뭇가지 하나를 주워 들었다. 그리고 유검의 발 아래 조그만 표시를 해놓고 말했다.

"여기서 한 발짝도 움직이면 안 돼. 만약 혼자 가버리면 영원히 미워할 거야!"

그녀의 진지한 얼굴에 유검은 뭔지 영문은 몰라도 일단 고개를 끄덕이는데, 또 다른 요구 조건이 있었다.

"노랠 불러줘. 아무거나……."

"노래?"

"으응… 귀신 노래만 빼고……."

"노래 아는 건 없는데……."

"오라버닌 도사잖아. 그럼 귀신 쫓는 주문이라도 외우란 말야!"

그런 주문 등을 분명 배우기는 했지만, 한 귀로 듣고 한 귀로 흘려버린 터라 외우지는 못했다.

'속가제자이니 도사는 아닌데…….'

그런 불만 속에 대충 기억을 떠올려 웅얼웅얼거리는데 다우가 돌연 수풀 속으로 들어가려 했다.

"어라? 어딜……."

유검은 당황해 묻다가 홀연히 떠오르는 생각이 있어 다행히 도중에 바꿀 수 있었다.

"잘 다녀와라."

전신에 온통 진땀이 배어 나오는 듯했다.

'알고 보니 볼일 보러 가는 거였군. 그런데… 어쩐지 상대하기가 힘들어진 것 같구나. 음… 이제 꼬마가 아니란 걸 알고 있어서 그런 걸까?

그녀의 본모습을 보고 가슴까지 두근거린 주제에 이제는 평범한 꼬마 계집아이로만 대하려 하니 자신이 생각해도 어색한 부분들이 많았다.

다우는 유검의 주문 소리를 들으며 조심스레 수풀을 뚫고 한참을 걸어갔다.

깜깜한 어둠, 밤 안개가 짙게 끼어 있어 자신의 손도 흐릿해 보일 정도였다.

다우는 두려움이 밀려왔으나 억지로 참고 조금이라도 유검에게서 더 멀리 떨어지려고 했다. 두려움보다는 부끄러움이 더 강했던 것이다.

'쳇, 너무해. 일부러 날 놀라게 만든 게 틀림없어. 언제까지 날 꼬마 취급할 거지?'

아랫도리가 축축해서 더욱 기분이 언짢았다. 조금 전 일월표국의 총관이 갑자기 달려오자 너무 놀라 그만 찔끔 소변이 새어 버린 것이다.

그녀는 나무 옆에 있는 한 바위 앞에 섰다.

바위의 윗면은 움푹 파여 있었는데, 오전에 내린 빗물이 고여 있었다.

다우는 혹시나 누가 없는지 주위를 살피다 유검 쪽을 향해 소리쳤다.

"가지 마!"

멀리서 들려오는 유검의 대답 소리에 다우는 안심했다.

그녀는 조심스럽게 손을 흑포장삼 속으로 집어넣어 속옷을 벗었다.

바위에 고인 빗물에 속옷을 빨고 나서 잠시 망설였다.

'할 수 없지.'

밤 안개 사이로 흐릿한 그녀의 모습이 한순간 변해 있었다. 본모습으로 되돌아간 것인데, 속옷을 금방 말릴 정도의 삼매진화를 발휘하기 위해서였다.

하얀 김과 함께 속옷이 마르자 그것을 입으려는데,

우르릉—!

갑자기 땅이 울렸다. 분화구에서는 연신 빨간 불꽃이 튀어 올랐다. 무슨 변고가 생긴 게 틀림없었다.

"끼아아악—!"

밤하늘을 찢는 날카로운 여인의 비명 소리.

주문을 웅얼거리던 유검의 낯빛이 굳어졌다. 비명 소리는 다우가 있는 방향에서 들려왔던 것이다.

"다우야!"

전력을 다해 경신술을 펼치니 유검의 신형은 잠시 그 자리에 머물러 있다가 퍽 하고 꺼졌다. 너무 빨리 신형을 옮긴 탓이었다.

황급히 달려간 유검은 한 여인이 나무 옆 바위 앞에 서 있는 것을 보았다.

"다우……?"

그녀를 향해 입을 열다가 흠칫했다. 다우가 본모습으로 되돌아가 있는 것을 깨달은 것이다.

그녀는 유검을 발견하자 쓰러지듯 달려가 품에 안겼다.

"내, 내가 지른 게 아니에요. 누가… 누가… 다른 사람이 비명을…

귀신이에요!"

다우는 한 손으로 서쪽을 가리키며 떨리는 목소리로 그렇게 말했다.

"그게……."

유검은 보호하듯 한 팔로 그녀의 어깨를 감싸주며 일순지간 뭐라 말해야 할지 몰라 어정쩡한 모습으로 가만히 있었다.

그러다 그녀의 왼손에 쥐어져 있는 조그만 천 조각을 보고 두 눈이 동그래졌다.

이상한 유검의 태도에 다우도 곧 자신의 실수를 깨달았다.

"아……!"

다우는 놀람과 당혹에 휩싸여 유검을 밀치며 황급히 뒤로 물러섰다.

"나는……."

이때 또다시 땅이 우르릉거렸다.

이와 함께 연신 뒷걸음질치고 있는 그녀가 디딘 땅의 지반이 갑자기 무너져 내렸다.

짤막한 비명과 함께 그녀의 몸이 땅 밑으로 가라앉았다.

유검은 돌연한 사태에 크게 놀라 이것저것 헤아릴 여가도 없이 전력으로 몸을 날렸다.

빛살처럼 일직선으로 날아가 그녀가 있던 자리에 도착한 유검은 낙석들과 함께 긴 머리카락을 허공에 나부낀 채 아래로 떨어지고 있는 다우의 모습을 볼 수 있었다. 그녀의 두 팔은 구원을 믿고 있는 듯 위로 뻗은 채였다.

유검의 신형이 뚝 아래로 꺾였다.

무시무시한 속도로 그녀보다 더 낮은 위치로 날아가 떨어지는 그녀를 두 팔로 받아 들었다.

충격을 완화시키기 위해 같이 아래로 떨어지다 능공허도를 발휘해 서서히 허공에 멈춰 섰다.

"휴우……."

그제야 안도의 한숨이 나왔다.

알고 보니 수풀에 가려 보이지 않았지만 다우가 서 있던 바위 뒤편은 바로 깎아지른 듯한 절벽이었다. 오전 중의 비로 인해 지반이 약해져 있었는데, 화산이 터지며 땅이 흔들리는 바람에 마침 무너지고 만 것이다.

유검이 다우를 받아 든 곳은 이십여 장 되는 절벽의 삼 분지 일 정도 되는 곳이었는데 아래는 광활한 원시림이었다.

"괜찮……."

말을 거는데 꼭 감겨 있던 그녀의 두 눈이 떠졌다.

순간 영롱한 보석 같은 두 개의 검은 눈동자와 마주치고 말았다.

"아……!"

보는 순간 넋을 잃게 만드는 힘은 여전해서 유검은 가슴이 두근거려 왔다.

애써 눈길을 아래로 돌리니 그녀의 조그만 입술이 두 눈에 빨리듯 들어왔다. 무언가 말할 듯 말 듯 약간 벌어져 있었는데 입을 맞추고 싶은 충동이 일었다.

자신도 모르게 천천히 고개를 숙여갔다.

다우는 갑자기 절벽 아래로 떨어질 때부터 유검이 어떻게든 자신을 구해줄 것이라 믿고 있었다.

허공에서 신형이 멈춰지고 눈을 뜨는 순간 그녀의 기대는 충분한 보답을 받았다. 눈을 뜬 순간 늠름하기 그지없는…

'쳇, 이럴 때는 역용(易容)을 풀란 말야!'

세상의 모든 것이 생각처럼 되는 법이 없다는 것은 이미 알고 있었기에 그리 큰 실망은 하지 않았다.

유검이 자신을 뚫어지게 바라보자 다우의 심장은 맹렬히 두근거리기 시작했다.

'아… 어떡하지? 이럴 때는… 이럴 때는……'

뭔가 마음의 준비를 갖추기도 전에 유검의 얼굴이 천천히 다가오고 있었다.

'거짓말……'

그녀는 두 볼을 빨갛게 물들이며 두 눈이 스르르 감겨졌다.

'쳇, 할 수 없지. 연약한 여자의 몸으로 어떡하겠어? 게다가 오라버니가 손을 놓아버리면 난 떨어져 죽고 말 텐데 말야. 그러니까 어쩔 수 없다구. 생명의 은인인데 이 정도쯤이야 뭐……'

그녀의 두 눈이 돌연 크게 떠졌다.

유검의 머리 위로 커다란 바윗덩어리가 떨어지고 있었다.

때~엥!

실제로는 수박 깨지는 소리와 비슷하겠지만 다우의 귀에는 마치 종소리가 울려 퍼지는 것처럼 들렸다.

소리와는 상관없이 유검의 머리는 멀쩡했다.

다만 그 힘의 여파로 고개가 휘청거렸고 목표로 했던 다우의 입술을 슬쩍 스치고 지나갔다.

정신을 차린 유검은 당혹해 어쩔 줄 몰라 했다.

"아, 미안합니다. 그대를 구하려다 보니 본의 아니게……"

다우는 유검의 머리에 부딪쳐 두 조각 되어 떨어지는 바윗덩어리를 원망의 눈으로 힐끔 바라보며 퉁명스럽게 대꾸했다.

"살다 보면 그럴 수도 있는 거죠. 신경 쓰지 마세요."

"그리고 이렇게 안고 있는 것도 어쩔 수 없이……."

"안고 있어도 돼요. 그러니까 신경 쓰지 말라니까요."

"……."

유검은 멀뚱거리다 더듬거리며 그녀에게 말했다.

"…에, 그러니까 다우의 언니 되시죠? 몇 번 보았습니다만 인사도 못 드렸군요. 저는 다우와……."

다우는 그의 말을 끊어버렸다.

"나참, 다우가 아는 건 저도 다 아니까 일일이 설명 안 하셔도 돼 요."

그리고 속으로 투덜거렸다.

'바보! 내가 눈치 챈 걸 아직도 모르나 보네.'

싸늘한 그녀의 말투, 뭔가를 탓하는 듯한 그녀의 시선에 유검은 슬 그머니 고개를 돌렸다.

그런 유검의 두 눈이 동그래졌다.

다우의 흑포장삼이 말려 올라가 두 개의 하얀 허벅지가 드러나 있는 것을 발견한 것이다. 그녀를 받쳐 들고 있는 자신의 왼손이 바로 그 허벅지에 닿아 있었다.

다우는 유검의 시선이 아래로 향하는 순간 그제야 깨달았다. 자신의 속옷은 아직도 손에 들려 있다는 사실을.

양손으로 흑포장삼의 끝자락을 잡고 황급히 아래로 끌어내렸다.

"어딜 봐요!"

유검은 허둥지둥 급히 시선을 위로 돌렸다.

대개 위험에 빠진 여인을 구할 때면 흔히 겪게 되는 고충 아닌 고충에 난감해하며 속으로 생각했다.

'일단 아까 그 자리로 돌아가자. 그리고⋯ 나도 있던 자리로 되돌아가서 아무 일도 없었던 것처럼 굴자.'

궁여지책으로 내놓은 그것은 나중 다우에게 변명할 거리조차 마련 못한 하책(下策) 중의 하책이었지만 달리 별 뾰족한 수가 떠오르지 않았다.

일단 생각한 것을 실행에 옮기기 위해서는 다시 절벽 위로 올라가야만 했다.

허공을 딛고 위로 신형을 뽑아 올리는 순간, 또다시 우르릉 땅이 울리며 절벽 한쪽이 무너져 내렸다.

하늘 가득 떨어지는 낙석을 보고 유검은 황급히 호신강기를 끌어올렸다.

쿵, 쿠웅―!

흙덩이와 함께 몇 개의 낙석이 호신강기에 부딪쳤다가 튕겨 나갔다.

유검은 다우가 두려워할까 봐 미리 말했다.

"걱정 마세요. 저런 돌멩이는 나의 호신강기를 뚫지 못합니다."

유검의 우려와는 달리 다우는 지나가는 경치를 구경하는 듯 전혀 긴장된 기색이 없었다. 얼굴이 빨갛게 달아오른 채 오직 흑포장삼을 최대한 아래로 끌어내리는 데만 신경 쓰고 있었다.

유검은 속으로 고개를 갸웃거렸다.

'귀신은 그렇게 두려워하더니⋯ 지금은 전혀 다르구나.'

밤 안개는 여전히 자욱했고 달빛은 흐렸다.

다우가 별로 두려워하는 빛을 보이지 않자 유검은 서둘러 위로 올라

가려 하지 않았다. 다우 역시 내려달라고 재촉하지 않았다.

그렇게 허공에 둥실 뜬 채로 막연히 절벽 아래 넓게 펼쳐진 원시림을 바라보았다.

유검은 어릴 적 경신술을 배울 때 항상 꿈꾸던 것이 있었다.

언젠가는 전설상의 신선이 펼친다는 육지비행술이나 허공답보를 익혀서 마음껏 하늘을 누비고 말리라는 꿈이었다. 검에 열중하고 나서는 어검비행으로 바뀌었는데, 그 공상 속에는 여문이 항상 자신에게 안겨 있었다.

나이가 들면서 그 꿈이 허황되다는 사실을 깨달았고, 이후 두 번 다시는 생각하지 않았다.

그런데 오늘에 이르러 비록 자신은 신선이 아니었고, 안긴 사람도 바뀌었지만 그 허황된 꿈은 실제가 되어버렸다.

이제 와 어릴 적 일을 떠올리니 한순간 묘한 감회에 젖지 않을 수 없었다.

"아……!"

다우의 숨죽인 감탄성에 유검은 짧은 회상에서 깨어났다.

그녀의 시선은 어디론가 향해 있었는데, 두려움으로 물들어 있었다.

뭔가 싶어 그녀의 시선을 따라 고개를 돌리니 절벽 중간에서 무언가 수없이 많은 검은 점들이 튀어나와 마치 검은 연기처럼 허공에 무리를 짓고 있었다.

안력을 집중해서 보니 절벽 중간에 동혈이 나 있었고, 그곳에서 수많은 박쥐들이 튀어나오고 있었다.

유검은 실소(失笑)했다.

'이상한 것에 겁먹는군.'

장난기가 동해 그녀에게 짐짓 물었다.

"가보고 싶어요?"

다우는 급히 고개를 저었다.

"그, 그만둬요!"

다우는 안력이 부족해 박쥐 떼가 마치 살아 움직이는 거대한 괴물처럼 보여졌다.

유검은 짓궂게 능청을 떨었다.

"흠… 어떡한다? 난 가보고 싶은데… 저렇게 재미난 것을 가까이 가서 보지 않는다면 손해인데……."

유검의 말에 다우는 몸을 떨더니 돌연 몸을 일으켰다.

"나… 나, 갈래요. 내려줘요!"

그녀는 허공에 떠 있다는 사실을 잠시 망각한 모양이었다. 유검의 두 팔에서 벗어나 땅을 디디려고 한 순간 그제야 까마득한 허공에 떠 있었다는 사실을 깨달았다.

유검은 짤막한 비명과 함께 떨어지는 그녀의 허리를 잽싸게 낚아챘다.

유검은 서둘러 말했다.

"잠깐… 진정, 진정해요. 가지 않을 테니까."

"거짓말! 만날 거짓말만 하는데 어떻게 믿어요?"

"거짓말 아니에요. 정말로 가지 않을 겁니다."

"…정말로요?"

못 믿어하는 그녀에게 크게 고개를 끄덕이며 말했다.

"진짜로요. 그리고 저건 그냥 박쥐에 불과해요. 무서워할 것 없어요."

검은 연기를 가리키며 그렇게 설명해 주다, 박쥐가 나오고 있는 동혈 위 절벽 중간에 옆으로 튀어나와 있는 소나무를 보았다. 아니, 그 나뭇가지 위에 축 신형을 늘어뜨린 검은 인영을 발견한 것이다.

정신을 잃고 있는지 전혀 꼼짝하지 않았으며 엎어진 상태라 얼굴을 확인할 수는 없었지만 여인의 행색 같아 보였다.

유검은 순간 떠오르는 생각이 있었다.

'조금 전 내가 달려갔을 때 다우는 자신의 비명 소리가 아니라고 했다. 아마도 저 여인이 절벽에서 떨어지며 내지른 비명 소리였던 모양이다.'

아마도 이 편복도로 온 기재들 중 한 명이 아닐까 짐작했다.

일단 구해줘야 할 것 같아 다우에게 말하려는데 나뭇가지 위에 걸쳐져 있던 검은 인영이 뚝 떨어졌다. 아마도 나뭇가지가 부러진 모양.

미처 다우에게 말할 여가가 없었다.

유검은 떨어지는 그 인영을 향해 빠른 속도로 날아갔다.

"끼아아악!

다우는 공포에 질려 비명을 질렀다.

망설일 여지는 없었기에 그녀의 허리를 안고 있는 팔에 단단히 힘을 준 채 떨어지는 인영의 허리를 낚아챘다.

"이 바보! 거짓말쟁이! 날 속였어!"

다우는 두 손으로 마구 유검의 머리를 두들기며 품에서 벗어나려 했다.

그 앙탈이 워낙 심해 유검은 내심 투덜거렸다.

'이봐, 떨어지면 넌 죽는단 말야. 그런 이치도 모르냐?'

다우의 손에 의해 머리카락이 마구 헝클어져 시야를 가렸다.

아무래도 일단 땅으로 내려가야겠다 싶은데 발이 지면이 닿는 느낌이 왔다.

알고 보니 박쥐가 튀어나오던 동혈의 입구였다. 지면에 위보다 약간 튀어나와 있어 아래로 신형을 옮기다 발이 닿았던 것이다.

박쥐는 이미 다 튀어나온 것인지 더 이상 날아오지 않았다.

다우는 여전히 머리카락을 쥐어 잡으며 소리쳤다.

"내려줘! 내려달란 말야!"

유검은 이 상태로 그녀를 안고 다시 땅으로 내려가기는 힘들다 싶었다.

"그, 그래, 알았으니까 제발……."

유검은 사정하다시피 말하다 평소 다우에게 하던 말버릇이다 싶어 흠칫했다.

'혹시 눈치 채지는 않았겠지?'

혹시라도 흥분한 다우가 동굴 입구에서 떨어질까 봐 안으로 몇 걸음 들어가서 놓아주었다.

우르릉!

이때 또다시 땅이 울렸다. 그와 함께 입구가 와르르 무너져 내렸다.

이미 두려움에 휩싸여 있던 다우가 크게 놀라 비명을 질렀다.

흐릿한 달빛조차 들어오지 않았고, 동혈 안은 삽시간에 짙은 암흑으로 뒤덮였다.

'휴우… 오늘따라 별일이 다 생기는군.'

아무래도 이 지진은 화를 삼킨 채 용암 속으로 들어가 버린 상화구 때문이라는 의심이 들었다.

동혈 안은 칠흑처럼 어두웠다. 허실생동의 경지에 이른 유검의 내공으로써도 사물의 흐릿한 윤곽만 알아볼 수 있었다.

구해낸 여인을 조심스레 바닥에 눕혀놓고 맥을 짚어보았다. 나중에 의원에게 다시 보여야겠지만 별다른 이상은 없어 보여 안심했다.

'누구지? 깨어나면 물어봐야겠군.'

그리고 가장 안전하게 밖으로 나갈 방도를 궁리하는데, 다우의 떨리는 목소리가 들려왔다.

"오라버니… 어딨어? 나… 무서워."

이때 늦장을 부리다 미처 동혈 밖으로 나가지 못한 박쥐 한 마리가 후닥닥 날갯짓하며 다우의 머리 위를 스쳐 지나갔다.

"끼아아악!"

다우는 날카로운 비명과 함께 그 자리에 쪼그려 앉았다.

"오라버니!"

간절한 부름에 유검은 황급히 그녀에게로 다가갔다.

"나 여기 있다. 무서워하지 말아라."

"어디… 어디 있어?"

어둠 속에서 다우가 더듬거리며 손을 내밀었다. 유검이 그 손을 잡아주니 다우는 벌떡 일어나 품 안으로 날아들었다.

유검은 미안하기도 하고 측은하기도 하여 떨고 있는 그녀의 등을 다독거려 주었다.

"괜찮아, 괜찮아. 그냥 박쥐란다."

다우는 울먹이며 말했다.

"오라버니, 미워! 항상 거짓말만 하고……."

"미안하다, 다우야. 앞으로 거짓말 않을게."

"정말?"

"그럼! 정말이잖고. 앞으로는⋯⋯."

부드럽게 말을 이어가던 유검은 갑자기 찬물을 뒤집어쓴 듯 정신이 번쩍 들었다. 자신도 모르게 평소 다우에게 대하던 것처럼 행동해 버렸다는 사실을 깨달은 것이다.

게다가 다우라고 이름까지 불러 버렸으니 어떤 말로도 변명이 안 될 정도가 되어버렸다.

"앞으로는 뭐?"

전혀 놀란 기색 없이 되묻는 그녀의 말에 유검은 아무런 말도 꺼낼 수 없어 묵묵히 있었다.

다우는 퉁명스럽게 말했다.

"바보, 날 또 속이려고 했지?"

그 말에 유검은 얼어붙는 것 같았다.

"알고⋯ 있었니?"

"뭘?"

"⋯⋯."

"날 일부러 잠재워서 다리 훔쳐본 것 말야? 아니면⋯⋯."

"후, 훔쳐본 게 아니라⋯⋯."

"괜찮아, 나도 나중에 오라버니가 잠들었을 때 다리 훔쳐보면 되지 뭐."

"⋯그래."

"바보."

유검은 뭔가 말을 해야 한다고 생각했지만 입 안에서만 맴돌았다. 본인을 앞에 두고 어떻게 넌 겁탈당했던 게 아니야, 착각하고 있었던 거라구. 그런 식으로 말을 꺼낼 수 있겠는가.

긴 침묵, 서로 간에 무수히 많은 언어의 잔념들이 허공을 떠돌다 덧없이 사라졌다.

머뭇거리다 먼저 입을 연 것은 다우였다.

"오라버니… 나 물어볼 게 하나 있어."

"뭔데?"

"음… 거짓말 안 하기로 약속했지?"

"응!"

"좋아, 그럼 물어볼게."

그렇게 말을 꺼내놓고서는 다시 긴 침묵의 늪 속으로 빠져들었다.

그녀의 두 어깨는 가늘게 떨리고 있었다.

두려움 때문이기는 했지만, 결코 어둠으로 인한 것은 아니었다. 유검이 어떻게 대답할지 모르는 것으로부터 비롯된 두려움이었다.

유검은 입 안이 말라왔다.

두근거리는 심장 소리가 귀청을 울렸는데 자신의 것인지, 아니면 다우의 것인지 구분할 수 없었다.

"만약에……."

한참 만에 갈라지고 떨리는 음성으로 다우가 입을 열었다.

"그러니까 먼 훗날… 시간이 흐르고 흘러 오라버니 곁에 아무도 없고 그럴 때… 그러니까, 그냥 만약인데… 그때라면 나… 오라버니에게 시집가도 될까?"

더듬거리며 나온 그 말은 질문이라기보다는 간절한 애원.

유검은 가슴이 꽉 매어져 왔다.

아무리 둔한 유검일지라도 이 순간 다우의 마음이 손에 잡힐 듯 헤아려졌다.

이렇게 망설이며 말하는 것은 평소 다우의 행동답지가 않았다. 차라리 시집오겠다고 울며불며 떼를 쓰든가, 진천뢰라도 꺼내어 협박하는 게 그녀다웠다.

그녀가 이렇게 망설이며 이야기를 꺼내는 이유는 단 하나, 착각하고 있는 과거의 멍에에 눌려 한없이 자신을 비하하고 있기 때문이다.

대체… 과거 그러한 일의 유무에 상관없이 다우는 충분히 사랑스럽다. 본인은 왜 그것을 모르고 있단 말인가?

안타까움이 형언하기 힘든 감정들과 함께 일어나 가슴속을 회오리쳤다.

애처로움을 담은 손길로 흐릿한 윤곽만 보이는 그녀의 두 뺨을 감쌌다.

손가락으로 흐르는 눈물을 닦아주며 뭔가 말을 해주려 했지만 도무지 입이 떨어지지가 않았다.

말을 해야만 한다.

자신의 대답을 저리도 애처롭고 안타까운 모습으로 기다리고 있지 않은가.

하지만 부족했다.

몇 마디 말로 어떻게 표현한다는 말인가?

설령 목숨을 바쳐서라도 간절히 보호해 주고 싶은 이 마음을… 옛날의 악몽은 모두 잊어버리고 항상 웃는 모습을 보고 싶어하는 이 마음을…….

모자라기 짝이 없는 자신을 이토록이나 생각해 주는 그녀의 깊은 정에 대체 어떤 말로 대답할 수 있다는 말인가.

일렁이는 감정, 짙은 어둠, 그 속에서 유검의 고개가 천천히 숙여졌다.

눈물을 머금은 다우의 두 눈이 커다랗게 떠졌다가 스르르 감겼다.

그 어떤 언어로도 표현할 수 없는 농밀한 감정의 교류가 하나인지 열인지 알 수 없는 무념(無念)의 시간 속을 흘러 다녔다.

길고 긴 정적 속에 갇혀 있던 하나 된 두 사람만의 세계는 조그만 신음성에 의해 풀려났다.

"으으음……."

유검은 그제야 정신을 차렸다.

대담하기 그지없는 자신의 행동을 자각하고 당황했지만 더 이상 망설이지는 않았다. 자신의 우유부단함으로 그녀가 상처 입는 것은 절대 있어서는 안 되니까.

유검은 부드러운 어조로 물었다.

"대답이 되었니?"

다우는 아무 말 없이 유검이 있는 곳을 한참 동안 바라보았다. 그리고 기쁨에 가득 찬 얼굴로 천천히 고개를 끄덕였다.

"으으음……."

이때 또다시 신음성이 들려왔다.

"아, 깨어나려는 모양이다."

유검은 그간의 사정을 간단히 설명해 주며 다우의 손을 잡고 눕혀놓은 여인이 있는 곳으로 다가갔다.

여인은 신음성과 함께 가냘픈 음성으로 중얼거렸다.

"사형… 그대… 그대예요? 나는… 나는……."

딱히 누구에게 말하는 것이 아니라 꿈속에서 잠꼬대를 하는 것 같았는데, 그 음성은 부드러우면서도 애절하기 그지없어 깊은 정이 듬뿍 담져 있었다.

유검의 걸음이 우뚝 멈춰졌다.

"사형… 보고 싶었어요. 왜 절 찾아오지 않았나요? 절 잊어버린 건
가요? 나는 너무 힘들었는데……."

유검은 머리 속이 빙글 돌았다.

너무도 귀에 익은 음성.

어릴 적부터 항상 들어왔던 바로 그 음성인데 못 알아들을 리가 있
는가.

창—

허리춤에서 한천검이 뽑혀지고 하얀 빛이 뿜어져 나왔다.

검에서 뿜어지는 으스름한 광채에 유검은 여인의 얼굴을 똑똑히 확
인할 수 있었다.

"아문!'

그녀의 초췌해 보이는 얼굴에 유검은 자신도 모르게 소리쳐 불렀다.

아직 정신이 들지 않았는지 그녀의 두 눈은 감고 있었고, 연신 잠꼬
대처럼 중얼거리고 있었다.

유검은 한 손에 검을 쥔 채, 나머지 손을 당장 그녀의 백회혈에 대고
진기(眞氣)를 불어넣었다.

마음이 급해 아직 정신을 차리지도 않은 그녀에게 성급히 말을 걸었
다.

"어떻게 된 일이냐? 무림맹에 있다던 네가 왜 여기에……."

드디어 의식이 깨어난 듯 눈꺼풀이 바르르 떨리더니 곧 눈이 떠졌
다.

그녀는 눈앞의 낯선 얼굴에 놀라 물었다.

"누, 누구시죠?"

순간 유검은 여러 가지 생각들이 오갔다.

'날 못 알아보다니… 혹시 어딘가 다쳐서 기억을 상실했나? 아니면 설마 하니 내가 다른 사람을 착각했단 말인가? 그도 아니라면 날 원망하여 일부러 모르는 척하는 것인가?

그러다 가까스로 해답을 찾아내었다.

"어이쿠, 네가 못 알아보는 것도 무리가 아니다."

유검은 풍환에게 명을 내려 다시 본래의 얼굴로 돌아갔다.

여문의 두 눈이 커다랗게 떠졌다.

입은 벌어졌지만 말이 되어 나오지는 못했다.

"이젠 알아보겠지?"

"사형……?"

유검은 도저히 믿기 힘든 얼굴로 뚫어져라 자신을 바라보는 그녀에게 부드러운 미소를 보여주었다.

여문은 천천히 몸을 일으켜 앉고는 품속에서 화섭자를 꺼내어 불을 붙였다.

다시 한 번 유검의 얼굴을 확인하고는 떨리는 목소리로 말했다.

"사형… 절… 구해주셨군요."

"천우신조였다. 하마터면……."

만약 자신이 여문의 위기를 깨닫지 못했다면…

상상만으로도 부르르 몸이 떨렸다.

유검은 잔뜩 걱정된 얼굴로 물었다.

"그런데 너는 무림맹에 있는 줄 알았는데, 대체 어찌 된 일이냐?"

돌연 여문의 안색이 어두워졌다.

"정혼자를 치료하기 위해서 왔어요. 사형이 진 대협과 비무한 이야기는 나중에 여기서 들었어요. 제가 무림맹을 떠난 그 다음날… 이더군요."

정혼자라는 말에 유검은 심중에 충격을 받아 잠시 할 말을 잊고 묵묵히 있었다.

어색한 침묵을 깨고 다시 물었다.

"그런데 대체 어쩌다 절벽에서 떨어진 거냐?"

"보통 때도 약을 구하러 여길 드나들었는데 오늘따라 갑자기 지진이 이는 바람에 떨어지고 만 거예요.

"약을?"

"예, 본래 이 동굴은 박쥐가 많이 사는데, 그 박쥐 똥을 먹고 사는 조그만 벌레가 있대요."

"그럼 그 벌레를 잡으러?"

"예. 그 벌레를 미끼로 해야만 잡을 수 있는 영물(靈物)이 있거든요. 그 영물의 간이 제가 구하려는 약이에요."

"넌… 벌레를 무척이나 무서워하지 않았느냐? 게다가 토끼 한 마리 죽이지 못하는 네가 어떻게……."

"……."

그녀의 침묵에 유검은 마음이 무거워졌다.

'싫은 것도 마다 않고, 절벽 아래 이런 동굴로 오는 위험을 감수한 것 모두… 네 정혼자를 위해서겠지. 너는 본래 정이 많은 아이였다. 정혼자에게 그토록이나 의리를 베푼다 해도 이상할 것은 없지.'

생각 중에 불현듯 밀려오는 불안감, 무언가 자신이 놓치고 있다는 느낌.

유검의 고개가 천천히 돌아갔다.

동혈 안에는 화섭자에서 나오는 불빛에 자신의 그림자가 크게 일렁이고 있었다.

텅 빈 공간.

있어야 할 누군가가 그 자리에 보이지 않았다.

다우는 무작정 동혈 안으로 걸음을 옮기고 있었다.

어딘가 목적지를 향해서가 아니라 무작정 벗어나기 위해서였다.

그토록이나 두려워하던 어둠을 이제는 스스로 찾아들었다.

설레이던 꿈이 현실이 되는 순간, 갑자기 모든 게 무너져 내렸다. 둘만의 세계에서 자신은 홀로 남겨진 이방인이 되어버렸다.

유검이 여문에게 다정스레 말을 건네는 모습을 슬픈 눈으로 바라보다 무작정 걸음을 옮기기 시작했다.

자신이 끼어들 자리는 없었다.

결국 자신은 방해자에 불과했다.

애당초 그것을 알고 있었으니 지금에 와서 새삼 확인했다 한들 그리 슬퍼할 까닭은 없었다.

그런데도 다정하기 이를 데 없는 두 사람의 모습을 보노라니 자꾸만 눈물이 흘러내렸다.

결코 그런 자신의 모습을 보이고 싶지는 않았다.

애써 웃는 연습을 해보았지만 잘 되지 않았다. 그래서 무작정 떠나버린 것이다.

맨발로 걷다 보니 동굴 바닥의 뾰족한 돌멩이에 찔려 피가 흘렀지만 아픔을 몰랐다. 발톱이 바위에 부딪치며 깨어져 버렸지만 역시 고통을 알지 못했다.

후회가 밀려왔다.

마지막 말은 하지 않았어야 했는데…

그랬더라면 그냥 동생으로 계속 남아 있을 텐데…

바보처럼…

망연히 어둠을 응시하는 그녀의 두 눈동자는 아련한 슬픔으로 물들어 있었다.

바스락.

조그만 소리에 다우는 자신도 모르게 뒤를 돌아보았다.

한 치 앞도 보이지 않는 암흑 속에서 돌연 들려오는 소리에 대한 조그만 놀람, 그리고 그것을 전혀 무시해 버리고 마는 익숙한 한 사람의 그림자에 대한 기대.

가슴을 두근거리며 귀를 쫑긋 세웠지만 더 이상 다른 기척은 없었다.

"쳇, 그렇게나 그리워하던 사매를 만났으니 나 같은 건 까마득하게 잊어버린 거지 뭐. 어차피 나야 처음부터 대용품이었으니까… 아얏!"

기대는 우울하기 그지없는 실망감으로.

애써 미련을 끊고 성큼 발걸음을 옮기는데 눈앞에 별이 번쩍거렸다. 갑자기 동혈의 높이가 낮아져 버린 탓에 이마를 부딪치고 만 것이다.

다우는 눈물을 찔끔거리며 그 자리에 주저앉았다. 이마를 만져 보니 아무래도 조그만 혹이 난 것 같았다.

눈을 감고 들고 있던 속옷으로 지그시 누르며 솟구치는 울화를 참고 있는데, 또다시 바스락거리는 소리가 들려왔다.

분명 환청이 아니었다.

게다가 엉덩이에 뭔가 부드러운 것이 와 닿았다.

'날 또 놀려?'

다우는 얼굴을 새빨갛게 물들이며 품속에서 마구 화기를 꺼내어 뒤로 집어 던졌다.

동시에 반대 편으로 신형을 날리는데…

"아얏!"

낮은 천장에 뒤통수를 부딪치고는 엉덩방아를 찧고 말았다.

파팡! 파파—팡!

던진 화기가 폭발했다.

그 불빛에 다우는 바스락 소리를 내었던, 자신의 엉덩이를 더듬었던 것의 정체를 볼 수 있었다.

너구리를 닮은, 하지만 토끼처럼 커다란 두 개의 귀를 가지고 있고 천진난만해 보이는 두 눈을 가진 귀엽고 작은 동물이었다.

다우는 뒤통수를 쓰다듬으며 찔끔 눈물을 한 방울 흘리고는 그 녀석을 향해 화를 내었다.

"너, 뭐야? 괜히 사람을 놀래키고 말야. 한번 통구이가 되어볼래?"

하지만 정작 더 크게 놀란 것은 그 녀석이었다.

갑작스런 화약 폭발에 놀라 '끼이익, 끼이익!' 소리를 지르며 그 자리에서 빙글빙글 맴을 돌다가 엉뚱하게도 다우 품속으로 뛰어들었다. 그리고는 다우의 얼굴을 핥으며 애교를 부렸다. 몽실몽실한 꼬리를 흔들며.

"쳇, 이런다고 내가 용서해 줄 줄 알아? 본래 한번 맺은 원한은 절대 안 잊는 게 이 다우님이라구!"

시큰둥한 얼굴에 무시무시한 말의 내용과는 달리 그 녀석을 끌어안고 머리를 쓰다듬어 주는 다우였다.

이 조그만 동물은 직감적으로 다우의 화가 풀렸는 것을 알았는지 긴 귀를 쫑긋거리며 캑캑거렸다.

그 녀석의 그러한 모습에 다우는 의문을 느꼈다.

'누가 기르던 것일까?'

야생 동물이 이런 식으로 행동할 리야 없다. 아마도 누군가 사람의 손에 길들여져 있었기 때문일 것이다.

화약의 폭발이 사그라들며 동굴이 다시 본연의 어둠으로 물들어갈 즈음, 다우는 돌연 들려오는 괴이한 음향에 눈길을 돌리다 놀람으로 입을 크게 벌렸다.

"아……!"

쩌쩍—!

천장이 갈라지며 돌 부스러기가 부스스 떨어져 내리고 있었다.

애당초 다우가 내던진 화기는 벽력탄이나 진천뢰같이 강력한 위력을 가진 것이 아니라 단지 사람을 놀래킬 정도의 것이었다.

하지만 지반은 이미 지진으로 인해 무척 약해진 상태. 조그만 충격은 지반 사이의 균열을 가속화시켰고, 결국 동굴 안의 천장이 무너져 내리고 있는 것이다.

불안과 공포 속에서 다우는 주저앉은 채로 얼어붙은 것처럼 꼼짝도 못하고 다만 조그만 동물을 더 깊이 꼭 껴안을 뿐이었다.

누구라도 넋을 빼앗길 듯 아름다운 그녀의 두 눈동자는 이 순간 간절히 한 사람의 모습을 그리고 있었다.

유검은 안색이 급변했다.

애당초 유검은 다우가 자리에 없다는 것을 인식했을 때 즉시 청력을 끌어올려 그녀가 대략 이십여 장 밖을 걸어가고 있다는 것을 감지했다. 그리운 사매니, 대용품 어쩌구 하며 투덜거리는 소리까지도 들었다.

뜨끔한 것은 둘째 치고라도 아무래도 단단히 삐친 것 같아 빨리 가 봐야겠다는 조급한 마음이 들었다. 하지만 지진으로 인해 언제 동굴이 무너질지 모르는 이 상황에서 상처 입은 여문을 이대로 놔두고 갈 수는 없었다.

그렇다고 다우를 어떤 위험이 도사리고 있을지 모르는 동혈 안으로 계속 들어가겠금 내버려 둔다는 것도 말이 안 된다.

초절정고수와 서로의 조그만 빈틈을 노리며 대치하고 있는 상황에서 누군가 자신을 암습하려 함을 알았을 때처럼, 아니, 그때보다 더한 위기감 속에 연신 진땀만 흘렸다.

그런데 미처 묘책을 떠올리기도 전에 돌연 화기 터지는 소리가 들려온 것이다.

우유부단함의 바다 속을 헤엄치던 유검의 의식이 마치 검을 들었을 때처럼 돌연 날카로워졌다.

갑자기 일어난 예측하지 못한 변고에 두 여인 사이에서 갈등하던 미묘한 감정의 혼란 위로 생명을 걸고 검을 겨룰 때와 같은 초현실적인 감각이 급부상했다. 금강불괴가 되면서 잠들어 버렸던, 실낱같은 차이로 검을 피하던 그때의 긴장과 감각이 되살아난 것이다.

사태의 파악과 동시에 행동이 이루어졌다.

놀람과 의아함에 막 입을 열려던 여문의 허리를 종남파의 금나술을 발휘해 한 손으로 단단히 낚아챔과 동시에 다우가 있는 곳을 향해 신형을 날렸다.

어검비행이나 육지비행술이 아니었다. 평지에서라면 가장 빠르다고 알려진 운해비영(雲海飛影)도 아니었다. 다만 다우의 기척이 느껴지는 곳을 향해 완전히 일직선으로 몸을 날린 것에 불과했다.

일체의 변화없이 가장 단순했기에 가장 빨랐다.

마치 이기어검술로 날아가는 검을 연상케 했다.

여문이 들고 있던 불붙은 화섭자는 끈 잃은 연처럼 허공으로 떠오르고 얼마나 오랜 세월 동안 커 나왔는지 모를 커다란 종유석들이 호신강기를 끌어올린 채 날아가는 유검에 의해 박살이 났다.

그 뒤를 하얀 광채를 뿌리는 한천검이 시종처럼 따랐다.

불붙은 화섭자가 허공을 유영하며 미처 한 자를 채 움직이기도 전에 유검은 이미 도착했다.

돌 부스러기와 함께 막 천장이 무너지고 있었다.

세모꼴의 종유석들이 떨어지며 창처럼 바닥에 꽂히고 있었는데, 그 중의 하나가 조그만 동물을 품에 안은 채 쪼그리고 앉아 있는 한 소녀 위로 낙하하고 있었다.

다우를 위해 급히 호신강기를 풀며,

팍―!

내민 일장에 종유석은 산산이 가루가 되어 흩어졌다.

짙은 암흑, 보이지는 않지만 주위에서 변화가 일었다는 것을 감지한 다우의 두 눈이 크게 떠져 갔다.

"오……."

한줄기 기대와 감격, 아직 가시지 않는 서운함 등이 함축되어 그녀의 입을 통해 나오기도 전에 유검이 소리쳤다.

"풍환!"

주위에 회오리바람이 일어 공기막을 형성하고, 그 위로 재차 호신강기가 펼쳐졌다.

기다렸다는 듯 한쪽 벽면이 펑 하고 터지더니 물줄기가 뿜어져 나왔다. 수맥이 터진 것이다.

그사이 한천검은 유검을 지나 홀로 작업에 들어가 있었다. 멀쩡한 바닥에 네모를 그리고 있었다.

꽝!

유검은 비어 있는 나머지 한 손을 뻗어 허공섭물로 다우를 끌어안음과 동시에 발로 바닥을 굴렀다.

바닥 지면의 단층이 갈라지며 한천검이 그어놓았던 네모 중의 한쪽 끝이 출렁이는 파도처럼 튀어 올랐다.

두 여인을 안은 채 잽싸게 튀어 오른 바위 밑으로 들어갔다.

천장은 와르르 무너지고 수맥은 터지며 이곳은 삽시간에 아비규환의 장소로 변해 버렸다. 물론 아무도 비명을 지를 여가는 없었다.

유검은 두 여인을 땅에 내려놓은 채 등으로 바위를 떠받들었다.

무릎이 휘청거리고, 그의 이마 위로 힘줄이 불끈 튀어나왔다. 천장이 무너지며 무지막지한 무게가 단숨에 등을 짓누른 것이다.

유검은 고개를 숙였다가 단숨에 치켜들었다. 그의 뒤통수가 바위 중심을 쳤다.

쩌억—!

떠받치고 있던 바위가 두 조각으로 갈라지더니 바닥과 함께 삼각형의 모양이 되었다.

평소라면 백회(百會)와 용천(湧泉)을 통해 무한정한 천지간의 기운을 끌어다 썼겠지만 다급한 이때 쓸 수 있는 것은 미리 단전(丹田)에 응축

되어 있던 본신의 진기(眞氣)밖에 없었다.

"하압!"

갈라진 두 개의 바위를 두 손으로 떠받들며 한줄기 기합을 내질렀다. 단전에 충격을 주어 급히 진기를 끌어올리기 위함이었다.

바위를 떠받치고 있는 두 팔의 근육이 풍선처럼 부풀어 올랐다.

팔을 천천히 내리자,

퍼억—

기묘한 소리와 함께 갈라진 두 개의 바위가 서로 중간에서 이가 맞물렸다.

그와 함께 천지를 울리던 굉음은 서서히 사그라들기 시작했다. 새로운 지층 구조의 형성이 모두 끝난 듯했다.

아직도 우르릉 하는 소리가 여운처럼 들려오기는 했지만 일단 급한 조취가 취해진 '이곳'은 안전해 보였다.

바위 틈새를 공략해 들어오던 물줄기도 유검이 이미 만들어놓은 공기막을 뚫지 못하고 근처를 서성일 뿐이었다.

이제야 잠시 한숨을 돌리려는데,

"끼아아아악!"

"까아악!"

너무 놀라 입만 쩍 벌리고 있던 여문이 이제야 마음껏 비명을 내질렀다. 다우도 그에 질세라 동시에 비명을 내질렀다.

다우가 품에 안고 있던 조그만 동물도 덩달아 '꺅! 꺅!' 거렸다.

여문과 다우는 서로의 비명 소리에 놀라 입을 다물었다.

유검은 황급히 말했다.

"되도록 말을 아껴라. 여긴 공기가 통하지 않아. 그러니까 뚜렷한

탈출 방법을 생각할 때까지 되도록 말을 않는 것이 좋다. 공기를 소모해서는 안 돼!'

하지만 유검의 이러한 충고는 전혀 먹혀들지 않았다.

"사형, 우린 갇힌 건가요?"

"쳇, 갇힌 게 별건가. 오라버니, 우리 나갈 수 있죠?"

"누가 갇힌 게 별거라고 했나요? 다만 현재 우리가 갇힌 건 사실이잖… 오라버니? 그대는… 그대는… 왜 사형에게 오라버니라 부르는 거죠?"

"오라버니니까 오라버니라 부른 거죠. 이상해요?"

"아, 아뇨, 뜻밖이라서… 사형에게 가족이 있다는 이야기는 듣지 못했기에……."

"쳇, 오라버니에 관해서는 그대가 뭐든지 알고 있다는 투군요. 그리고 전 진짜 동생이 아니에요."

"그럼……?"

"뭐어~ 댁의 상상에 맡기겠어요. 조금 전에도… 흐음~"

"조금 전……?"

"아참, 그대의 다정스런 정혼자가 이 사실을 알면 슬퍼하겠군요."

"뭐, 뭘 말이죠? 이 일은 제 정혼자와는 아무런 상관 없어요. 어디까지나 사형은 절 구하기 위해……."

"뭘 말씀하시는 거죠? 사랑하는 정혼자가 동굴 속에 갇혔는데 그럼 슬퍼하지, 하하하! 웃겠어요?"

"…그런데 조금 전이라니? 무슨 일이 있었던 거죠?"

"어머? 알고 싶어요?"

유검은 위기를 느꼈다.

다우와 여문은 갇혀 버린 이 위기에 대해서는 전혀 아랑곳 않고 단지 자신을 주재료로 하여 서로의 말꼬리를 잡고 늘어지며 아웅다웅했다.

그리고 그 발언은 점차 위험 수위에 이르고 있었다.

이러다가 무슨 이야기가 튀어나올지 모른다.

진력을 극한까지 끌어올려 단숨에 위기를 처리할 때도 땀 한 방울 흘리지 않았던 유겸이었지만, 지금 이 순간만은 이마 위로 진땀이 줄줄 흘러내렸다.

자칫 잘못하다간 두 여인의 싸움에 새우등이 터질지 모른다는 암울한 생각까지 들었다.

방법은 하나뿐이었다.

지금보다 더한 위기 상황을 만들어 그곳으로 신경을 돌리게 만드는 것.

"그러니까요, 제가 오라버니에게 물었어요. 멋 훗날……."

다우의 이 말은 유겸의 결심을 촉진시킨 도화선이었다.

다우는 조금 전에 있었던 그 '사건'을 이야기하려 하고 있다. 어쩌면 여문도 그 말에 자극받아 예전 무당산에서 있었던 달빛 아래에서 입맞춘 이야기를 꺼낼지도 모른다.

어쩌면 여제자들 목욕하는 것을 훔쳐본 이야기까지…….

유겸은 다급해졌다.

마음이 이는 대로 멋대로 행동한 주제에 당연하기 짝이 없는 이 인과응보를 순순히 받아들이지 못했다.

끄르릉—!

두 조각난 바위를 떠받치고 있던 팔에 힘을 풀자 금방이라도 무너질 것처럼 돌 부스러기가 부스스 떨어졌다.

말을 잇던 다우가 움찔하며 보이지 않는 암흑 속의 천장으로 눈길을 돌렸다.

유검은 다급한 어조로 말했다.

"큰일 났다. 곧 무너질 것 같아!"

다우는 깜짝 놀라 되물었다.

"저, 정말요?"

불안한지 어둠 속을 더듬어 유검의 옷자락을 붙잡았다.

그렇다고 대답하기도 전에 여문의 한숨 소리가 들려왔다.

"사형은… 여전히 연기에 서툴군요.

정곡을 찌른 그 한마디는 단숨에 유검의 입을 얼어붙게 만들었다.

"만약 정말로 위험하다면 사형은 차라리 농담을 하거나, 혹은 아무 문제 없다며 웃으면서 큰소리쳤을 거예요."

다우는 유검을 잘 아는 듯 행동하는 여문의 말에 두 볼을 불룩 내밀며 반론을 제기했다.

"그냥… 급해서 그럴 수도 있잖아요."

여문은 고개 저으며 말했다.

"아뇨, 만약 지금의 상황이 정말로 급했다면… 사형은 아무 말 없이 최선이라 생각한 방향으로 이미 행동했을 거예요. 좀 전에도 보셨잖아요?"

"……."

여문은 유검을 향해 물었다.

"사형, 말씀해 보세요. 무슨 속셈이죠? 위험하지도 않고 급하지도 않은데 왜 그런 연극을 하신 건가요?"

그녀의 말이 이어지는 동안 유검은 뭔가 변명을 내놓기 위해 입을 벌리고 우물거렸지만 '어… 어…' 하는 신음 소리만 낼 뿐이었다.

다우는 유검의 옷자락을 꽉 잡을 뿐 침묵을 지켰다.

어둠 속, 그 누구도 입을 열지 않는 가운데 조그만 동물의 꺅! 꺅! 하는 소리만 허공에 울려 퍼졌다.

잠시 후 여문의 한숨 소리가 다시 들려왔다.

"미안해요. 나… 못돼졌죠?"

유검은 마음이 시린 듯 아린 듯 묘해졌다.

예전이라면 자신의 연극을 눈치 채더라도 그냥 시치미 뗐을 것이다.

그런데 왜 이처럼 행동한 것일까?

'하여간 아문 이 녀석은 나보다 더 나를 잘 알고 있으니… 마치 공자 앞에서 문자 쓴 격이구나.'

내심 쓴웃음을 짓는데 꺅꺅 하는 소리와 함께 다우의 외침이 들려왔다.

"앗! 어디 가는 거야? 돌아와!"

조그만 동물의 기척이 동굴 안쪽 방향으로 달려가는 것이 느껴졌다.

다우는 유검의 옷자락을 붙잡고 애원했다.

"오라버니, 저 가포(可抱)가… 가포가 달아나 버렸어요. 얼른 돌아오라고 해요!"

유검은 어리둥절했다.

'가포? 품에 안아줘도 좋다니… 무슨 말이지?'

곧 저 조그만 동물에게 붙인 이름이란 걸 깨닫고 웃음이 나왔다.

'희한하게도 이름을 붙이는구나. 네가 그 녀석을 억지로 붙잡고 안은 거지, 그 녀석이 네게 안아도 좋다고 했겠느냐?'

하지만 유검과 여문의 주고받는 대화에 은연중 불리함을 느낀 다우가 분위기를 바꾸기 위해 일부러 조그만 동물의 등을 꼬집어 소란을 일으키게 만들고, 또 굳이 가포라는 이름을 지어 간접적으로 자신의 마음을 드러내었다는 것 등은 전혀 눈치 채지 못했다.

유검은 감각을 주위로 넓히며 가포를 쫓다 곧 깨달았다.

'아! 저 방향은 막혀 있지 않구나!'

그곳 지반은 단단하여 붕괴되지 않은 모양이었다. 게다가 일정 이상 거리를 지나니 감각이 확 트이는 것이 넓은 광장이 있는 것 같았다.

또한 동혈이 난 방향이 위쪽이라 여차하면 천장을 뚫고 바깥으로 빠져나갈 수도 있을 것 같았다.

어느 정도 대책이 마련된 유검은 웃으며 말했다.

"저 녀석이 아무래도 배가 고파 달아난 것 같구나. 너희들은 배고프지 않아?"

다우와 여문은 이구동성으로 외쳤다.

"배고파요!"

"좋아! 그럼 밤참을 먹으러 가자!"

알고도 속아주는 마음씨 착한 두 여인의 넓은 아량에 유검은 내심 감사하며 얼렁뚱땅 위기가 넘어갔다고 안도했다.

하지만 실제 두 여인의 마음이 어떤지는 어떻게 알겠는가?

허공에 등실 한천검이 떠오르고 곧 밝은 광채가 뿌려졌다.

다우와 여문은 그제야 서로의 얼굴을 확인할 수 있었다. 여문은 놀란 표정을 지었고, 다우는 삐죽 입술을 삐죽 내밀었다.

유검은 잠시 하늘과 땅으로부터 기운을 끌어모아 한순간에 한천검에 집중시켰다.

검 주위에 이는 빛의 폭이 커지고 넓어졌다.

허심합도(虛心合道)에 이른 의식은 대자연의 율법에 따라 거대한 기운이 한곳으로 응축되어 뿜어져 나가는 것을 허락했다.

소리는 없었다.

다만 한천검에서 거대한 빛의 무리가 뿜어져 나갔는데, 마치 밤하늘의 은하수가 한곳으로 흐르는 것처럼 우아하기 그지없었다.

빛이 이르는 곳에 길이 생겨났다.

사람 하나가 지나갈 정도의 동그란 동굴이 생겨난 것이다.

어릴 적 불꽃놀이를 보며 멍하니 구경하듯 바라보고 있던 두 여인은 뜨거운 욕수 속으로 들어갈 때의 안락함과 함께 동시에 유검의 품속으로 안겨졌다.

유검은 위기의 순간에서만 맛볼 수 있는 이 기회를 결코 헛되이 하지 않았다. 뻔뻔스럽게도 당당하게 두 팔에 두 미녀를 안은 것이다.

실제 그의 능력이라면, 다급한 와중이라면 몰라도 여유가 있는 지금이라면 굳이 안지 않더라도 허공섭물로 두 여인을 허공에 띄울 수 있었다.

그럼에도 만일의 경우에 대비해서라는 명목 하에 스스로의 이성을 납득시키고 이와 같이 뻔뻔스러운 짓을 저지른 것이다.

세 사람의 생각과 감정은 씨줄과 날줄로 복잡하게 얽혀 있었으나, 어쨌든 지금 현재로써는 아무 별 탈 없이 한 덩이가 되어 새로이 난 동굴 속으로 날아갔다.

그 앞을 하얀 광채에 휩싸인 한천검이 길을 안내하듯 먼저 날아가고 있었다.

◆ 第八章
화룡문의 탄생

화룡문의 탄생

실제 동굴의 붕괴로 인해 막혀 있는 벽은 그다지 두텁지 않았다. 다만 이어진 동혈은 허리를 구부려서야 들어갈 정도로 낮았고 튀어나온 종유석이 위험하기에, 라는 이유로 유검은 여전히 두 미녀를 안은 채 날아갔다.

아쉽게도 동혈은 그다지 길지 않았다.

얼마 가지 않아 확 트인 공간이 나타났다.

순간 화끈 달아오르는 열기와 함께 바닥에는 붉은빛이 가득했다.

동혈이 끝나는 지점에서 절벽을 이루었는데 그 아래 용암이 흐르고 있었던 것이다.

"아……!"

시뻘건 용암이 도도히 흐르는 모습에 두려움과 함께 경외감이 들어 여문과 다우는 자신도 모르게 감탄사를 내뱉었다.

유검은 주위를 둘러보다 천장을 바라보았다. 상당히 높았다.

'저곳으로 뚫고 가야 하나?'

원래 들어왔던 곳으로 다시 나가기에는 여러 가지 곤란한 점이 많았다. 지반이 약해 설령 동굴을 새로 만든다 하더라도 또다시 무너질 우려가 있으니까.

차라리 여기 천장을 뚫고 올라가는 것이 더 나을 것이다.

다우가 갑자기 소리를 질렀다.

"앗… 가포다!"

한 조그만 동물이 흐르는 용암의 강물 위로 미끄러지듯 비행하고 있었다. 박쥐도 아닌 주제에 두 팔과 다리 사이에는 하나의 막이 있어 날개 역할을 했다.

용암의 강물이 흐르는 중앙에는 하나의 봉우리가 높이 솟아 있었는데, 가포는 그곳으로 날아가고 있었다. 아마도 동혈이 끝나는 지점의 절벽 위를 타고 올라가서 훌쩍 몸을 날린 것으로 추정되었다.

유검은 용암의 강물 중앙에 솟아 있는 봉우리로 훌쩍 몸을 날렸다. 옷자락을 끌어당기는 다우의 말없는 애원이 있기도 해서지만, 만약 천장을 뚫고 바깥으로 빠져나가려면 아무래도 여기보다는 나아 보여서였다.

도도히 흐르는 용암의 강물을 훌쩍 뛰어넘어 봉우리 위에 도착했다.

아쉬운 마음을 뒤로한 채 두 미녀를 내려주고 나서 한순간 유검은 어리둥절해졌다. 봉우리는 대략 반경 십여 장 정도로 넓었는데 그 가운데 석옥(石屋)이 한 채 있었던 것이다.

'괴이한 일이구나. 이런 곳에 사람이 살고 있다는 말인가?'

"아, 저기 있다!"

석옥의 문가에 얼쩡거리고 있는 가포를 발견한 다우는 반색하며 그곳을 향해 달려갔다.

여문은 그런 다우의 모습을 보며 내심 한숨을 쉬었다.

'하아… 참으로 아름다운 아가씨구나. 성정이 천진난만하며 탁하지도 않고… 과연 사형이 마음에 둘 만도 하구나. 그에 비하면 나는… 나는……'

이때 석옥 안에서 돌연한 호통 소리가 벼락처럼 들려왔다.

"누구냐?"

본래 호통이란 것은 그 소리가 굉량하기 그지없어 듣는 사람으로 하여금 두려움을 일게 만들고 순간적으로 움찔하게 만드는 효능을 가졌지만 이 음성은 달랐다.

우선 처량했다.

찢어지는 듯 갈라진 음성이었는데, 사흘 굶은 거지가 애달프게 찬밥 한 덩이 동냥질하는 것보다 더 처량하게 들렸다.

석옥 앞에서 가포를 품에 안은 다우는 불쌍함을 금치 못해 눈물을 글썽거렸다. 그리고 그 처량함은 건조함으로 이어졌다.

세상의 쓴맛 단맛 모두 맛보고 나서 휑한 눈으로 지난날을 회상하는 노인네의 메마른 웃음처럼 건조하기 이를 데 없었다.

듣는 순간 유검은 사막 한가운데서 햇빛을 쬐는 듯 입 안이 바짝 바짝 말라옴을 느꼈다.

마지막으로 그 음성은 불안했다.

천 길 낭떠러지에서 썩은 새끼줄에 매달려 간당간당 언제 떨어져 죽을지 모르는 이를 바라볼 때처럼 하염없는 불안감을 야기시켰다.

여문은 한없이 초조해져서 자신도 모르게 이빨로 손톱을 뜯었다.

반응이 전혀 다른 것은 가포뿐이었다.

"꺅! 꺅!"

노골적으로 꼬리를 흔들어 기쁨을 드러내며 다우의 품속을 아무렇지도 않게 벗어나더니, 석옥 문 옆에 창문으로 만들어놓은 듯한 네모난 작은 구멍 안으로 쏙 들어가 버렸다.

"앗!"

다우가 놀라 소리를 지를 때,

삐이꺽—!

석문이 열렸다.

석옥 안으로 들어가 버렸던 가포의 얼굴이 바깥을 훔쳐보듯 삐죽 나왔다.

다우는 가포를 향해 손을 뻗으려다 움찔했다. 가포를 머리에 인 커다란 얼굴이 불쑥 석문 밖으로 내밀었던 것이다. 염소수염을 한, 천하에 가장 불쌍해 보이고 궁상맞아 보이는 늙은이의 얼굴이었다.

놀라 뒷걸음질치려던 다우의 발이 허공에 떴다. 미끄러지듯 뒤로 날아와 유검 곁에 섰다. 물론 그녀의 경신술은 아니었으며 만약의 위험을 우려한 유검이 허공섭물(虛空攝物)로 그리한 것이었다.

유검은 두 여인들 앞으로 한 걸음 나서서 포권을 취하며 말했다.

"간난(艱難)의 위험을 당하여 본의 아니게 은거고인의 정취를 방해하게 되었습니다. 원컨대 이런 저희들의 무례를 용서해 주십시오."

말투는 지극히 정중했지만 태도는 당당하기 이를 데 없었고 또한 그 음성에는 엄청난 기와 깊은 내공이 함께하여 돌을 부수고 구름을 흩뜨릴 기세가 담겨 있었다.

이런 용암이 흐르는 동혈 속에서 사는 이라면 절대 범상하지 않을 것이다. 성격 또한 얼마나 괴팍할지 모른다.

그래서 정중한 예의와 함께 자신들이 만만치 않은 사람임을 은근히 드러내었다.

"와……!"

다우는 감탄의 표정을 지으며 두 눈을 동그랗게 떴다.

유검이 명문제자로서 이런 당당한 모습은 처음 본 것이다.

하지만 그 감탄의 표정은 당연하다는 듯 차분한 모습으로 있는 여문의 태도를 보는 순간 곧 시무룩하게 변했다.

'쳇, 평소에도 좀 그런 모습을 보여주면 좋았을 텐데…….'

다우는 괜한 투정을 부렸다.

애당초 유검의 어리숙한 모습에 마음의 벽을 허문 것인데도 지금에 이르러서는 왜 평소에도 정작 저런 모습을 보여주지 않았는가 불만스러워했다.

만약 처음 만났을 때 이러한 모습을 보았다면 피식 웃으며 벽력탄을 선물했을 터인데도.

사랑은 어려 양심을 모른다.

조그만 것에 일희일비하며 엉뚱한 것에 투정을 부린다.

그렇게 순백의 설원(雪原) 같은 소녀의 마음에 하나둘씩 발자국이 늘어난다.

손쉽게 자국이 남겨져 버리고 마는 마음의 상처는 아미를 찌푸리게 만들고, 아쉬움이 남아 있는 안개 같은 눈동자는 내리깐 긴 속눈썹에 곧 덮여지고 만다.

그런 그녀의 모습에 석문을 연 괴인은 넋을 잃고 바라보고 있었다.

유검이 눈살을 찌푸리며 다시 입을 열려는 순간,

빠직—!

석문의 일부분이 부서져 나갔다. 괴인이 짚고 있던 두 손아귀에 힘이 들어가면서였다.

순간 넋을 잃고 멍청히 다우를 바라보던 괴인의 얼굴이 흠칫 정신을 차리더니 돌연 경악으로 흘러넘쳤다.

"이, 이럴 수가! 내가… 내가 외간 여인에게 한눈을 팔다니! 으아아아악—!"

괴인은 처량하고, 건조하고, 불안하기 이를 데 없는 비명을 지르며 석문 안으로 사라졌다.

유검은 어이가 없어 멍청히 있다가 머리를 긁적거렸다.

"미처… 생각을 못했군."

그러면서 힐끔 다우 쪽을 바라보았다.

다우 역시 자신의 실수를 깨닫고 있었다.

하지만 시무룩한 얼굴로 여문을 훔쳐볼 뿐 다시 어린 모습으로 돌아가지는 않았다.

유검이 짐짓 엄한 표정을 짓자,

"쳇, 오라버니의 명인데 따라야지 뭐."

그제야 투덜거리며 모습을 바꾸었다.

여문은 놀라 두 눈을 동그랗게 떴다.

유검은 석옥의 주위를 세심하게 살피며 말했다.

"잠시 내가 들어가서 살피고 올 테니 너희들은 여기서 기다리거라."

대답을 기다리지 않고 한줄기 바람만 남긴 채 순식간에 석옥 안으로 들어가 버렸다.

다우는 '어!' 하며 따라가려다 여문의 부드러운 손길에 의해 만류되었다.

다우는 순간 갈등했다.

손길을 탁! 하고 뿌리치며 유검의 뒤를 쫓을 것인가, 아니면 몸을 홱 돌려 싸늘한 한마디를 던질 것인가.

다우는 어떤 것도 택하지 못하고 그냥 그 자리에 머물렀다.

용암에서 나오는 은은한 붉은 빛에 비친 주위의 풍경은 마치 지옥의 풍경처럼 보였다.

유검이 사라지자 다우는 그제야 그러한 점을 깨달았다.

은근한 두려움이 밀려왔지만 내심 적의를 품고 있는 여문 앞에서 약한 모습은 보이고 싶지 않았다.

"하아……."

여문은 길게 탄식했다.

"이제야… 알 것 같군요."

그녀의 시선에 들어오는 다우의 어린 모습.

여자 앞에서는 허둥거리기만 할 뿐인 사형이 어떻게 그토록 쉽사리 마음의 문을 열었는가? 여문은 어리게 변한 다우의 모습에서 나름대로의 해답을 얻은 것이다.

여문의 혼잣말에 다우는 흠칫했다. 묻고 싶어 입이 근질거렸다.

'뭘 알 것 같다는 걸까?'

당장 묻고는 싶지만 자존심 때문에 쉽게 입이 떨어지지 않았다.

연적 앞에서 당당히 미모를 뽐내지도 못하고 오히려 어린 모습으로 변해야만 하는 수모를 겪었다. 그것도 유검의 강요에 의해서!

이미 상당히 자존심이 상해 있는데 어떻게 먼저 입을 연단 말인가?

만약 그녀가 슬쩍 고개 돌리며 자신의 물음을 못 들은 척해 버린다면 그때의 낭패란 진천뢰 백 개를 한꺼번에 터뜨린다 하더라도 해소되지 않을 것이다.

그럼에도 불구하고 다우는 묻기로 결심했다.

지피지기(知彼知己)면 백전불태(百戰不殆)!

승리를 위해서라면야 자존심 정도는 슬쩍 땅에 버렸다가 나중에 다시 주워도 된다. 일단 최대한 적에 대한 정보를 많이 알아둬야만 한다.

시무룩한 표정의 다우 얼굴이 돌연 바뀌었다. 두 눈이 초롱초롱 빛나는, 귀엽기 그지없는 어린아이의 천진난만한 얼굴로.

고개 돌려 여문에게 그 얼굴을 내밀며,

"뭐가요, 언~니?"

상냥하고 애교스런 목소리도 덤으로.

"어⋯⋯!"

여문은 깜짝 놀라 동그랗게 뜬 두 눈을 깜빡거렸다.

"아이참~ 뭘 알 것 같은데요?"

내친걸음, 다우는 폴짝 뛰어올라 두 팔로 여문의 목을 감고 매달리기까지 했다.

만약 이런 애교가 통하지 않고 여문에게 외면당하면 얼마나 비참할 것인가?

너무도 어색한 분위기에서 내건 한판 승부!

다우는 가슴이 두근거렸다.

'이건⋯ 도박이야!'

어쩌면 한평생을 두고 싸워야 할 상대일지 모른다. 그렇다면 길고 긴 승부에 있어 이번이 첫 겨룸인 것이다.

검을 든 비무와는 또 다른 기세 싸움이며 결코 물러서서는 안 된다.

석실 안으로 들어선 유검은 눈빛을 반짝였다.

석실 중앙에는 덩그러니 놓여진 돌로 된 탁자가 있었고 한쪽 구석에는 네모난 돌 침상이 있었다. 그 돌 침상은 옆으로 밀려나 있었는데 바닥에는 동그란 구멍이 뚫려 있었다.

아무래도 그 괴인과 가포는 그 구멍 속으로 들어가 버린 것 같았다.

구멍 안을 멀뚱히 들여다보며 안으로 들어가 볼까 어쩔까 고민하고 있는데,

우르릉—

잊을 만하면 찾아오는 땅 흔들림!

이때 구멍 안에서 욕설이 튀어나왔다.

"으악! 저 망할 놈의 쇳덩어리가! 으으으……!"

구멍 아래서 뭔가 흐릿한 백광을 본 것 같았다.

핏—!

소리와 기척은 오히려 나중이었다.

왼쪽 뺨이 따끔거려 무심코 손바닥으로 훔쳐 보니 붉은 핏방울이 묻어 나왔다.

멍청히 그 자국을 바라보다 한참 후에야 깨달았다. 구멍 안에서 흐릿한 백광이 튀어나왔고, 그것이 뺨을 스치고 지나가며 상처를 내었다는 것을.

천장을 올려다보니 과연 손바닥 크기의 세로로 나 있는 금을 발견할 수 있었다. 백광이 석옥을 뚫고 지나간 흔적이리라.

유검은 이런 상황을 감지하는 데 시간이 걸렸다.

흐릿한 백광이 만약 암기였다면 그것이 날아드는 기척을 전혀 감지하지 못했다. 그리고 그것은 자신의 몸에 상처를 내었다. 이 두 가지 사실은 무공이 급상승의 경지에 달하고 신체가 금강불괴에 이르면서 자신에게 일어날 수 있는 현상에서 자연스럽게 퇴화되고 만 사항들. 그렇기에 평범한 강호인이라면 즉시 알아챌 수 있는 이러한 사실을 인식하는 데 늦어지고 만 것이다.

'위험……?!'

손바닥의 핏자국을 멍하니 바라보다 '위험' 이란 두 글자를 떠올렸다. 순간 전신에 전류가 흘렀다.

퇴화되어 버린 생존 본능이 고개를 치켜들며 낯설기 그지없는 경계심의 빛이 유검의 두 눈에 떠올랐다.

이때 바깥에서 옥신각신 다투는 소리가 들려왔다.

여문과 다우의 동정은 자신의 오감으로 감지하고 있었다.

하나의 커다란 돌덩어리로 되어 있는 이 봉우리는 조금 전의 지진에도 별다른 변화가 없음은 알고 있었고 두 여인 역시 현재 안전함을 알고 있었지만, 새로운 '위험' 에 대해 자각한 이상 떨어져 있다는 것은 아무래도 불안했다.

황급히 석옥 바깥으로 나간 유검은 일순간 어리둥절했다.

"어찌 된 거지?"

여문과 다우 간에 흐르는 심상치 않은 공기를 어느 정도 눈치 채고 있었기에 혹시나 싸움이 벌어지고 있지 않을까 염려했는데, 엉뚱하게도 크고 작은 두 여인은 서로 겨드랑이를 간질이며 웃고 떠들고 있던 것이다.

유검을 발견한 다우가 쪼르르 달려와 물었다.

"그게 사실이에요?"

"뭘?"

유검은 석옥 안의 동정에 경계심을 늦추지 않고 되물었다.

다우가 다시 묻기도 전에 여문이 웃으며 말했다.

"물어볼 필요 없어. 아무렴 내가 귀엽고 착한 동생한테 거짓말을 하겠어?"

무슨 영문인지 모르는 유검은 낯빛을 굳히고 두 여인에게 말했다.

"여긴 위험해. 일단 나가는 게 좋겠다."

"흐음~"

다우는 유검의 말은 전혀 아랑곳하지 않고 싱글벙글거렸다.

"그랬구나. 어쩐지 어린 모습만 자꾸 강요하더라니……."

"……?"

이때 찢어질 듯한 괴성이 들려왔다.

"어떤 년이야!"

석문이 박살나며 한 여인이 쿵쿵 지축을 울리며 걸어나왔다. 그 여인의 몸집이 얼마나 대단했던지 마치 한 덩이의 공이 굴러오는 것 같았다.

그 여인은 눈알을 희번덕거리며 여문을 쏘아보며 외쳤다.

"네년이구나!"

솥뚜껑만한 손바닥을 들어 올려 당장이라도 손을 쓸 듯한데, 석옥 안에서 머리가 크고 몸집은 자그마한 조금 전의 그 노인이 데굴데굴 구르다시피 뛰쳐나왔다.

"어이쿠, 마누라. 내가 잘못했오, 참으로 잘못했다오. 차라리 내 눈을 뽑아버릴 테니 그 곱디고운 옥수(玉手)에 피를 묻히는 일만은 제발 삼가해 주오. 상상만 해도… 해도… 내 가슴이 찢어질 듯합니다.”

노인의 애원에 귀청을 찢는 듯한 뚱보여인의 괴성이 돌연 바뀌었다. 봄날의 훈풍처럼 부드럽기 그지없었고 듣는 이로 하여금 마음을 편안하게 하는 음성이었다.

“여보, 당신의 일편단심을 소첩이 어찌 모를 리 있겠습니까? 눈을 뽑다니요? 그리고 당신의 결백을 위해서라면 제 손이 더럽혀지는 것을 어찌 마다하겠습니까. 이 모든 게 다 저년이 ‘여우 짓’을 한 까닭에……!”

손가락으로 여문을 가리키며 ‘저년’ 이라고 말할 때부터 진득한 살기가 묻어 나왔고 듣기 싫을 정도의 괴성으로 바뀌었다.

“휴… 당신의 그 말은 옳소. 여우 짓을 하여 나를 홀리지 않았다면 내가 어찌 외간 여인에게 한눈을 팔 리 있겠소. 이 모든 게 다 저…….”

괴인은 뚱보여인이 손가락으로 가리키는 여문 쪽을 두리번거리다 두 눈을 동그랗게 떴다.

“어? 어라? 어디로 갔지? 저 여자는 아닌데…….”

뚱보여인은 꽥 소리를 질렀다.

“아니긴 뭘 아니에요! 여기 당신을 홀릴 만한 여우는 저년 하나뿐인데!”

말과 함께 마치 뺨을 때리듯 손바닥을 후려쳤다.

순간 허공을 격하고 거대한 기운의 흐름이 있었다.

겉으로는 그 기운이 드러나지는 않았고 단지 그 기미만 포착되었다.

여문과 다우는 이 두 부부의 행동이 우스운 듯 키득거리며 웃고만 있었고 위험을 감지하지 못했다.

예의 이 두 부부의 행동을 주시하고 있던 유검은 곧바로 반응했다.

창—!

두 여인 앞을 가로막으며 한천검이 뽑혀졌다. 동시에 검봉에서 실낱 같은 검강(劍罡)이 줄줄이 뻗어 나오더니 앞을 가로막았다.

순간 유검의 안색이 급변했다.

거대한 기운은 마치 물이 모래 속으로 스며들듯 검강으로 이루어진 검망을 아무렇지도 않게 통과하여 흘러 들어오는 것이 아닌가.

'어떻게 이런 일이……!'

이 어처구니없는 현상에 대한 감상은 뒤로 미루고 급히 두 여인을 허리춤에 안고 옆으로 신형을 날렸다.

용암에서 흘러나오는 붉은빛에 반사되어 한 무더기 붉은 인영이 허공을 유영하는 것 같았다.

동시에 한천검에서 눈이 부실 듯한 백광이 뿜어져 나오며 뚱보여인의 손바닥을 향해 일직선으로 날아갔다.

육안으로 감지하지 못할 빠르기.

하지만 옆에서 튀어나온 앙상하기 그지없는 손마디에 의해 손쉽게 잡히고 말았다.

깡—!

울려 퍼지는 쇳소리!

"앗, 따가워!"

큰 머리의 노인은 한천검을 냅다 던져 버렸다. 그의 오른손은 핏물로 흥건했다.

뚱보여인은 깜짝 놀라 외쳤다.

"여보!"

"난… 난 괜찮소, 괜찮아."

뚱보여인은 얼굴 가득 걱정의 빛을 띤 채 품속에서 하나의 자기병을 꺼내었다.

그 속에 두 개의 알약을 꺼내어 하나는 먹이고 하나는 으깨어서 노인의 다친 손바닥에 발라주었다.

유검은 석옥 뒤편 너머 허공에 둥실 떠 있었는데, 그의 머리 위로 하얀 백광에 휩싸인 한천검이 빙글빙글 맴돌고 있었다.

유검은 잠시 갈등했다.

순순히 대화가 통할 것 같지 않아 보이는 저들, 적의를 드러내고 있는 저들, 지난바 무공은 괴이하기 이를 데 없어 자신의 상식조차 벗어나 있다.

이대로라면 여문과 다우에 대한 안전을 보장하지 못한다. 이에 차라리 전력을 기울여 죽여 버릴까 하는 살심(殺心)이 돋았다. 하지만 선인지 악인지 알 수 없는, 아무런 은원이 없는 그들을 어떻게 죽인단 말인가.

오해를 풀고 서로 화기애애한 분위기를 만들고 싶었지만, 자신에게 그들을 설득시킬 말재간 따위가 없다는 것 정도는 잘 알고 있었다.

갑자기 다우가 소리쳤다.

"앗, 가포다!"

석옥 뒤편의 후원으로 너구리 얼굴에 토끼처럼 긴 귀를 가진 조그만 동물이 조르르 기어나왔다.

"꺅! 꺅!"

가포는 다우를 보고 반가운 듯 꼬리를 흔들었다.

이때 두 부부가 석옥 뒤편으로 달려왔다.

그들의 움직임을 지켜보던 유검은 내심 고개를 갸웃거렸다.

'경신술은 마치… 삼류도 못 되는 것 같군.'

괴인은 허공에 떠 있는 유검 등을 보고 경악했다.

"사, 사람이 허공에 떠 있다!"

놀라기는 뚱보여인 마찬가지인 듯, 아무 말 못하고 입만 쩍 벌렸다.

그들의 태도에 유검은 어리둥절했다.

자신의 상식을 벗어난 괴이한 무공을 지니고 있고, 또 이기어검술로 날아간 한천검을 손쉽게 낚아채는 무공을 지녔으면서 허공답보의 경신술에 저토록 놀라다니?

대두(大頭)노인이 말을 더듬거리며 물었다.

"귀, 귀신이 아닐까?"

그 말에 뚱보여인은 마른침을 꿀꺽 삼켰다.

"하, 한번… 시험해 봐요."

대두노인은 품속에서 하나의 조그만 보석을 꺼내었다. 엄지손톱 정도의 크기에 은은히 백광이 감돌았는데, 금강석과 닮았으나 분명 생전처음 보는 보석이었다.

두 손을 합장한 채 보석을 자신에게 향하는 순간 유검은 어느 정도 짐작한 바 있어 순식간에 허공에서 신형을 움직였다.

이 장(二丈) 옆으로 이동한 순간,

핏!

한꺼번에 네 무더기의 백광이 튀어나왔다.

'……?'

백광이 튀어 나간 방향은 중구난방이었다. 자신이 그 자리에서 꼼짝 않고 있었다 하더라도 괜찮았을 것이다.

뚱보여인이 꽥 소리를 질렀다.

"잘 좀 조준해 봐요! 밤일 할 때도 항상 조준이 틀려서 날 애먹이더니."

두 부부의 말이 더 이상 이어지기 전에 유검은 급히 호신강기를 끌어올렸다.

"풍환!"

호신강기와 함께 풍환에게 공기막을 형성시키게 만들어 이중으로 음성을 차단시켰다.

부부 사이의 낯뜨거운 말을 어떻게 여문과 다우 두 여인과 함께 듣는단 말인가.

유검은 내심 생각했다.

'아무래도 심성이 그리 악한 것 같지는 않구나.'

부부가 귀신이라고 부르짖으며 놀라던 모습이 떠오르자 문득 장난기가 동했다.

유검은 동에 번쩍 서에 번쩍 봉우리 주위를 이리저리 돌았다. 잠시도 쉬지 않고 순식간에 다섯 바퀴를 돌고는 다시 본래 지점으로 돌아왔다.

두 부부는 얼마나 놀랐는지 둘이 함께 입을 쩍 벌린 채 아무 말도 못했다.

유검은 그들에게 말했다.

"난 귀신이 아니라 옥황상제의 명을 받은 수호신장(守護神將)이다!"

내공을 끌어올리고 일부러 음성을 분산시켜서 한꺼번에 울리도록 했기에 마치 천상에서 울려 퍼지듯 위엄이 가득했다.

"잘 보라. 이것이 나의 신척(神尺)이니 위엄을 거스르는 자 이렇게 될 것이니라."

머리 위를 맴돌던 한천검이 불쑥 튀어 나갔다.

검에 이 장이 넘는 검광이 어렸는데 두 부부가 보는 앞에서 일직선으로 봉우리의 한쪽 면을 싹뚝 깎아버렸다.

우르릉—!

잘려진 바위 조각들이 용암으로 떨어져 내렸다.

두 부부의 눈에는 경악을 넘어선 경외심이 담겨졌다.

대두노인은 덥석 엎드려 오체복지(五體伏地)하더니 처량한 목소리로 부르짖었다.

"어이쿠, 이 어리석은 놈들이 감히 어르신을 몰라뵙고 무례를 저지르고 말았습니다! 용서해 주십시오, 제발 용서해 주십시오!"

뚱보여인은 남편이 나설 때는 조용히 곁에 머무르는 미덕을 발휘하여 아무 말 없이 같이 오체복지하여 엎드렸다.

두 부부의 태도가 간절하고 진정이 어려 있어 가짜로 연극하는 것 같지는 않았다.

너무도 손쉽게 믿어버리는 그들의 태도에 유검은 오히려 어안이 벙벙했다.

'정말로 믿는단 말인가?'

장난기도 있었지만 본래는 무공을 드러내어 함부로 건드리면 보복이 있을 거라는 위협을 은근히 드러내기 위해서였는데, 자신의 말을 진짜로 믿는 듯하다니…….

다우는 자신에게 어떤 위험이 있었는지도 모른 채 고개를 갸웃거리며 물었다.

"오라버니, 저 사람들… 왜 저래?"

"글쎄다?"

"오라버니가 너무 겁을 준 거 아냐?"

"음… 그런가?"

유검은 음성을 차단시킨 채 순수한 내공으로 그들에게 옥황상제니 수호신장이니 이야기를 했기에 다우나 여문은 전혀 상황을 알지 못했다.

유검은 만일의 경우를 대비해 긴장을 풀지 않고 천천히 허공을 딛고 그들 앞으로 걸어갔다.

유검이 앞에 서자 오체복지하고 있는 두 부부는 경건한 태도로 신명(神命)을 기다렸다. 그 태도가 얼마나 진지한지 유검으로서는 말도 못하고 멀뚱히 지켜보기만 했다.

영문을 모르는 여문과 다우는 그냥 지켜보기만 할 뿐이었고 그렇게 이상하고 어색한 침묵이 흘렀다.

유검은 두 부부의 내력이 궁금했지만 그보다 빨리 이곳을 벗어나야겠다고 마음먹었다.

'그 쇳덩어리랑 화는 어찌 되었는지 궁금하고… 여기서 지체하고 있을 여가는 없다. 그러니 두 노선배에게 미안하기는 하나 그냥 오해한 채로 내버려 두자.'

내심 그렇게 생각하며 입을 열었다.

"우린 떠날 테니……."

유검이 떠나는 빛을 비추자 다우가 가포를 끌어안으며 말했다.

"가포도 데리고 갈래요!"

이에 두 두부의 안색이 급변했다.

"그, 그건……!"

"어이쿠, 제발 봐주십시오. 저 비달(飛獺:날으는 수달)이 없으면 우린 여기서 꼼짝달싹도 못하고 굶어 죽고 맙니다."

그 말에 얌전히 있던 여문이 엉뚱하게도 깜짝 놀라 되물었다.

"어… 비달? 저 동물이 비달인가요?"

대두노인은 두 눈을 데굴데굴 굴렸다. 신장(神將)으로 여기고 있는 유검과 같이 있는 것을 보아 선녀(仙女) 정도로 짐작하곤 공손히 말했다.

"예, 저희는 그렇게 부릅니다. 휴우… 우리가 가끔 밖으로 나가야 할 때는 저 녀석의 도움이 꼭 필요합니다. 그뿐 아니라 저 녀석이 먹을 것을 구해다 주지요. 그러니 저 녀석이 없다면 우리는 이 봉우리에 갇혀 옴짝달싹도 못하고 굶어 죽게 됩니다요."

여문은 더듬거리며 물었다.

"혹시… 혹시 저 비달은 박쥐 똥을 먹는 벌레를 잡아먹고 사나요?"

대두노인은 어리둥절하며 대답했다.

"이미 알고 계셨군요. 선녀시라 과연 모르시는 것이 없군요."

유검은 문득 떠오르는 생각이 있어 여문에게 물었다.

"혹시 너의 정혼자의 병을 치료할 수 있다는 그 영물이……?"

여문은 정혼자라는 말을 태연히 내뱉은 유검의 말에 가슴이 쓰려왔다. 갑자기 목이 메어 말이 나오지를 않아 고개만 끄덕였다.

'그의 병만 낫는다면 나는 마음의 빚을 갚고 모든 족쇄에서 풀려날 수 있을 텐데… 하지만 저 두 부부가 지극히 아끼는 영물이니 어떻게 염치없이 달라고 할 수 있을까.'

게다가 다우가 저토록 귀여워하니 달라고 하다가는 과격한 싸움이 일어날 게 뻔했다. 또 그 이전에 저렇게 귀여운 동물의 배를 갈라 간을 꺼낸다는 것 자체가 자신으로서는 도저히 할 수 없는 일.

나름대로 은근히 품고 있던 희망이 사그라드는 것 같아 허탈하기 그지없었다.

다우는 여문이 자신이 안고 있는 가포에게 눈길을 고정시키자 울상을 지으며 말했다.

"이 녀석은 비달 아냐! 가포라구, 가포! 그러니까 언니가 말한 영물이 아니야!"

다우의 말에 대두노인은 처량한 표정으로 말했다.

"동녀(童女)님, 그 녀석은 분명 비달이 맞습니다. 하지만… 하지만 동녀님이 가포라고 말씀하신다면… 그 말이 틀릴 리 없겠지요. 어이쿠, 저희들은 앞으로 그 녀석을 가포라고 부르겠습니다. 그러니 그 가포를 저희들에게서 빼앗아가지 말아주십시오. 제발."

처량한 목소리와 함께 두 부부는 땅에 대고 머리를 콩콩 쥐어박았다.

"난 동녀 아냐! 그리고… 가포든 비달이든……."

콩! 콩!

바위에 머리를 쥐어박는 두 부부의 행동에 다우는 뒷말을 잊지 못하고 눈물만 글썽거렸다.

여문은 길게 한숨을 내쉬며 체념 어린 눈길을 먼 곳으로 돌렸다.

가포는 상황이 어떻게 되어가는지도 모르고 천진난만한 눈을 반짝이며 깍깍 하는 울음소리와 함께 꼬리를 흔들었다.

유검은 머리가 어지러웠다.

'대체 뭐가 어떻게 돌아가는 거지?'

다우가 간절한 염원이 담긴 애절한 눈빛으로 자신을 보고 있었다.

분명 저 조그만 동물을 가지고 싶다는 의미.

눈길을 돌리니 체념 어린 허망한 시선으로 먼 곳을 바라보는 여문이 있고 여전히 땅에 머리를 콩콩 쥐어박는 두 부부가 있다.

유검은 머리를 긁적거리다 조심스럽게 두 부부를 향해 먼저 입을 열었다.

"저… 제가 두 분을 바깥으로 모셔다 드릴 테니 저 녀석을 저희에게 주시면 안 되겠습니까? 물론 대가는 충분히 드리겠습니다. 원하시는 것이 있다면 어떤 것이라도……."

꽝!

대두노인은 세차게 땅에다 머리를 내리박았다. 돌로 된 바닥이 움푹 패이며 돌 조각이 튀었다. 그럼에도 그의 머리는 멀쩡했다.

대두노인은 처량하면서도 비장한 음성으로 말했다.

"수호신장님께 아뢰옵니다. 저희 부부는 여기서 한 발짝도 나갈 수 없습니다. 본시 저희 부부가 이곳으로 온 까닭은 병… 때문입니다. 본래 저는 이렇게 마르지 않았고, 저의 마누라도 저렇게… 저렇게… 으음… 본래는 무척이나 아름다웠습니다. 그런데 어느 날부터… 어이쿠, 제가 너무 말이 많았습니다. 간단히 결론만 말씀드리자면 한 분의 선인(仙人)이 나타나 저희들의 병을 고칠 방법을 알려주셨습니다. 지상에서 가장 화기(火氣)가 성한 곳으로 가면 화룡(火龍)이 사는데, 그 화룡 곁에서 삼십 년을 수련하면 병이 나을 것이라고 하셨습니다. 마누라가 자꾸만… 자꾸만 말라지지 않게 되는 것은 모두 습한 토(土)의 기운 때문이니 뜨거운 화기(火氣)로서 말리고, 저의 단단하기 그지없는 금(金)의 기운은 화극금(火克金)의 이치로 녹여야 한다고 하셨지요. 그래서 저희들은 천신만고 끝에 이곳을 발견하여 이십여 년 동안 수련을 해오고 있었습니다. 해가 길어지고 짧아지는 것을 헤아리기 위해 잠시 동굴 밖으로 나가는 것 이외에는 잠시도 화룡이 있는 이곳을 나가본 적이 없었습니다. 그러니…….”

유검은 내심 한 가지 의혹이 들었다.

'좀 전부터 화룡을 자꾸 언급하는데… 설마 하니 진짜 화룡을 이야기하는 것일까? 전설에 자주 나오곤 하는… 그게 아니면 풍수가(風水家)들이 이야기하는 지맥(地脈)을 말하는 것일까?'

어쨌든 두 부부가 저 조그만 동물을 절대 내놓지 않으리란 것은 분명해 보였다.

이때 또다시 땅이 울렸다.

우르릉!

대두노인은 오만상 얼굴을 찌푸리더니 벌떡 일어나더니 악을 질렀다.

“으… 저 망할 놈의 쇳덩어리가!”

“쇳덩어리요?”

유검의 물음에 정신을 차린 듯 대두노인은 대경실색하며 넙죽 엎드려 용서를 빌었다.

“어이쿠! 이런 불경을 저지르다니… 이놈의 성질머리가 급해서 그만…….”

대두노인은 또다시 불쌍한 바윗덩어리를 박살 내며 머리를 땅에 쥐어박았다.

유검은 혹시나 하는 생각에 그를 말리며 다시 물었다.

“그런데 쇳덩어리라니… 혹시 사람 키보다 두 배는 크고 동그랗게 생긴 은빛의 고철덩어리 말씀이십니까?”

"어이쿠, 모르시는 것이 없으시군요. 예, 맞습니다. 그 쇳덩어리…
아니, 그놈의 고철덩어리가 얼마 전부터 나타났습니다. 그리고는 요기
흐르는 용암 위로 둥둥 떠다녔지요."

"……."

"처음에는 얌전히 있기에 그냥 보고만 있었는데, 그놈이 갑자기 어
제부터 난리를 피우지 뭡니까? 그때부터 화룡이 진노하기 시작했습니
다. 용암이 갑자기 끓어오르는가 하면 땅이 흔들리고… 그야말로 경천
동지(驚天動地), 말 그대로엽죠. 이번에도 또…….."

이어지는 노인의 말에 유검은 내심 식은땀을 흘리며 겉으로는 재미
난 이야기를 듣는 양 애써 웃어 보였다.

화룡이니 어쩌니 하는 말의 신빙성 여부는 접어두더라도 그 상화구
라는 놈이 무슨 사고를 저지른 것은 틀림없어 보였다. 그놈을 여기 용
암 바닥으로 처박아 넣은 것은 자신, 만약 책임을 추궁당한다면 벗어날
길은 없어 보였다.

대두노인의 두 눈이 돌연 동그래졌다.

"앗! 저기……!"

그가 손가락으로 가리키는 쪽을 바라보니 도도히 흐르는 용암 위로
하나의 은빛 구체가 유유히 떠내려오고 있었다.

그 모습을 보니 어이가 없기도 하고 화도 났다.

'이 말썽꾸러기 고철덩어리 같으니라구!'

상화구도 마침 유검을 발견했는지 반가운 느낌으로 우우웅! 소리를
내었다.

유검은 당장 날아가서 저놈을 혼내주고 싶었지만 한 가지 묘책이 떠
올라 애써 참았다.

대두노인에게 은근히 물어보았다.

"저 고철덩어리를 없애 버리고 싶습니까?"

대두노인은 화색이 가득하여 또 엎드려 절하며 간절히 애원했다.

"어이쿠, 수호신장님! 제발 저놈 좀 없애주십시오. 최소한 여기서 화룡의 진노를 건드리는 일만 없게 해주십시오. 그렇게만 해주신다면… 해주신다면……."

멀뚱히 눈알을 굴리다 황급히 말을 이었다.

"사, 사당을 만들어 열두 시진 내내 향이 그치지 않게 할 것이며, 하루 천 번씩 절을 올리겠습니다. 제사상에는 오색과일과 싱싱한 고기를 내어놓겠습니다. 그리고……."

유검은 일부러 딱딱하게 말했다.

"수호신장은 제삿밥은 먹지 않습니다. 사당도 가지 않습니다. 만약 간다 한들 경치 좋은 곳도 많은데 왜 하필 이런 곳으로 오겠습니까?"

대두노인은 울상이 되었다. 사당조차 필요없다면 자신들로서는 해줄 수 있는 일은 없다. 오직 유검이 바라는 것은 자신들의 생명줄이나 다름없는 비달뿐이라는 것을 알고 있었지만 그놈을 내어주겠다는 소리는 차마 나오지 않았다.

유검은 그들의 눈치를 살피다 부드러운 말로 또 다른 제안을 내놓았다.

"이렇게 하면 어떻겠습니까? 저 고철덩어리를 없애는 것 외에 하늘을 날아다니는 법을 가르쳐 드리지요. 그렇다면 군이 저 비달의 도움을 받지 않아도 바깥으로 왕래할 수 있을 테니……."

두 부부는 서로 얼굴을 마주 보고 믿을 수 없다는 표정을 지었다.

대두노인은 감격에 찬 어조로 다시 물었다.

"도, 도술(道術)… 아니, 선술(仙術)을 전수해 주신다는 말씀입니까?"

도술이나 선술이 아니라 가르쳐 줄 것은 경공술이었지만, 모른 척 근엄한 얼굴로 고개를 끄덕였다.

두 부부는 감격하다 못해 눈물을 줄줄 흘렸다.

"저희에게 이런 선복(仙福)을 내리시다니……!"

두 부부는 벌떡 일어나 갑자기 구배지례(九拜之禮)를 올리기 시작했다.

"두 제자는 절대 한눈팔지 않고 성심껏 신장님을 모시며 선술을 배우겠습니다. 모자란 점이 있으면 부디 깨우쳐 주시옵고 행여나 저희 부부의 행실이 잘못되었을 때에는 신벌(神罰)을 내려주시옵소서."

유검은 어이가 없어 두 눈만 멀뚱거렸다.

조그만 이득을 위해 잠시 속인다는 것이 사기가 되어버렸다. 다시 말해 강호 경험이 없는 순진무구한 두 노선배를 사기 쳐서 제자로 거둬들이고 만 것이다.

대두노인은 여전히 감격에 찬 어조로 말을 이어 나갔다.

"맹세하노니, 신장님을 시조로 모시고 우둔한 백성을 모아 밝은 새 길로 인도하겠습니다. 이곳 화룡의 거처에서 연을 맺었으니 문파명은 화룡문(火龍門)으로 할 것이며, 수호신장님의 밝은 덕을 온 누리에 펼치도록 신명(神明)을 다하겠나이다."

"……."

점입가경(漸入佳境).

하늘을 날아다니는 법 말고도 다른 선술도 배우려는 욕심에 앞질러 아부를 한 것이지만, 듣는 유검으로서는 머리 속이 하얀 백지가 되어버릴 정도로 기막힌 이야기들이었다.

"와……!"

다우는 유검이 펼친 이 한바탕 사기극에 정말로 감탄하며 물었다.

"그럼 가포는 내가 가져도 되죠?"

대두노인은 즉시 말했다.

"어이쿠, 물론입죠. 신장님 곁에 아름다운 선녀님과 동녀님도 함께 모실 것입니다요. 그런 동녀님에게 수호영물이 없어서야 말도 안 됩죠."

다우는 가포를 꼭 껴안고 머리에 뺨을 부비며 좋아했다.

유검은 이 순간 엉뚱하게도 다우의 품에 안겨 있는 가포가 부럽다는 생각이 들었다. 처지가 바뀌었으면…….

멍하니 있는 유검에게 여문이 피식 웃으며 말했다.

"축하해요, 화룡문의 태산시조님."

"……."

훗날 뭇 강호인들이 두려워하는, 신화와 전설로 점철된 화룡문의 탄생 비화는 이렇게 해서 이루어졌다.

유검은 두 늙은 부부를 제자로 거둬들인다는 게 황당하기 그지없었지만, 그렇다고 다우에게 가포를 포기하라고 설득할 자신은 전혀 없었다.

'어떻게든 되겠지.'

유검은 머리를 긁적거렸다.

"그나저나… 저 녀석은 어떡하나?"

상화구는 상황이 어떻게 변하든 상관없다는 태도로 우우웅― 콧노래를 부르며 느긋하게 일광욕을 즐기듯 용암 위를 둥실 떠다니고 있었다.

"일단 맛이나 보여줘야겠군."

아무튼 될 대로 되라는 심정, 화풀이 대상이 있으니 몸이나 풀자는 생각이 들었다.

한천검에서 뿜어 나온 검망이 유검의 전신을 휘감았다. 그렇게 검과 하나가 된 유검의 신형이 상화구를 향해 시위를 벗어난 화살처럼 일직선으로 쏘아갔다.

신검합일된 거대한 하나의 검이 단숨에 상화구를 한순간에 꿰뚫는 듯한데, 갑자기 일 척 거리를 두고 멈춰 버렸다.

유검은 어이가 없었다.

"어라? 이 녀석! 피할 생각도 않네?"

차마 검을 내려치지 못한 것은 상화구가 날름 삼켜 버린 화가 혹시나 충격을 받을까 해서였다.

그런데 상화구는 그 사실을 이미 눈치 채고 태연자약할 뿐이었다.

불쑥!

한천검에서 이 장여 길이의 검강이 솟구쳤다. 최소한 상처라도 입혀야겠다고 결심한 것이다.

그것을 눈치 챈 상화구는 스르르 용암 속으로 잠수해 버렸다.

유검은 내심 코웃음이 나왔다.

'흥, 제 무덤을 파는군. 용암 속에서는 팔을 벌리지도 못할 텐데, 바보 녀석!'

유검은 호신강기를 끌어올리며 용암 속으로 뛰어들어 갔다.

잠시 후 용암 속에서 무슨 일이 벌어지는지 시뻘건 용암이 물보라처럼 튀어 올랐다.

대두노인과 뚱보여인은 '과연 신장님이시다!' 라고 중얼거리며 얼굴

한가득 외경의 빛을 띠었다.

"어쩐지……."

여문은 울 듯 말 듯한 기묘한 표정으로 중얼거렸다.

"즐거워 보이네, 마치 노는 것처럼."

다우가 시큰둥한 어조로 말했다.

"쳇, 당연하잖아."

"……?"

"오라버니는 너무 강해져 버렸어. 그래서 화를 내고 싶어도 낼 수가 없어. 누가 화나게 하면 애써 잊어버리려고만 했어. 화를 내면 약한 사람을 괴롭히게 되는 거니까."

"……."

"그런데 마침 마음껏 화를 내어도 괜찮은 상대를 만난 거야. 즐겁지 않을 수 있겠어?"

여문은 다우의 말에 알 수 없는 충격을 받았다. 자신도 모르게 중얼거렸다.

"그랬구나. 난… 몰랐어."

자신이 알고 있던 사형은 이제 과거에 불과한 게 아닐까 하는 생각이 문득 들었다.

불현듯 자기 홀로 아득히 떨어져 나가 버린 듯했다.

애당초 사형이 자신에게 청혼을 했다는 그 한 가지 사실만으로도 자신의 인생은 충분히 행복했다. 조부의 엄명을 거스를 수도 없거니와 생명을 내던진 정혼자의 의리도 모른 척할 수 없었다. 그리고 자신의 일로 더 이상 사형의 마음을 괴롭히고 싶지는 않았다.

그렇게 마음을 결정짓고 있었는데도 한순간 사형과 멀어지는 느낌이 들자 알 수 없는 충격이 밀어닥친 것이다.

머리는 멍해지고 가슴은 횡하니 구멍이 뚫렸다. 다리에 힘이 빠져 당장 주저앉고 싶은 심정이었다.

쿠웅―!

갑자기 괴이한 진동음이 들려왔다. 저 깊은 우물 바닥에서 울려 나오는 듯한 여태껏 들어보지 못한 심유(深幽)한 소리였다. 알 수 없는 압박감에 사람들은 몸을 가늘게 떨었다.

용암이 한바탕 커다란 파도를 이루었다가 가라앉았다.

대두노인이 넋이 나간 듯 떨리는 음성으로 중얼거렸다.

"화, 화룡이다!"

◆第九章
결심

"헉헉… 이놈의 고철덩어리 대체 어디 있는 거냐!"

내뻗은 유검의 일장에 용암이 격랑을 일었다.

이 장 길이의 검강이 솟구친 한천검을 휘두르며 상화구의 기척을 쫓았지만 도무지 찾을 수가 없었다.

공기막 안은 온통 시뻘건 빛이었다.

호신강기와 공기막으로 전신을 감싸고 있지만 용암에서 뿜어지는 열기까지 모두 막을 수는 없었다. 한서불침에 금강불괴까지 이른 상태였지만 찜통에 들어간 듯한 더위를 느낄 정도였다.

한참 동안 상화구의 기척을 찾아 이리저리 검을 휘둘러 대던 유검은 문득 이러한 더위를 깨달았다. 손바닥으로 이마를 닦아보니 진득한 땀이 묻어 나왔다.

'……'

잠시 상화구를 뒤쫓고 있다는 사실도 잊어버리고 망연한 시선으로 땀이 묻은 손바닥을 들여다보았다.

수련 때면 항상 느낄 수 있었던 바로 그 땀이었다. 이제는 여간해서 느끼기 힘들어져 버린.

잃어버린 무언가를 되찾은 것 같은 묘한 감동이 일었다.

고개를 돌려 주위를 돌아보니 눈에 들어오는 것은 온통 시뻘건 용암들. 여태껏 보지 못한 이색적인 광경이었다.

사방 일 장여 공간 안에는 크르릉— 하는 묘한 울림만이 울려 퍼졌고 일체 다른 소리는 들려오지 않았다.

문득 모든 외부 세계와의 단절이란 사실이 자각되었다.

자신을 지켜보는 이가 없다는 것을 깨닫자 갑자기 피로가 몰려왔다.

"후… 잠시만 쉬자."

유검의 신형이 바닥으로 가라앉았다.

잠시 벽에 기대어 한숨 돌리노라니 예전 뜨거운 욕탕에 홀로 들어앉아 있을 때처럼 평온한 가운데 노곤하고 기분 좋은 피로감이 밀려왔다.

크르릉—

흐르는 용암이 공기막에 긁히면서 묘한 진동을 울렸다. 그것은 기분 좋은 울림이었다.

그리고 적막.

붉은빛으로 가득 찬 이 조그만 공간 안에서 유검은 멍하니 공기막에 와 닿는 용암의 물결을 보며 짧은 휴식을 취했다.

상화구를 쫓느라 지쳤기 때문은 아니었다.

사실 유검은 애써 의식하지 않으려 했지만 여문과 다우 두 여인과 함께 있으려니 그 긴장이란 것이 말도 못하게 컸다. 길이를 알 수 없는 도화선이 타 들어가고 있는 화약을 품에 안고 있는 것처럼 조마조마하기 이를 데 없었던 것이다.

이제 홀로 된 공간에 있고 보니 그러한 긴장이 일시에 풀리며 갑자기 지친 느낌이 들었다.

정지된 시간 속에 안으로 억눌러 두었던 번민들이 솟구쳐 올랐다.

산중에 있을 때는 결코 느껴보지 못한, 평온하다 못해 심심하기까지 한 나날들 속에서는 결코 맛볼 수 없었던 감정의 흐름이었다.

세 여인의 모습이 동시에 떠올랐다 가라앉았다.

쓰라리면서도 달콤한 감정이 함께 일었다.

여문은 감성이 예민하기 그지없던 어린 시절부터 계속 마음에 두고 있던, 그래서 곁에 있는 것을 당연하게만 여겼던, 그래도 일정한 선을 그을 수밖에 없었던 여인이다. 정혼자가 있기에……

그래도 마음 한구석에 미련을 두고 있었다.

검을 휘두르다 홀로 달을 바라볼 때면 누군가 곁에 있었으면 했다. 그럴 때마다 떠오르는 얼굴은 여문이었다. 잠들기 전 마지막으로 떠올리던 얼굴이었으며, 눈을 떴을 때 처음 보았으면 하는 얼굴이기도 했다. 어찌 단숨에 떨쳐 버릴 수 있겠는가. 비록 그녀의 곁에 정혼자가 있다 하나.

유검은 여문의 할아버지가 노한 눈으로 자신을 바라보는 것이 두려웠다. 세상의 관습을 깨었다는 명목으로 장로들이 잔소리해 대는 것이 귀찮았다.

그렇게 여문은 사랑하는 여인임과 동시에 세상에 대한 벽이기도 한 것이다.

화는 어떤가.

유검이 그녀에 대해 가지고 있는 감정은 참으로 아리송한 것이었다.

유검으로서는 숨겨진 신체의 비밀을 간직한 채 전 무림의 표적이 되어 있는 그녀를 가만히 내버려 둘 수가 없었다. 이리저리 휘둘리고 다니는 그녀가 가련하기도 하고 불쌍하기도 했지만 절대 단순한 동정심은 아니었다.

조금 이상하지만 그녀는 속마음을 잘 드러내지 않는 무뚝뚝한 남동생처럼 여겨졌고, 그래서 무조건 돕고 싶었다.

분명 좋아하는 건 맞지만 성별이 여자이다 보니 애정으로 느껴졌을 뿐, 만약 화가 남자였더라도 상관없었을 것이다.

이렇게 모호하고 아리송한 자신의 감정을 유검은 정확히 깨달을 수 없었다.

한 가지 분명한 것은 어쨌든 그녀의 안전이 확실해지고, 또 그녀가 모든 고민을 벗어던지고 행복해질 때까지는 눈에서 떼지 못할 것이라는 사실뿐이었다.

그리고 다우는…

불쑥!

무언가 공기막에 부딪쳤다. 적막 속에 침잠된 유검의 짧은 고독이 깨어지고 말았다.

알고 보니 그토록 쫓아다니던 상화구가 오히려 바짝 다가와 그 일면이 공기막 바깥으로 모습을 드러내고 있었다.

유검은 방금 잠에서 깨어난 모습으로 멍하니 바라보다 한숨 쉬며 말했다.

"휴… 놀자는 거냐? 조금 쉬었다 하자꾸나."

유검은 입맛을 다셨다.

"이럴 때 술이라도 있으면 좋을 텐데… 못생긴 네 녀석 얼굴이라도 보면서 자작하게 말이다."

유검은 툴툴거렸다.

숨 한 번 돌이킬 짧은 시간 속에 복잡하게 떠올랐다 사라진 상념들 속에 다우의 것은 없었다.

애당초 처음부터 어린 모습으로 만났으니 경계심을 가질 여가도 없었다.

정말 하나뿐인 가족처럼 여겨 온갖 정을 듬뿍 쏟아 부었는데, 어느 순간 갑자기 아름답기 그지없는 성숙한 모습으로 바뀌어 애정을 드러내니 대체 감정을 어디다 두어야 할지 몰랐다.

친여동생과 같은 친밀한 정에 애틋하기 그지없는 미녀의 눈물이 함께하니 형언할 수 없는 감정이 일어 생각과 판단의 범위를 벗어나 버린 것이다.

유검은 허탈한 웃음이 나왔다.

'대체 나의 이 마음은 진짜인가, 아니면 가짜인가?

마음이 세 조각으로 나뉘어졌다면 그것은 참된 정이라 할 수 없다. 만약 참된 정이 있다면 그것은 누구에게로 향해 있다는 말인가?

유검은 조소했다.

'흥, 셋 모두 진짜라면 모두 가짜라는 말과 같다. 허망하기 그지없는 이 세상에서 진짜와 가짜의 구별이 어디 있다는 말인가? 오직 한순간만의 진실이 있을 뿐이다. 현재 나의 감정은 어디로 흐르고 있는가? 지금 현재 누구의 모습이 절실하게 떠오르는가?

유검은 순간 두 눈을 데구르르 굴렸다.

다우의 귀여운 얼굴이 떠오르는가 싶은데 여문과 화의 모습이 불쑥 옆에서 끼어들었다. 그와 함께 스치고 지나간 여러 미녀들의 모습도 한꺼번에 떠오르기 시작했다. 심지어 풍환의 모습까지.

"거, 거짓말이다! 사실이 아니야! 결코―!"

웅웅―!

발작적으로 토해낸 그 음성은 공기막 안에서 메아리쳤다.

상화구는 놀라 움찔하며 뒤로 물러났다.

풍환의 수줍은 음성이 뇌리를 울렸다.

―감사합니다, 주인님. 저까지도 그렇게 생각해 주실 줄이야…….

"시끄러워!"

유검은 한천검을 곧추세우고 두 눈에 정광(精光)을 빛내며 우렁찬 목소리로 말했다.

"자고로 협객(俠客)이란 무엇이던가! 검을 쥐었으니 불의(不義)에 대항하고 협기를 드높여 세상의 질서를 바로잡아야 하는 법, 한낱 여인의 웃음에 취하고 눈물에 가슴 아파할 여가란 없다!"

듣는 이는 상화구뿐, 우우웅~ 몸을 떨며 소리를 내었는데 감탄인지 비웃음인지 알 수 없었다.

이때 돌연 땅이 움직였다. 잠시 기대었던 벽도 함께 움직였다.

유검은 거대한 용암의 흐름에 휘말려 급류에 휘말린 낙엽처럼 멀리 퉁겨났다.

급히 신형을 안정시키며 정체를 알 수 없는 그 벽을 향해 손을 뻗었다. 찬란한 백광을 흩뿌리며 용암의 물결을 뚫고 한천검이 날았다.

카앙―!

귀가 아니라 심령으로 연결된 한천검을 통해 느껴지는 소리였다. 다시 말해 이기어검술로 날아간 한천검이 무언가에 막혔다는 의미.

"흐음~!"

유검은 갑자기 즐거워졌다.

"좋아, 평소 생각해 둔 게 있는데."

회수한 한천검의 검봉으로 검강이 솟아오르고 그 주위로 세 개의 원형[圓形之罡]이 형성되었다. 무한대에 이르는 공력으로 세 개의 강기덩어리를 만들고, 그것을 검 주위에 익숙한 삼재검법의 형태로 펼친 것이다.

재차 손을 뻗자 이기어검된 한천검과 세 무더기의 강기덩어리가 한꺼번에 폭사되었다.

무언가 강력한 저항력이 느껴지는 순간 삼재진의 형태로 포진한 세 무더기의 강기가 현묘히 나선형으로 회전하며 씨줄과 날줄로 엮여진 그 저항력을 풀어내었다. 그 찰나의 빈틈을 뚫고 한천검이 파고들었다.

뭔가 꿰뚫었다 싶은 순간 거대한 힘이 용암의 흐름이 되어 몰려왔다.

불가항력.

유검은 실 끊어진 연처럼 뒤로 밀려났다.

'대체 뭐길래…….'

용암의 흐름에 휘말리는 동안 천근추의 몇 배 되는 힘으로 신형을 가라앉히고는 두 발을 박찼다.

"……?"

바깥으로 나온 유검은 어리둥절했다.

분명 괴물과도 같은 적과 싸웠다고 생각했는데 그 형체가 보이지 않는 것이다.

이때 머리 속으로 하나의 의미를 담은 무언가가 거대한 종소리처럼 울려 퍼졌다.

천 년의 공덕(功德)이 꽃 위에 망울진 이슬처럼 스러지는구나.

"이건… 무슨 소리지?"
아래를 내려다보니 한바탕 파도치고 가라앉는 용암의 물결뿐 별다른 큰 변화는 없었다.
검을 허리춤으로 다시 회수하려다 유검은 절로 입이 벌어졌다.
투명한 은빛 검신을 자랑하던 한천검이 영롱한 붉은빛으로 물들어 있었다. 혹시 용암에서 뿜어지는 붉은 빛 때문인가 싶었으나 분명 다른 것 같았다.
'나중 햇빛 아래서 다시 살펴봐야겠군.'
봉우리로 훌쩍 신형을 옮기니 대두노인 부부와 여문, 다우 등이 넋이 나간 듯한 표정으로 멍하니 서 있었다.
"대체 무슨 일이죠?"
"화, 화룡이……."
대두노인이 더듬거리며 그렇게 말했다.
"화룡? 정말이냐?"
여문에게 고개 돌려 물으니,
"모르겠어요. 그냥… 그냥 무언가 다가온다는 느낌은 있었는데… 보이진 않았어요. 그게 화룡인지 어떤지는."
다우는 묻기도 전에 미리 고개를 도리도리 저었다. 두 눈을 동그랗게 뜬 채로.
"전… 전 아무것도 몰라요!"
역시 다우는 순진했다. 물론 세상 다 산 것 같은 행동을 보일 때도 있지만 순진할 때는 확실히 순진했다. 저런 태도와 대답은 자신이 뭔가 알고 있다는 것을 공표하는 것이나 다름없지 않은가.

"상관없지. 일단⋯⋯."

마음에 뭔가 결심한 바가 있어 무뚝뚝한 태도로 두 여인에게서 시선을 거두었다.

붉은빛이 감도는 한천검 주위로 백광이 아닌 붉은 적광이 어렸다.

"왜 이렇게 된 거지?"

유검은 투덜거리며 다시 공력을 끌어 모아 검 주위로 세 무더기의 강기덩어리를 만들어내었다.

"일단 말썽꾸러기부터 잡아와야겠지."

한천검이 날았다.

자신은 상관없다는 듯 구경하는 듯한 태도로 용암 위에 둥실 떠 있는 상화구를 향해서였다.

자신이 화를 품고 있는 한 절대 해칠 리 없다고 믿고 있었던 탓일까? 한천검이 쏘아져 오는 데도 전혀 피할 생각을 하지 않았다.

한천검이 상화구와 지근 거리에 달하자 돌연 세 무더기의 강기가 여러 갈래로 갈라지며 좌우로 퍼져 나갔다.

뭔가 심상치 않다는 것을 느낀 상화구가 재빨리 피하려 했지만 순식간에 어망처럼 날아온 강기의 벽에 갇혀 버리고 말았다.

한천검은 그렇게 상화구를 포획한 채 개선장군처럼 당당한 모습으로 봉우리 위로 유유히 날아왔다.

우우웅~!

상화구는 뭔가 불만에 가득 차 소리를 질렀지만 그것을 알아들을 수 있는 이는 아무도 없었다.

상화구가 봉우리 위에 도착하자 유검은 으름장을 놓았다.

"얌전히 이야기할 때 화를 내놓아라. 그렇지 않다면 네 껍질을 벗겨 주지. 풍환! 내 말을 전해줘. 그리고 답할 필요는 없다. 다섯까지만 헤 아리겠다고 전해다오."

풍환의 복명을 기다리지도 않고,

"다섯, 넷, 셋⋯⋯."

바로 숫자를 헤아려 갔다.

유검의 패기 어린 행동에 여문과 다우는 놀라 아무 말도 못하고 두 눈만 동그랗게 떴다.

우우웅―!

상화구의 표면에 몇 가닥의 금이 생기더니 전체가 털썩거렸다. 움찔 움찔 뭔가 움직이려는 듯싶었으나 뜻대로 되지 않는 모양.

이에 상관없이 유검은 거침없이 남은 숫자를 헤아렸다.

"⋯둘, 하나!"

유검은 검을 치켜들었다.

"흥, 역시 말을 안 듣는군."

검을 내리치려는 순간 풍환의 다급한 목소리가 들려왔다.

―주, 주인님! 그 소녀를 내놓고 싶어도 뭔가 얽매고 있어 팔을 벌릴 수가 없다고 합니다!

"⋯⋯."

―그 소녀와 교감의 시간은 이미 충분히 보내었으니 본래 되돌려 주 려던 참이었다고 합니다. 그렇지 않다면 왜 자기가 일부러 주인님을 찾아 여기까지 왔겠느냐며 억울하다고 하소연을 하는데요?

유검은 상화구를 쏘아보다 무뚝뚝하게 답했다.

"좋아, 믿어보지."

상화구를 옭매고 있던 강기의 그물을 풀어주었다.

창—!

상화구는 본래 본체를 개방하기 위해 애를 쓰던 참이었기에 옭매는 힘이 사라지자 벌린 팔이 지면을 때리게 되었고 그로 인해 위로 튕겨 올랐다.

유검의 허공섭물에 의해 상화구는 허공에 고정되었다.

벌려진 팔 사이로 보이는 상화구의 내부, 한 소녀가 두 팔로 무릎을 감싸 안은 모습으로 잠들어 있었다.

유검이 손을 뻗자 우우웅— 상화구의 아쉬워하는 소리와 함께 화의 신형이 바깥으로 빠져나왔다. 그녀는 은은한 백광에 휩싸여 있었는데, 아무것도 걸치지 않은 나신이었다.

두 팔로 화의 신형을 받아 든 유검은 잠시 심중의 충격을 가라앉히느라 이빨을 꽉 깨물었다. 여인의 나신을 이렇게 가까이서 적나라하게 본 것은 처음이었던 것이다.

유검은 뚱보여인을 향해 말했다.

"그대의 이름은?"

뚱보 여인은 황급히 머리를 조아리며 답했다.

"저의 천한 이름은 수아(瘦雅)라고 합니다."

하나의 둥근 공을 연상케 하는데 여위면서 우아하다니, 아무래도 어울리지 않았다.

유검은 뚱보여인에게 말했다.

"지태모(地太母), 앞으로 그대의 이름은 지태모라 부르겠소. 화룡문의 일대제자에게 내가 내리는 이름이오."

뚱보여인은 감격해 머리를 땅에 콩콩 쥐어박았다.

조마조마한 표정으로 기다리는 대두노인에게 이어 말했다.

"그대는 천태부(天太父)로 부르겠소. 두 제자는 앞으로 모든 제자들의 엄한 아버지와 자비스러운 어머니가 되어 잘 이끌어 나가야 할 것이오."

두 부부는 감격해 부르짖었다.

"신명을 받들어 깊이 명심하겠습니다!"

유검은 고개를 끄덕이며 지태모에게 명했다.

"이 소녀에게 뭔가 입힐 것을 가져오라."

지태모가 석옥 안으로 들어가고, 유검은 풍환을 불렀다.

"풍환! 저 고철덩어리 녀석에게 천장을 뚫으라고 전해라. 나의 검으로 뚫다가는 약한 지반이 무너질지 모르니까."

우우웅—

풍환의 전갈을 받은 상화구는 '그렇게 간절히 원한다면 나의 힘을 보여주지'라고 말했지만 유검에게 전달되지는 않았다.

여덟 개의 팔이 벌려지고,

쐐아앙—!

예의 감탄할 수밖에 없는 거대한 빛의 기둥이 하늘로 치솟았다. 천장에 부딪치자 빠른 속도로 돌덩어리들을 녹여내기 시작했다.

한바탕 태풍이 몰아치듯 한꺼번에 일 처리를 끝마친 유검은 여전히 화를 안은 채 잠시 침묵을 지키고 서 있었다.

여문과 다우의 따가운 시선은 이미 충분히 느끼고 있었다.

'약해지면 안 된다! 결심한 바대로 강하게 나가야 한다!'

유검은 여문과 다우의 눈길을 피해 먼 곳으로 고개를 돌리며 근엄하게 말했다.

"나는 깨달은 바가 있다. 한평생 무공을 갈고닦아 온 것은 작게는 나 스스로를 다스리기 위함이요, 크게는 만백성을 돕고자 함이었다. 그런데도 나는 뜻밖에 얻은 상승의 무공을 부담스러워만 할 뿐이었고, 적절하게 쓰지를 못했다."

말하는 중간 여문의 소리 죽여 웃는 소리, 다우가 쳇거리며 투덜거리는 소리 등이 들려왔다. 보지 않아도 두 사람의 얼굴 표정이 눈에 선했다.

'약해지면 안 된다. 이 얼굴! 끝까지 유지해야만 한다!'

얼굴을 아예 천장으로 돌린 채 딱딱하게 말을 이어 나갔다.

"이에, 나는 결심했다. 앞으로는! 새로이 만든 화룡문으로 강호의 정의와 평화를 위해 견마지로(犬馬之勞)를 다할 것임을!"

천태부는 뭐가 뭔지 모르겠지만 하여간 화룡문의 이름이 나오자 감격하여 눈물을 흘렸다.

짝짝짝—!

다우는 심드렁한 얼굴로 박수를 쳤다.

나신의 아름다운 소녀를 안고 협객인 척하는 소리가 신빙성이 있어 보일 리 없었다.

다우나 여문 모두 난 절대 치한이 아니다, 색마가 아니다, 라고 변명하는 유검의 말을 건성으로 듣고 있었다.

"그래서요?"

여문의 되묻는 말에 유검은 식은땀을 흘리며 더듬더듬 말했다.

"그러니까… 사부의 술값도 갚아야 하고… 서문평 녀석에게 빌린 차용증도 갚아야 하니까 은자를 벌어야 하는데… 무엇보다 중요한 것은 나에게는 큰일이 있다는 것이다. 그러니까……."

"……."

다우는 좋은 생각이 떠올랐는지 장난기 가득한 얼굴로 조르르 달려와 말했다.

"흐음～ 그럼 일통강호(一統江湖)해 버리면 어때요? 그럼 마교니 무림맹이니 서로 싸우지도 못할 테니까요."

"일통… 강호?"

"그럼요. 화룡문이 강호를 일통하다! 와～! 정말 멋있겠다! 그럼 오라버니는 천하제일인이 되어서 사람들의 존경을 받는 거예요!"

"……."

쿵!

천태부가 갑자기 머리를 쥐어박더니 감격 어린, 하지만 한없이 처량한 목소리로 부르짖었다.

"동녀님의 말씀이 옳습니다! 무릇 모든 사람들은 우매하기 그지없습니다. 신장님께서 참된 가르침을 베풀어주시지 않는다면 어찌 밝은 광명을 찾아 올바른 길로 돌아올 수 있겠습니까? 동녀께서 장차 저희 화룡문이 나아갈 바를 깨우쳐 주시는군요. 참으로 감복할 따름입니다! 흑흑흑……."

"……."

천태부의 처량한 울음소리와 함께 싸늘한 정적이 이어졌다.

화의 의복이 될 만한 것을 가져온 지태모가 부드럽게 말을 내놓았다.

"저희는 강호를 모릅니다. 단지 산골에서 나무를 하고 사냥이나 하던 무지렁이들이지요. 아는 것이 없으니 오로지 신장님의 가르침을 좇아 밝은 길로 나아갈 뿐입니다. 이에 동녀께서 한 가지 밝은 길을 내놓으셨으나 저희는 오로지 신장님의 발이 되고 손이 되어 자잘한 심부름이나 할 뿐, 큰일을 어찌 감당하겠습니까. 그저 시키시는 일만 열심히 하겠습니다."

말은 부드러웠지만 화룡문이 나아갈 방향에 쐐기를 박는 소리였다.

유검은 더듬거리며 말을 이었다.

"에… 하여간 큰일을 맡게 되었으니까……."

유검은 자신을 지켜보는 여문과 다우의 눈길을 의식하며 내심 마음을 단단히 먹었다.

길게 서두를 이었으니 이제는 본론을 꺼내어야 할 게 아닌가.

"그러니까……."

"으으음……."

마치 약속이라도 한 듯 화의 의식이 깨어나고 있었다. 잠결인 듯 몸을 뒤척였는데, 두 눈을 부비다 유검의 시선과 마주쳤다.

비명을 지르기 위해 화의 조그만 입술이 벌어지는 순간 유검은 황급히 소리쳤다.

"잠깐! 네가 비명을 지르면 난 이상한 꼴이 되고 만다. 어디까지나 널 구하던 참이었으며, 차가운 돌덩어리 위에 너를 놓아둘 수 없어서 안고 있었을 뿐이다. …이해되지?"

퍽ㅡ!

비명은 없었지만 대신 주먹이 날아왔다.

상화구의 작업은 끝나 있었다. 천장으로 일 장 넓이의 기다란 구멍이 생겨 달빛이 새어 들어오고 있었다.

상화구가 벌린 여덟 개의 팔 위로 제각기 사람들은 올라탔다.

화는 헐렁한 자루처럼 생긴 지태모의 상의를 걸치고 있었는데, 무슨 영문인지 모르겠다는 얼굴이었다.

지태모와 천태부도 함께 상화구에 올라탔다. 유검은 그들에게 경신술을 완전히 익힐 때까지 당분간 상화구를 타고 지상과 왕래하라고 명을 내렸다.

여문과 다우도 모두 올라타자, 먼저 유검이 앞장서고 상화구가 그 뒤를 이어 날아올랐다.

일행은 긴 구멍을 통해 드디어 환한 달빛이 비치는 바깥 세상으로 나왔다. 분화구에서 그리 멀지 않은 곳이었다.

주위는 깊은 수풀이 우거져 있었고, 여기저기 밤 안개가 끼어 있었으나 달빛을 가리지는 않았다.

상화구는 다시 두 부부를 태우고 구멍 속으로 내려갔다.

잠시 어색한 침묵이 이어졌다.

화는 여전히 부대 자루 같은 옷을 뒤집어쓴 채 나무에 기대어 쪼그려 앉아 있었고, 여문은 바위에 기대앉아 달빛만 하염없이 바라보았다.

그리고 다우는 가포와 함께 장난을 치며 즐겁게 놀고 있었다.

유검은 화가 깨어나는 바람에 이을 수 없었던 말을 다시 꺼내기로 결심했다.

세 여인도 유검의 변화를 눈치 챈 듯 서로가 아무 말도 없었으며 주위를 둘러싼 분위기는 무겁기 그지없었다.

"에……."

힘겹게 내놓은 음성은 천만 근 바위 틈새를 흐르는 개울물보다 더 약해 보였다.

'할 수 없다. 이대로는 모두에게 상처를 줄 뿐이니까.'

애써 마음을 추스르며 입을 열었다.

"말했다시피 나는 이번에 큰일을 맡게 되었다. 뭐… 사부님의 외상 술값도 갚아야 하고, 진 대협에게 부탁받은 기재들도 가르쳐야 하고,

또 마교의 패악이 심해지면 화룡문주로서 나서야 할지도 모르겠고, 혹시 그러다가 정말로 강호를 일통해 버릴지도 모르겠지만… 하여간 내게는 정말로 할 일이 산더미처럼 쌓여 있다."

"그래서요?"

"할 일이 많은 거랑 우리가 무슨 상관이죠? 방해한 기억은 없는데… 아, 혹시 우리보고 일통강호하는 걸 도와달라, 이 말씀인가요?"

"음… 난 도와줄게. 모아놓은 진천뢰도 꽤 되니까."

여인들은 기다렸다는 듯이 한마디씩 내놓았고, 유검의 마음을 더욱 무겁게 만들었다.

"그러니까… 영웅은 미인관을 넘기기 힘들다고 한다. 너희들이 미인인 것은 사실이나, 나는 영웅은 아니지만… 일단 영웅으로 치자. 그렇다면 무엇이 문제인가?"

"우리들 자체가 방해된다는 건가요?"

"아냐, 우리 셋 모두가 아니라 단 한 명만 방해될 뿐이겠지."

"난… 미인이 아니니까 괜찮아. 어린 꼬마가 무슨 미인이겠어?"

유검은 이를 꽉 깨물고 준비해 둔 말을 내뱉었다.

"나는 평상시 기재들을 수련시키는 백사장에서 해가 뜰 때까지 기다릴 것이다. 분명 말하건대 그전에 오는 사람은 품에 안을 것이며 모두 나의 부인으로 삼겠다. 오지 않은 이는… 나의 부인이 되고 싶지 않은 것이겠지."

유검의 이와 같은 어처구니없는 말에 세 여인은 모두 멍한 얼굴들이었다.

"푸하하핫……!"

호탕한 웃음소리와 함께 큰 나무에서 한 사람이 떨어져 내렸다.

"대단한 호기로군. 천군만마 앞에서 덤벼보라고 큰소리치는 것보다 더 큰 배짱이야. 정말 감탄할 만하군."

고개를 주억거리며 그렇게 말하는 이는 일월교주였다.

창천으로 하얀 백광이 치솟는 것을 보고 호기심이 동하여 여기까지 쫓아온 것이다.

여문이 힘없는 목소리로 먼저 입을 열었다.

"제겐… 정혼자가 있어요. 제가 간호해 줘야 하는데 너무 시간을 지체하고 말았네요. 지금쯤 저를 찾고 있을 테니 빨리 가봐야겠습니다. 안녕히 계세요, 사형……."

천천히 걸어 수풀 속으로 사라져 갔다.

화는 벌떡 일어나더니 무표정한 얼굴로 딱딱하게 말했다.

"애당초 저와는 상관없는 이야기였군요. 제자가 되었으니 무공을 배우기 위해 내일 백사장으로 가겠습니다. 물론 해가 뜨고 난 후에!"

말이 끝남과 동시에 경신술을 펼쳐 떠나갔다.

"제자? 흐음… 그렇고 그런 관계인가?"

일월교주는 묘한 웃음을 지으며 말을 이었다.

"잘해보게. 건투를 비네. 이건 나의 진심이야. 손주란 많을수록 좋으니까. 하하하!"

의미심장한 말을 내놓으며 그의 신형은 흐릿해져 갔다.

그렇게 하나둘씩 떠나 버리고 다우 홀로 남았다.

처연한 달빛 아래서 유검은 힘없는 얼굴로 물었다.

"너는… 안 가니?"

다우는 가포를 품에 꼭 껴안은 채 도리도리 고개를 저었다.

"난… 갈 곳이 없는걸."

유검은 멍하니 다우의 얼굴을 바라보았다. 다우의 커다란 두 눈망울이 달빛에 반짝이고 있었다.

"그래, 그렇구나… 나도 갈 곳이 없단다."

한숨처럼 그 말이 나왔다.

다우는 머뭇거리다 조심스레 물었다.

"나… 업혀도 돼?"

유검은 자신도 모르게 고개를 끄덕이고 말았다.

다우를 업고 수풀 속으로 천천히 걸어갔다. 백사장 쪽을 향해서였다. 굳이 서둘 필요는 없었기에 터벅걸음으로 힘없이 걷고 있는데, 다우가 물었다.

"저기… 왜 그랬어?"

"뭘?"

"…아냐, 아무것도."

다우는 널찍한 유검의 등에 얼굴을 파묻었다. 살며시 눈을 감는 그녀의 입가에 조그만 미소가 지어졌다.

한참을 걷다 보니 어느새 백사장에 당도해 버렸다. 저 멀리 먼동이 터오고 있었다. 조금 있으면 곧 해가 뜰 것 같았다.

유검은 다우를 내려주고는 백사장에 가부좌를 틀고 앉아 먼동이 터오는 것을 멍하니 바라보았다.

자신의 행동이 멍청했다는 것을 알지만 후회는 없었다. 오히려 조금 더 악랄하고 못난 모습을 보여야 했다고 생각했다.

"오라버니……."

등 뒤로 부드러운 무언가가 와 닿았다. 옥으로 빚은 듯한 섬섬옥수가 가슴 언저리로 내려앉고 찰랑이는 머리카락이 코끝을 간지럽혔다.

다우가 본래의 모습으로 되돌아가 등 뒤에서 가볍게 껴안은 것이다.

"기억나?"

"…뭘?"

"해가 뜨기 전에 백사장으로 오면 품에 안겠다고 한 말을. 그리고 부인으로 삼겠다고 한 거……."

유검은 팔을 뒤로 뻗어 그녀의 허리를 안았다.

"물론!"

다우는 갑작스런 유검의 행동이 깜짝 놀랐지만 저항하지는 않았다.

백사장 위로 몸이 눕혀졌다.

흑삼이 허벅지 위로 말려 올라가자 뺨을 붉게 물들이며 두 손으로 옷자락을 끄집어 내릴 뿐, 갑자기 목이 말라와 아무런 말도 꺼내지 못했다.

묵직한 체중이 몸 위로 실리자, 왈칵 두려움이 밀려왔다.

갑자기 유검의 손이 무방비 상태의 상의 안으로 불쑥 들어왔다.

예민하기 그지없는 곳을 갑자기 급습당하자 다우는 두 눈을 질끈 감고 겁에 질려 오들오들 떨었다.

갑자기 다우의 몸이 경직되었다.

허벅지 사이로 파고드는 유검의 손길을 느낀 것이다.

한순간 어릴 적 두 눈을 뻘겋게 뜨고 자신을 향해 다가오던 사부와 사형들의 모습이 겹쳐 떠올랐다.

"끼아아악—! 안 돼!"

다우는 자신도 모르게 날카로운 비명을 질렀다.

몸에 실렸던 묵직한 체중이 갑자기 사라졌다.

왠지 모르게 서글퍼져서 눈물이 나왔다. 훌쩍거리고 있는데 부드러운 손길이 자신의 몸을 일으켰다.

유검은 손가락으로 그녀의 눈가에 묻은 눈물을 부드럽게 닦아주며 웃었다.

"이제 알겠니? 함부로 그런 말은 하는 게 아니란 걸 말야."

다우는 훌쩍거리며 고개를 끄덕였다.

"하지만… 미안해요. 다시 하면 잘할 수 있어요. 그러니까……."

유검은 가볍게 그녀의 머리를 쥐어박으며 말했다.

"바보 녀석! 넌 예외야. 애당초 그런 말을 했을 때부터 너는 이미 예외였어."

"…왜 나만 예외란 거예요?"

입을 삐죽 내밀며 불만을 토로하는 다우의 말에 유검은 웃음이 나왔다.

"왜냐하면 애당초 너와는 절대 헤어질 생각 따윈 없었거든. 어떻게 내가 너와 헤어질 수 있다는 말이냐?"

그 말에 다우는 아무런 말도 할 수 없었다. 다만 물기 어린 눈으로 유검의 다음 말을 기다릴 뿐이었다.

유검은 천천히 말을 이었다.

"본래 사람 간의 정이란 한마디 말로 한순간에 바뀌곤 한단다. 서로 많은 것을 기대하고 또 바라다 보니 때로는 실망하고 그래서 떠나 버리곤 하는 거지."

다우는 아직 울먹임이 가시지 않은 목소리로 어리광을 부리듯 말했다.

"쳇, 난 절대 아니에요. 난… 오라버니에게 바라는 거 없어요. 그냥… 옆에만 있으면 돼요. 설령 오라버니가 아주 예쁜 부인을 얻더라도… 솔직히 마음은 아프겠지만 그래도 쫓아내지만 않으면… 옆에 있을래요. 그래도 되죠?"

유검은 다우를 꽉 껴안아주고 싶은 충동을 애써 자제하고 웃으며 말했다.

"전에도 말했지? 네 허락 없이는 아무도 내 곁에 두지 않겠다고. 네가 만약 도망치면 세상 끝까지 쫓아가서라도 데리고 올 거다."

"쳇, 난폭군!"

"그리고… 언젠가 너에게 말하려 했다만 너는 겁탈당하거나 한 것이 아니야. 설령 그게 사실이라 할지라도 내가 너를 보는 눈은 변하지 않는다. 애당초 나 역시도 너에게 바라는 것은 아무것도 없으니까. 그냥… 옆에만 있어주면 돼. 그래서 부부니 뭐니 그런 건 염두에 두지 않았던 거야. 그런 관계란 건 어쩌면 깨어질지도 모르니까. 그래서 차라리 항상 변치 않는 가족이 되어주었으면 했던 거야. 설령 네게 좋은 사람이 나타나면… 솔직히 나의 마음은 아프겠지만 그래도 뒤에서 너의 행복을 지켜주며 웃을 수 있단다. 혹시라도 그런 경우가 생기더라도 가족으로 생각한다면 서로 떠날 일은 없겠지? 이런 나의 마음을 알 수 있겠니?"

혹시나 미래에 헤어질 것이 두려워 차라리 동생으로 삼겠다니, 자신의 감정도 제대로 헤아리지 못하는 유검이 말도 안 되는 노골적인 사랑 고백을 한 것이지만, 말하는 이나 듣는 이나 둘 다 멍청하여 이 점을 눈치 채지 못하기는 마찬가지였다.

다우는 어쩐지 마음이 붕 뜬 느낌이었다.

뭐가 뭔지는 몰라도 자신과 유검의 마음이 서로 공명하고 있음을 느껴서였다. 서로가 옆에 있어주기만을 바랄 뿐 아무것도 바라는 것이 없다. 그것을 확인하자 희열이 벅차올라 전신이 가늘게 떨릴 지경이었다.

유검이 잡고 있는 자신의 어깨 부위가 불에 데인 듯 뜨거웠다.

유검 역시 솔직히 자신의 마음을 털어놓고 보니, 뭔가 쑥스럽기도 하고 어색하기도 한 것이 은근히 얼굴이 달아올랐다.

사랑은 어려 아직 양심을 모른다.

하지만 그 사랑 속에서 양심이 생겨나는 것을 누가 모르겠는가.

둘은 아무 말 없이 서로의 얼굴만 하염없이 바라보고 있었다.

점점 먼동이 터오고 있었다.

소용돌이치는 파도 넘어 저 수평선 위로 해의 끝 자락이 보일 무렵 두 인영이 모습을 드러내었다.

하나는 왼쪽에서, 또 하나는 오른쪽에서.

그 사실을 깨달은 것은 둘이 이미 근처에 다달았을 때였다. 여문과 화였다.

약속이라도 한 듯 다른 방향에서 걸어왔지만 똑같이 일 장 거리를 두고 멈추어 섰다.

여문이 먼저 입을 열었다.

"폭포 옆 서 노인의 집에 있겠어요. 오늘 정오 무렵… 할아버지가 오실지 몰라요."

화가 그 뒤를 이어 말했다.

"꼭 제자가 배우러 와야 한다는 법이 어디 있죠? 오늘 정오 무렵 분화구 서쪽 아래 공터에서 검술을 연마하고 있을 테니까, 가르치고 싶으면 직접 찾아와요."

둘은 그렇게 할 말을 전하고는 미련없이 뒤돌아서서 가버렸다. 잠시라도 지체하면 행여나 오해받을까 두려운 듯이.

유검이 해뜰 무렵까지 온 이를 부인으로 삼겠다는 말에 그냥 무시하기는 도저히 분이 풀리지 않았는지, 외려 자신들이 정오까지 기다릴 테니 정(情)이 남아 있다면 마음의 결정을 내려 찾아오라는 식이었다.

일단 겉으로는 그렇게 보이지만, 그녀들이 일부러 해뜨기 전에 이렇게 찾아온 것은 사실은 변하지 않는다.

다시 말해 감정을 표출하지 않는 여문이 용기를 낸 것이고, 그렇게 자존심 강하던 화가 먼저 고개 숙인 셈이었다.

그렇게 두 여인은 자신의 마음을 행동으로 드러내었고, 이제 선택권을 유검에게 떠넘겼다. 유검이 전혀 상상하지 못했던 결과였다.

다우는 키득거리며 유검의 귀를 잡아당겼다.

"어떡할 거죠, 바람둥이 오라버니?"

유검은 멀뚱한 얼굴로 되물었다.

"뭘?"

백사장 절벽 위, 일월교주는 가부좌를 틀고 앉아 아래 유검 등을 내려다보고 있었는데, 울 듯 말 듯 묘한 표정이었다.

"이거 참… 수밀지체를 찾았으니 본 교로 데려가야 한다만… 차마 이 구경거리를 놓치고 싶지는 않군."

그의 입가에는 은밀한 음모를 꾸민 자만이 가질 수 있는 묘한 미소가 걸려 있었다.

『무상검』 제6권으로…